COLEÇÃO RECONQUISTA DO BRASIL (2ª Série)

161. **UM SERTANEJO E O SERTÃO** - Ulisses Lins de Albuquerque
162. **DICIONÁRIO MUSICAL BRASILEIRO** - Mário de Andrade
163. **CRÔNICA DE UMA COMUNIDADE CAFEEIRA** - Paulo Mercadante
164. **DA MONARQUIA À REPÚBLICA** - George C. A. Boehrer
165. **QUANDO MUDAM AS CAPITAIS** - J. A. Meira Penna
166. **CORRESPONDÊNCIA ENTRE MARIA GRAHAM E A IMPERATRIZ DONA LEOPOLDINA** - Américo Jacobina Lacombe
167. **HEITOR VILLA-LOBOS** - Vasco Mariz
168. **DICIONÁRIO BRASILEIRO DE PLANTAS MEDICINAIS** - J. A. Meira Penna
169. **A AMAZÔNIA QUE EU VI** - Gastão Cruls
170. **HILÉIA AMAZÔNICA** - Gastão Cruls
171. **AS MINAS GERAIS** - Miran de Barros Latif
172. **O BARÃO DE LAVRADIO E A HIGIENE NO RIO DE JANEIRO IMPERIAL** - Lourival Ribeiro
173. **NARRATIVAS POPULARES** - Oswaldo Elias Xidieh
174. **O PSD MINEIRO** - Plínio de Abreu Ramos
175. **O ANEL E A PEDRA** - Pe. Hélio Abranches Viotti
176. **AS IDÉIAS FILOSÓFICAS E POLÍTICAS DE TANCREDO NEVES** - J. M. de Carvalho
177/78. **FORMAÇÃO DA LITERATURA BRASILEIRA** - 2vols. - Antônio Candido
179. **HISTÓRIA DO CAFÉ NO BRASIL E NO MUNDO** - José Teixeira de Oliveira
180. **CAMINHOS DA MORAL MODERNA; A EXPERIÊNCIA LUSO-BRASILEIRA** - J. M. Carvalho
181. **DICIONÁRIO HISTÓRICO-GEOGRÁFICO DE MINAS GERAIS** - W. de Almeida Barbosa
182. **A REVOLUÇÃO DE 1817 E A HISTÓRIA DO BRASIL** - Um estudo de história diplomática - Gonçalo de Barros Carvalho e Mello Mourão
183. **HELENA ANTIPOFF** - Sua Vida/Sua Obra -Daniel I. Antipoff
184. **HISTÓRIA DA INCONFIDÊNCIA DE MINAS GERAIS** - Augusto de Lima Júnior
185/86. **A GRANDE FARMACOPÉIA BRASILEIRA**- 2 vols. - Pedro Luiz Napoleão Chernoviz
187. **O AMOR INFELIZ DE MARÍLIA E DIRCEU** - Augusto de Lima Júnior
188. **HISTÓRIA ANTIGA DE MINAS GERAIS** - Diogo de Vasconcelos
189. **HISTÓRIA MÉDIA DE MINAS GERAIS** - Diogo de Vasconcelos
190/191. **HISTÓRIA DE MINAS** - Waldemar de Almeida Barbosa
193. **ANTOLOGIA DO FOLCLORE BRASILEIRO** - Luis da Camara Cascudo
192. **INTRODUÇÃO À HISTORIA SOCIAL ECONÔMICA PRE-CAPITALISTA NO BRASIL** - Oliveira Vianna
194. **OS SERMÕES** - Padre Antônio Vieira
195. **ALIMENTAÇÃO INSTINTO E CULTURA** - A. Silva Melo
196. **CINCO LIVROS DO POVO** - Luis da Camara Cascudo
197. **JANGADA E REDE DE DORMIR** - Luis da Camara Cascudo
198. **A CONQUISTA DO DESERTO OCIDENTAL** - Craveiro Costa
199. **GEOGRAFIA DO BRASIL HOLANDÊS** - Luis da Camara Cascudo
200. **OS SERTÕES, Campanha de Canudos** - Euclides da Cunha
201/210. **HISTÓRIA DA COMPANHIA DE JESUS NO BRASIL** - Serafim Leite. S. I. - 10 Vols
211. **CARTAS DO BRASIL E MAIS ESCRITOS** - P. Manuel da Nobrega
212. **OBRAS DE CASIMIRO DE ABREU** - (Apuração e revisão do texto, escorço biográfico, notas e índices)
213. **UTOPIAS E REALIDADES DA REPÚBLICA** (Da Proclamação de Deodoro à Ditadura de Floriano) Hildon Rocha
214. **O RIO DE JANEIRO NO TEMPO DOS VICE-REIS** - Luiz Edmundo
215. **TIPOS E ASPECTOS DO BRASIL** - Diversos Autores
216. **O VALE DO AMAZONAS** - A.C. Tavares Bastos
217. **EXPEDIÇÃO ÀS REGIÕES CENTRAIS DA AMÉRICA DO SUL** - Francis Castelnau
218. **MULHERES E COSTUMES DO BRASIL** - Charles Expilley
219. **POESIAS COMPLETAS** - Padre José de Anchieta
220. **DESCOBRIMENTO E A COLONIZAÇÃO PORTUGUESA NO BRASIL** - Miguel Augusto Gonçalves de Souza
221. **TRATADO DESCRITIVO DO BRASIL EM 1587** - Gabriel Soares de Sousa
222. **HISTÓRIA DO BRASIL -** João Ribeiro
223. **A PROVÍNCIA** - A.C. Tavares Bastos
224. **À MARGEM DA HISTÓRIA DA REPÚBLICA** - Org. por Vicente Licinio Cardoso
225. **O MENINO DA MATA** - Crônica de Uma Comunidade Mineira - Vivaldi Moreira
226. **MÚSICA DE FEITIÇARIA NO BRASIL** (Folclore) - Mário de Andrade
227. **DANÇAS DRAMÁTICAS DO BRASIL** (Folclore) - Mário de Andrade
228. **OS COCOS** (Folclore) - Mário de Andrade
229. **AS MELODIAS DO BOI E OUTRAS PEÇAS** (Folclore) - Mário de Andrade
230. **ANTÔNIO FRANCISCO LISBOA - O ALEIJADINHO** - Rodrigo José Ferreira Bretas
231. **ALEIJADINHO (PASSOS E PROFETAS)** - Myriam Andrade Ribeiro de Oliveira
232. **ROTEIRO DE MINAS** - Bueno de Rivera
233. **CICLO DO CARRO DE BOIS NO BRASIL** - Bernardino José de Souza
234. **DICIONÁRIO DA TERRA E DA GENTE DO BRASIL** - Bernardino José de Souza
235. **DA AVENTURA PIONEIRA AO DESTEMOR À TRAVESSIA** (Santa Luzia do Carangola) - Paulo Mercadante

DA AVENTURA PIONEIRA
AO DESTEMOR À TRAVESSIA

Santa Luzia do Carangola

COLEÇÃO RECONQUISTA DO BRASIL (2ª Série)
Dirigida por Antonio Paim, Roque Spencer Maciel de
Barros e Ruy Afonso da Costa Nunes. Diretor até o
volume 92 Mário Guimarães Ferri (1918 - 1985)

VOL. 235

Capa
Cláudio Martins

EDITORA ITATIAIA
BELO HORIZONTE
Rua São Geraldo, 67 — Floresta — Cep. 30150-070 — Tel.: (31) 3212-4600
Fax: (31) 3224-5151
RIO DE JANEIRO
Rua Benjamin Constant, 118 — Glória — Cep.: 20215-150 — Tel.: (21) 2252-8327
e-mail: editoraitatiaia@uol.com.br

PAULO MERCADANTE

DA AVENTURA PIONEIRA AO DESTEMOR À TRAVESSIA

Santa Luzia do Carangola

EDITORA ITATIAIA
Belo Horizonte

2003

Direitos de Propriedade Literária adquiridos pela
EDITORA ITATIAIA
Belo Horizonte

Impresso no Brasil
Printed in Brazil

ÍNDICE

Meu Último Prefácio	11
À Guisa de Introdução	13
Capítulo I - Sertanistas e Faiscadores	19
Capítulo II - A Ocupação do Vale do Carangola	25
Capítulo III - A Origem do Povoado	31
Capítulo IV - A Toponímia de Carangola	37
Capítulo V - O Sertão e o Avanço do Café	43
Capítulo VI - Tropas e Tropeiros	47
Capítulo VII - Da Monarquia à República	51
Capítulo VIII - A Transformação	57
Capítulo IX - O Coronelismo e o Século XX	63
Capítulo X - A Década Segunda do Século	67
Capítulo XI - O Desempenho do Bacharelismo	71
Capítulo XII - A Imigração e a Colonização no Vale	75
Capítulo XIII - Os Anos Vinte	79
Capítulo XIV - O Apogeu da Comunidade	85
Capítulo XV - A Paisagem Social	91
Capítulo XVI - A Revolução de 1930	97
Capítulo XVII - A Estagnação	101
Capítulo XVIII - A Abertura de 1945	107
Capítulo XIX - Dos Anos Cinqüenta a 1964	111
Capítulo XX - O Final do Milênio	121
Apêndice - A Pré-História	131
Coluna Social (Século XIX)	135
Artigo de 1ª Página	137
Editorial - Corrupção Política	139
Editorial - Um democrata de sobremesa...	141
Concurso de Belleza	143
Notícia Policial	144
Episódio Político da Constituinte Mineira	145
Discurso Pronunciado no Recinto da Câmara Municipal de Carangola, a 7 de janeiro de 1980, no Transcurso do 98º Aniversário de Emancipação Política do Município	151
Os Pracinhas Carangolenses	154
Bibliografia	155

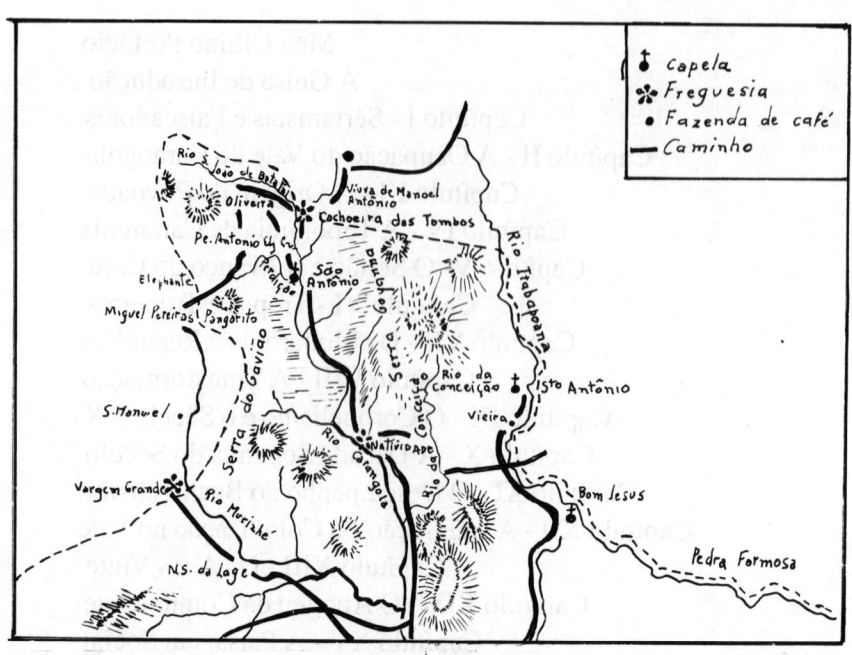

O CARANGOLA
Segundo a *Carta Corográfica da Província do Rio de Janeiro,* organizada por A. N. Tolentino 1858 a 1861

A José Garcia de Freitas

> Da minha aldeia vejo quanto da terra se pode ver
> no universo...
> Por isso a minha aldeia é tão grande como outra
> terra qualquer
>
> Fernando Pessoa

"Il y a, au Brésil entre 1850 et 1870, plusieurs zones pionnières... Nous n´allons pás ici nous éloigner de Rio mais choisir une région qui se trouve au sud-ouest de la province du Minas, la partie sauvage, la vallée du Carangola... Le Carangola est donc au nord du Parahyba, dans um territoire oú l´on ne peut pénétrer qu´en remontant les rivières et où la securité du voyageur est sans cesse menacée par les pluies, les animaux feroces et même les indiens sauvages..."

Frédéric Mauro, La Vie Quotidienne au Brésil au Temps de Pedro II 1831-1889. Hachette, 1980, Biarritz, France, p.95.

1ª COMUNHÃO PAROQUIAL - Grupo de crianças que participaram da 1ª Comunhão Paroquial, promovida pela Paróquia de Santa Luzia. Ao centro o Vigário Padre João Baptista Coutinho D'Anchieta e o seu coadjutor Padre Duval de Souza.

MEU ÚLTIMO PREFÁCIO

A primeira edição deste livro resultara de pesquisas dos anos quarenta, com outras contribuições da segunda metade do século, quando publiquei *Os Sertões do Leste* (www.asminasgerais.com.br). Em conseqüência, a época abrangida pela matéria selecionada levara-me à ênfase impressa no papel desempenhado pela economia cafeeira em toda a história da comunidade.

Os anos correram e em final do milênio senti que o volume exigia a atualização de meio século, concluindo que os dados do Censo de 2.000 também me proporcionariam o balanço do que ocorrera no processo. Em verdade buscava a visão antes culturalista do que exclusivamente econômica.

Qual não foi minha surpresa ao concluir que corretamente dando o café começo ao grande surto novecentista da Mata Mineira, nela embutida a minha Santa Luzia do Carangola, subestimava-se o sentimento da coisa ou a consciência da estrutura erguida pela monocultura, porém sustentada por mais de setenta anos pela perseverança da gente.

Lembrei-me de Giovanni Battista Vico a definir a sociedade humana, frisando não ser ela mero fato do mundo externo estudado na medida de fenômeno natural. Trata-se de pequeno cosmo, um *cosmion*, tornado transparente pelo significado que, de seu interior, lhe conferem os seres humanos que a criam continuamente, perpetuando-a como condição e modo de sua auto-realização.

Então percebi o meu engano. A comunidade transcendera, durante os anos da longa crise e até os nossos dias, o fator econômico do café, arancando-lhe as rédeas no percurso, e em chão de paralelepípedos, ao longo de seu rio indiferente, efetuou a travessia de setenta e três anos, razão por que, sepultando o título anterior, lhe entrego esta edição com o atual, que é o alçar de seu vôo por muitos e muitos séculos.

Paulo Mercadante

PRIMEIRA IGREJA MATRIZ DE CARANGOLA - Construída em 1859 e demolida em 1918.

À GUISA DE INTRODUÇÃO

Este livro tem a sua história. Meu interesse pelo assunto partiu naturalmente do fato de ter nascido na então chamada Santa Luzia do Carangola.

Intrigava-me, na infância, a circunstância do nascimento. Só mais tarde a entendi, quando a vida me ensinou as razões aleatórias do destino e as inteligíveis da emigração. Pois meu avô viera da Itália meridional, onde viveram seus antepassados desde os anos derradeiros do Século XV. No Brasil residiu ele, primeiramente em Campos e, depois, no Rio, onde faleceu no início da I Guerra Mundial. Meu pai, ainda menor, deixou de regressar à terra paterna e cá permaneceu, cursando a Academia de Direito. Após a formatura, decidiu advogar no interior de Minas, escolhendo Carangola, que desfrutava o seu tempo de prosperidade.

Do lado materno, meu avô minhoto, também imigrante, foi atraído, nos finais do século passado, à Zona da Mata, dedicando-se ao comércio. Nos anos vinte cruzaram-se no vale os destinos de meus pais. Conheceram-se e assim nasci.

Os dados primeiros sobre os sítios carangolanos que me chegaram, remontam aos anos trinta quando, cursando o ginásio, ouvi de um tio bisavô, também português, curiosas reminiscências sobre o passado do vale, que conhecera setenta anos antes. Às lembranças do ancião juntavam-se outras, bem pitorescas, que me narrava um ex-escravo, amigo de meu pai, de nome Estevão, com idade muito avançada.

Lembro-me, ainda, de que nos princípios dos anos quarenta, procurei informar-me do passado de minha cidade. Chegando em férias, interessei-me por descobrir veredas indígenas nos pontos mais afastados, convencido por antigos moradores de que desde o século XVII o vale teria sido pervagado por sertanistas e catadores de poaia. Nos anos cinqüenta realizei algumas pesquisas a fim de escrever Os Sertões do Leste, editado por Zahar em 1973. O material não aproveitado por ser específico a Carangola, guardei-o. Ora o utilizo para a monografia — Crônica de uma Comunidade Cafeeira ou Carangola, o Vale e o Rio. No exílio há quase cinqüenta anos, creio merecer dos conterrâneos o sorriso condescendente pelos erros e omissões porventura praticados.

Remonta ao terceiro decênio do século passado a história do agrupamento que daria origem à futura Santa Luzia do Carangola (sem considerar a pré-história e as possíveis investidas de aventureiros no Setecentos). O núcleo primitivo ainda não se achava vinculado ao cultivo do café. Portanto, a abordagem deste livro é histórica em suas raízes afim de ganhar um sentido social, quando a fisionomia da comuna se traduziu nos costumes e manifestações próprios.

Permita o leitor outro esclarecimento. O trabalho não alcança a atualidade. Encerra-se nos meados do nosso século, após a redemocratização de 1945. Depois do último conflito e, conseqüentemente, do surto industrial no País, os meios de comunicação desfiguraram a região, mudando-lhe a fisionomia. A facilidade de transporte, trazida pelo asfalto, sacudiu-lhe os alicerces. Posteriormente, formas cosmopolitas foram introduzidas, modificando ainda mais os costumes da cidade.

Eram escassas, há um século, as informações sobre a Zona da Mata. Erguia-se a floresta quase impenetrável além de Leopoldina, até onde chegara o Imperador. O rio Muriaé banhava sítios perigosos que serviam de refúgio a bandidos e o café comandaria as invasões a partir dos anos sessenta. Os latifúndios deslocavam-se das plagas fluminenses, pois o solo mineiro era fértil e servia para o cultivo de tudo.

Um marco foi a criação da cidade em outubro de 1881. Outorgava-se aos moradores nova condição, findando a obediência política, administrativa e judiciária a São Paulo do Muriaé, pondo-se, afinal, próxima aos habitantes da aldeia, a autoridade, antes distante e inacessível.

Santa Luzia do Carangola passaria a receber novas figuras. O Juiz de Direito assumiu as funções, o promotor público empossou-se, vieram os advogados e a conhecida engrenagem que movimenta o Judiciário, constituída de escrivães, escreventes e meirinhos.

A política aperfeiçoou as relações vicinais. As eleições para a Câmara aceravam os compromissos. A urgência de organizar a sede do município, do ponto de vista de sua administração, pressupunha a militância de candidatos. Novas necessidades eram criadas.

A elite reclamou um jornal, que não seria o único, pois, constituído o poder, se articulavam governo e oposição. Neste entretanto, o lazer da classe média gerou grêmios literários, onde se davam as tertúlias e sessões culturais. Surgiram os poetas, recolhidos até então ao ineditismo e, certa vez, apareceu o primeiro diletante a fim de anunciar que havia outros misteres, como os técnicos e os científicos. Cresceu o número de médicos e do convívio entre doutores adveio a idéia de um ginásio, onde moços dos arredores pudessem encetar os estudos de humanidades. Em resumo, forma-se o núcleo como centenas de outros em território brasileiro. Mas, se comum é a origem dos povoados, urge identificar os sinais característicos de cada unidade.

Fora o vale protegido durante séculos por florestas densas, habitadas por indígenas. O branco adentrou, derruindo a mata, exterminando o selvagem, dando início à queimada e à lavoura. Ergueu a choupana; em seguida, preparou a fazenda. Alargou as veredas, erigiu a capela, disciplinou o povoado, cujas ruas calçou, pondo-lhes luz e água corrente. Certo dia, fatores de ordem econômica incidem de maneira letal no rumo dos fatos e sobrevém a estagnação.

O primeiro aspecto a considerar é a rapidez do processo econômico. Tão veloz quanto intenso. A interpretação convencional levar-nos-ia a vê-lo como causa exclusiva, resumindo-se tudo no avanço do café e, posteriormente, em sua crise.

Contudo, na formação da comunidade, os fatores naturais e geográficos ganham, de início, importância decisiva. Ligam-se às condições do vale, favoráveis à agricultura. Permitiram que os pontos iniciais se estabelecessem nas imediações dos rios e que fossem utilizadas as veredas indígenas para o escoamento dos produtos.

Na camada mais profunda do solo social estava o selvagem. Porém, se expressiva é a sua contribuição no traçado das picadas, na técnica da caça e pesca, no conhecimento da geografia local, menor é a continuidade da influência em razão de rápido desaparecimento. Os sinais de sua presença são hoje de difícil estimativa. Pois se misturam hábitos e costumes que, absorvidos, sofreram adaptações.

Segue o negro, que já estava presente desde os primeiros faiscadores. Ao contrário do índio, marca a história com o exercício do trabalho braçal. A nostalgia sua mistura-se à outra, à barroca, tudo se confundindo em termos de existência e sociedade.

Generalizada tornou-se a mestiçagem. Mas do ponto de vista cultural, o que prevaleceu na área foi o acervo tradicionalista da região mineradora, que se ajustou à aspereza do sertão. Acrescentem-se as demais heranças: a do índio e a do negro. Na primeira, destaca-se o conhecimento das ervas. A ojeriza do silvícola ao labor disciplinado limita-lhe a ação. Já o participar africano é notável como ajuda operativa, que se junta ao espólio português. Na faina, na música, no folclore, no comportamento.

Surge, de modo organizado, após a terceira década do século passado, o estabelecimento rural nos sítios carangolanos. O ponto de partida para o devassamento e colonização não apresenta, a rigor, motivos de ordem econômica. A ambição do aventureiro, à cata do ouro e do mascate à procura de ervas, ligam-se à esperança do indivíduo em suas motivações. A atividade agrícola elementar, vinculada à natureza, não parece constituir o projeto de enriquecer, antes se define como imperativo de sobrevivência.

Em seguida, o café parte das regiões fluminenses às terras ferazes até tocar no município. Outra vez o fator natural facilita a arremetida; não fosse o solo adequado, a marcha não se daria.

Talvez o fato mais importante no plano econômico tenha sido a instalação posterior da via férrea. Se, porém, desfavorável o resultado da produção cafeeira, o vale ficaria destinado à lavoura incipiente. O impacto deu-se na década de oitenta. Os vagões substituíram as antigas tropas de muares e a comunidade passou a sofrer influência direta da cultura litorânea.

Ocorrera, por certo, maior desenvolvimento da lavoura de café, que tornou a ferrovia uma necessidade. A última teria sido conseqüência do surto regional. A interação posterior e as transformações sociais assim se efetuaram.

Em retrospecto, o assunto parece mais claro. A decadência das minas interrompeu a cultura barroca da região centro-sul. Deslocaram-se os geralistas para as matas do atual Estado do Rio. Carregando escravos e haveres, entregaram-se à agricultura. O deslocamento natural do latifúndio e a existência de capacidade ociosa de mão-de-obra escrava facilitariam, mais tarde, o surto cafeeiro. Cansada a terra fluminense, a rubiácea seguia em direção à Zona da Mata.

Quando penetra nas áreas novas, outros costumes acompanham-na. Partem de fazendas, onde o senhor apresentava características de refinamento. O sertão o recebe com rígidas restrições. O novo fator influi nas circunstâncias, mas não modela, de imediato, a fisionomia dos burgos nascentes.

O ciclo cafeeiro acaba por alterar o aspecto da cidade, dando-lhe novos traços, seja do ponto de vista do urbanismo, da arquitetura, seja da sociedade em suas manifestações e costumes. A Praça mantém a tradição do foro romano, convertida pela cristandade no recinto medieval. A Matriz dominava o lugar, onde permaneciam restos da floresta abatida. As palmeiras, existindo como braços erguidos na inovação da fé, que os portugueses trouxeram. Testemunhas do tempo sertanejo, quando os tropeiros chegavam à cidade com o alarido de guizos e cincerros. O Jardim, o palco de tragédias, de festas cristãs e congadas africanas.

O coronelismo é fenômeno marcante do meio. Sua funcionalidade corresponde às relações de produção que iam do escravismo ao mercantilismo.

Mais tarde, após a estrada de ferro, o sertão é ferido de morte. O bacharel e o médico iniciam as suas atividades. Já adotam comportamento diverso, determinado pelos estudos e costumes de cidades maiores, que recebiam revistas e livros estrangeiros.

O choque entre os dois espíritos fere-se no derradeiro decênio do século passado, declinando nos anos subseqüentes. À medida que se firma o doutor, o coronel recua. Há, em verdade, formas estabelecidas de compromisso. O matrimônio é uma delas. O moço formado, que desembarcou e abriu banca ou consultório, casa-se, muitas vezes, com a filha do fazendeiro e termina por obter do sogro variadas concessões.

Projeta-se, na comunidade, o clássico conflito entre a idéia rústica do sertão e o ideal romântico das academias. Em alguns casos, o atrito era desagradável; a primeira reagia com prepotência em seus direitos tradicionais; já a segunda invocava os valores litorâneos, de cunho jurídico ou científico.

Afinal, o modo mitigado impõe-se. As lideranças políticas dos anos vinte são democráticas. O meio termo conservador está manifesto de modo liberal entre as figuras preeminentes. Percebe-se a plataforma moderada na leitura dos editoriais de imprensa às vésperas da Revolução de 1930.

As barreiras sociais, todavia, estão na situação econômica. Pobre, seja negro, seja branco, faz parte da camada que recebe o estigma da plebe. Um semanário, por exemplo, noticia o crime ocorrido no bairro chamado Barracão. O episódio seria comentado e a nota da redação aconselharia a que os bailes da ralé fossem proibidos para que não ocorressem eventos desagradáveis. A sociedade é discriminatória desse ponto de vista. Os pretos, todavia, desfrutavam de prestígio, quando desempenhavam profissões ou funções intelectuais. O rábula Naziazeno de Barros, por exemplo, gozava de elevado respeito pelo seu talento e pelo fato de ser compadre do Marechal Floriano Peixoto. Registrava ainda a tradição que no tempo do cativeiro poderoso latifundiário, chamado Vicente Rico, tinha como companheira a ex-escrava de nome Jacinta.

A comuna permaneceu aquém de desenvolvimento a criar uma cultura, posto que a ensaiasse. Os recursos não produziram uma situação capaz de gerá-la, isto é, não se efetivou volume de meios que permitissem a industrialização e, por conseguinte, alternativa para a crise futura.

Portanto, à recessão dos anos trinta pode ser atribuída a causa suspensiva do desenvolvimento, tanto econômico como cultural. Forças faltaram aos moradores em face da condição política do País. Os banqueiros e os capitalistas partiram para os grandes centros e o êxodo de mão-de-obra operou-se irremediavelmente.

Na História percebem-se os surtos de civilização que não se perderam, quando vicissitudes econômicas embaraçaram a marcha dos acontecimentos. Tanto nas cidades antigas quanto nos burgos europeus, a autonomia favoreceu a continuidade de culturas. A falta de unidade na península italiana permitiu a continuação do processo intelectual, uma vez que o orgulho da pólis retinha os filhos nos momentos da crise e durante a adversidade.

No Brasil, o espírito barroco parece desmentir o exemplo, porquanto ter-se-ia formado e chegado a constituir-se, apesar da condição política de Ouro Preto. Todavia, tanto Ouro Preto como outros centros da região mineradora, não puderam desenvolver-se além do período do apogeu do ouro.

Em núcleo de formação tão rápida como Carangola, mister cautela para extrair de reminiscências e depoimentos boa dose de observações. O tumulto de pessoas chegadas de locais diversos, a sustentarem idéias às vezes conflitantes, o liberalismo convencional em confronto com um lastro tradicionalista, o ímpeto do animismo indígena e africano, contido pela sociedade católica, preconceitos e distinções econômicas, tudo confunde o observador quando intenta teorizar.

O choque entre o sertão e o litoral, que se deu na comunidade, terminou em armistício, sem vitoriosos e perdedores. O espírito dos velhos costumes, fincado na propriedade rural, conformou-se com a feição liberalizante dos adventícios, vindos com leitura e retórica.

Talvez, sem dogmatismo e certeza, se possa sugerir que o sertão reacionário e prepotente estivesse submetido à idéia hegemônica do bem, enquanto que o doutor preferisse a do belo. A verdade é que nos hábitos da comunidade fixamos os aspectos de tal confronto. Mas já nos anos vinte existia em Carangola uma sociedade diversificada, constituída de uma classe média propensa aos costumes das grandes cidades. O litoral impusera outra vez o seu estilo de vida.[1]

---

1. Carangola. O Distrito Policial criado em 7 de outubro de 1860 pela Lei provincial n.º 1097, foi elevado a freguesia e distrito pela Lei Provincial n.º 1273, de 2 de janeiro de 1866. A Vila e o Município foram criados com território desmembrado de São Paulo do Muriaé pela Lei Provincial n.º 2500, de 12 de novembro de 1878. A Lei Provincial n.º 2848, de 25 de outubro de 1881, elevou à categoria de cidade a então vila de Carangola, cuja instalação se deu a 7 de janeiro de 1882. Almeida Barbosa, Waldemar. *Dicionário Histórico Geográfico de Minas Gerais*, Belo Horizonte, 1971, verbete Carangola, pág. 110; Xavier da Veiga, José Pedro. *Efemérides Mineiras*, Belo Horizonte, 1926, I volume, pág. 14; volume V, pág. 115, volume IV, pág.196. Carangola, Minas Gerais, IBGE, Rio, 1966; Câmara Municipal de Carangola, *Anais*, volume I, 1981, págs. 73-74.

VISITA DO DR. JOÃO PINHEIRO - Em 1906, o Presidente eleito do Estado de Minas Gerais visitou Carangola, e posou para esta foto tirada na porta principal do Engenho Central de Café (hoje Edifício Cooperativa).

CAPÍTULO I

Sertanistas e Faiscadores

O ímpeto desbravador, procedente do Vale do Muriaé, constitui o capítulo conhecido da história do Carangola. Investidas anteriores de faiscagem e de catadores de poaia tiveram possível precedência[1]. As circunstâncias das jornadas, feitas sem registro, ligam-se à fase de anônimos aventureiros.

Os faíscadores eram intrépidos em suas buscas e pesquisas. Atiravam-se à floresta com a esperança de encontrar vestígios que justificassem a garimpagem. A qualquer sinal de ouro, davam começo à atividade sem considerar o risco que representavam os selvagens da região. De modo idêntico faziam os catadores de poaia, como eram chamados, segundo a tradição local. No esforço de apanhar as ervas, movimentavam-se mais e com facilidade aprendiam a esconder-se. Utilizada como remédio, a poaia era colocada no mercado do litoral, onde encontrava aceitação pela medicina da época.

Tornavam-se esses homens, após alguns anos, senhores de notável habilidade em livrar-se do perigo ou mesmo em sobreviver entre armadilhas do mato.

Ocorrera nas Gerais, como assinalam os historiadores, certo movimento demográfico. A decadência da mineração nos sertões planaltinos provocara, em fins do século XVIII e depois em princípios do XIX, um refluxo de povoamento do interior para o litoral, atraindo a vinda de braços às zonas da "mata" da Encosta do Planalto, favoráveis à agricultura e ainda cobertas pelo seu manto florestal primitivo[2].

Para o leste, o ciclo minerador dirige-se pelas bacias do Araçuaí e do Doce. No primeiro rio citado estabeleceu-se o retirante da mineração, uma vez que o Jequitinhonha fora vedado pelas autoridades, desde os primeiros sinais de diamante. Já na bacia do Doce, o aventureiro atinge-lhe os altos afluentes. Desde o meado do Setecentismo

---

1. Poaia — nome genérico de várias raízes vomitivas — Pinto, Pedro, *Dicionário de Termos Médicos*, 2ª edição-Rio, 1938, verbete, pág. 267.

Poaia-do-campo-S.f.Bras.1.Erva rasteira, da família das rubiáceas (*Richardia Scabra*), usada pelo povo em lugar da ipecacuanha de folhas pequenas e ásperas e flores e frutos inconspícuos. Novo Dicionário Aurélio-verbete, 2ª edição, pág. 1350.

2. "O fato é que o topônimo Minas Gerais foi ganhando corpo e generalizou-se de tal forma que, em 1732, passou a ser usado oficialmente nas cartas régias." Almeida Barbosa, Waldemar, *Dicionário Histórico-Geográfico de Minas Gerais*, Belo Horizonte, 1971, p. 290.

lavrava-se ouro, em pequenas proporções, nos rios Casca, Matipó e Manhuaçu. O ponto irradiador provável dessas incursões ficava em Peçanha, arraial à margem do Suaçuí Pequeno[3].

Abaixo, do Paraibuna até quase a foz do Pomba, fizera-se o limite de um avanço desbravador. A descoberta do ouro nos sertões do Centro ocorrera nos finais do século XVII. O devassamento e conseqüente povoamento não provocaram, porém, a corrida para os vales dos afluentes esquerdos do Paraíba. Em demanda das minas, os retirantes, partissem de São Paulo ou do Rio de Janeiro, tomavam a estrada de Matias Barbosa de onde caminhavam em direção à atual cidade de Baependi. Da circunstância resultaria conservar-se, convizinha ao litoral fluminense, durante século e meio, uma floresta virgem, apenas habitada por índios e animais. A tira de selva, estreita nas imediações de Mar de Espanha, ia sempre alargando-se para o norte, até juntar-se à imensa floresta capixaba. Matas quase impenetráveis a estender-se por vales e montanhas, cobrindo os flancos e cumes das serras e formando uma barreira natural ao povoamento das chamadas Áreas Proibidas[4].

Apesar da proximidade da costa, a ocupação não se fizera. O ouro lá não existia ou pelo menos nunca aflorou nas bacias de seus rios. Então, em vez de a corrente imigratória seguir à direita ao encontro do Paraíba, espalhou-se pelo norte, pelo sul e desprezou a parte rica de florestas.

Foram as vicissitudes da colonização, resultantes do ciclo do ouro, que contrariaram o projeto das bandeiras baianas. Pois do primeiro século vinha a exploração dos tributários do Doce. A um dos pioneiros do desbravamento do interior coube a missão de alcançar a atual Zona da Mata, navegando talvez o Manhuaçu[5]. No outono de 1573, Sebastião Fernandes Tourinho descia pelo Guandu, buscando-lhe as águas que correm em sítios próximos ao Carangola.

Encontrando as nascentes numa lagoa, desceu por mais de trinta léguas, tomando depois o oeste até alcançar o Doce. Talvez a referência de Gabriel Soares de Souza às andanças à ventura, efetuadas pelo bandeirante, diga respeito ao trajeto do Guandu ao Manhuaçu[6].

---

3. Prado Junior, Caio, *Formação do Brasil Contemporâneo*, 4ª ed. São Paulo, Brasiliense, 1953, p.70.

4. Valverde, Orlando, "Estudo Regional da Zona da Mata de Minas Gerais" in Revista Brasileira de Geografia, janeiro-março, 1958, p. 25. Vasconcelos, Diogo de, *História Média de Minas Gerais*, Imprensa Oficial, Belo Horizonte, 1918, p. 258. Prado Junior, Caio, op. cit. p. 71, nota 6.

5. Vasconcelos, Diogo de, *História Antiga das Minas Gerais*, 4ª ed., Belo Horizonte, Itatiaia, 1974: V. 1, p. 57. Situa-se no Município de Manhuaçu na encosta do Planalto, no trecho ocupado pelo sistema orográfico denominado Serra da Mantiqueira, no seu ramo oriental.

6. Soares de Souza, Gabriel, *Tratado Descritivo do Brasil em 1587*, Rio de Janeiro, Laemmert, 1851, p. 69. Orville Derby admitiu duas expedições de Tourinho. Na primeira, procedente de Cricaré, alcançou Juparanã e o trecho do Doce entre a lagoa e o mar. Na segunda explorou o rio, seu afluente Suaçui e a região do Serro. Pode-se também interpretar a aventura como tendo Tourinho subido pelo Urupuca, descido pelo Itamarandiba até encontrar o Araçuai. Derby não cria em explorações ao sul do Doce. Se houvera, um entrada talvez pelo rio Manhuaçu. Orville Derby, "O Itinerário da Expedição Espinhosa em 1533" *apud* Revista do Instituto Histórico e Geográfico Brasileiro, LXXII, p.33.

A expedição de Tourinho desempenharia relevante papel nas entradas pelo interior, com repercussões até as bandeiras paulistas, além de contribuir para o ciclo posterior. Alcançando o Manhuaçu, seus homens esquadrinharam locais antes inacessíveis, descobrindo veredas indígenas, tomando conhecimento das alianças e conflitos entre diferentes tribos. A experiência do ciclo baiano esclareceria aspectos geográficos necessários aos colonizadores futuros. Tourinho inspiraria os planos espírito-santenses[7]. O malogro dessas marchas não exclui possíveis incursões aos afluentes do Carangola. Uma delas, a de Marcos Azeredo, teria ocorrido antes de 1612[8]. Vinte e dois anos mais tarde a entrada jesuíta sob a chefia do Padre Inácio de Siqueira, meteu-se na capitania terra a dentro[9].

Nesse tempo concederam-se as primeiras sesmarias no vale do Paraíba do Sul, do Pomba e do Muriaé até o sudeste de Minas.

Um século transcorreu. Por outra rota seguiram as bandeiras paulistas, oriundas do Sul, que dariam origem à mineração do Setecentos. Entretanto, recordemos que uma delas, já entre as derradeiras, chefiada por Antônio Rodrigues Arzão, chegou ao rio Casca, passando pelo atual município de Rio Branco. Teria cruzado, segundo alguns sustentam e outros negam, a atual Mata Mineira nos sítios do Muriaé ou Carangola, pois, assaltada pelos silvícolas e consumidas as munições, rumou para o Espírito Santo, onde a acolheu o capitão-mor de Vitória[10].

No mesmo século a mineração não se estabilizou; prosseguia em marcha para o leste. A decadência das jazidas ensejava que entrantes e faiscadores se dirigissem a outros sítios, em busca de riqueza. A penetração no Carangola é assim obscura em suas origens. Nas cabeceiras do Doce e de seus afluentes situavam-se as lavras de Ouro Preto, Mariana, Itabira e Serro Frio. Em 1734 o Mestre-de-campo Matias Barbosa foi incumbido de organizar uma bandeira com 120 homens armados a fim de descer o citado rio. Abriram picada até Cuieté. Do Serro, outra expedição, constituída em 1746, procurou-lhe os sertões encontrando pintas de ouro nas embocaduras e nas margens de ribeirões[11].

E outras partiram do Serro, com pesquisas em diferentes sítios, inclusive no Córrego das Almas. Um lugar, denominado *Descoberto*, atraiu, então, centenas de mineradores entre 1752 e 1758[12].

Na bacia do rio Doce, a colonização, em sua fase mineradora, atinge os altos afluentes do rio, lavrando-se o ouro, desde meados do século XVIII, em pequenas

---

7. Calógeras, Pandiá, *Minas do Brasil e sua Legislação Nacional*. V. 1, p. 394.
8. Magalhães, Basílio de, *Expansão Geográfica do Brasil até fins do século XVII*, Rio de Janeiro, Imprensa Nacional, 1973, p. 36.
9. Magalhães, Basílio de, op, cit. p, 37.
10. Derby, Orville propende para a inexistência da jornada de Arzão. Basílio de Magalhães (op, cit. p, 99 e 101) aceita-a, concordando com Calógeras, Mercadante, Paulo, *Os Sertões do Leste*, Zahar Editores, Rio de Janeiro, 1973, P. 19,
11. Almeida Barbosa, Waldemar, op, cit, p. 493
12. Schnetzer, Paulo, *Manhuaçu — Minas Gerais*, Coleção de Monografias, n.º 339, IBGE, 1966.

proporções, nos rios Cuieté, Caratinga e Manhuaçu. Várias cidades atuais dessa zona nasceram dos acampamentos dos faiscadores de ouro[13].

Partem desses pontos as anônimas investidas para o Alto Carangola. O problema consistia no risco da empreitada, uma vez que os botocudos ainda não tinham sido pacificados.

Já salientara Diogo de Vasconcelos que até 1789, com exceção dos aldeamentos do Pomba e do Presídio de S. João Batista, não merecera qualquer diligência oficial a futura Zona da Mata. Coubera ao governador Luís da Cunha Meneses a resolução de mandar explorar e abrir ao franco povoamento as terra das antigas Áreas Proibidas. Nesse propósito, encarregou o Sargento-mor do Regimento dos Dragões, Pedro Galvão de São Martinho, da importante missão de examiná-las a fim de reconhecer como se deveriam levantar as barreiras eficazes à segurança dos reais interesses. Na mesma portaria, mandou o Alferes Joaquim José da Silva Xavier, futuro mártir da Inconfidência, que se achava então destacado na ronda do mato que, como perito, acompanhasse o Sargento-Mor São Martinho para examinar se as formações dos ditos sertões dariam ouro de conta e quantidade de gente que poderiam acomodar[14].

A decadência das minas mudava o intento de preservar as Áreas Proibidas em face dos cuidados fiscais quanto ao crime do descaminho. A esperança de que nelas existisse a riqueza tão cobiçada insere-se nas razões invocadas pelo Governador. A tarefa de Tiradentes seria investigar os sertões, verificando se eram cortados por rios e também qual o número de seus habitantes e de que se ocupavam.

No começo do século o Governador capixaba Francisco Alberto Rubim inaugura plano de alcançar o interior mineiro. Escolheu o capitão de milícias, Duarte Carneiro, que, em 1815, parte resolutamente, fundando de três em três léguas um quartel para a defesa dos viajantes. Atravessou a expedição os rios Pardo e José Pedro, onde se construiu o Quartel do Príncipe, divisa com a capitania de Minas Gerais[15].

Pesquisas feitas pelo autor nos anos quarenta, percorrendo fazendas e ouvindo velhos moradores, confirmaram anotações e laudos forenses relativos a picadões originários de veredas indígenas. Por eles, os sertanistas pervagavam, fossem catadores de poaia, fossem garimpeiros, vindos dos vales do Doce e do Pomba, nos primeiros tempos do devassamento.

De tais picadas originaram-se, posteriormente, estradas carroçáveis. Diversas, provavelmente, perderam-se por falta de serventia.

Sinais e informes referem-se a trilha que transpunha a Serra do Luzardo até a Fazenda do Boi, onde cruzava com outra que, partindo do Fervedouro, alcançava S. Francisco

---

13. Pimenta, Dermeval, *A Mata do Peçanha*, Belo Horizonte, 1966, p. 23

14. Vasconcelos, Diogo de, *A História Média de Minas Gerais*, 4ª ed. Belo Horizonte, Itatiaia, p. 274. "Era o que Luís da Cunha Meneses, Governador de Minas Gerais, dizia, sacrificando a gramática, segundo era de uso: Certão para a parte de Leste denominado Arias Proibidas, na epoteze de servirem os ditos certões de barreira natural a esta capitania para a segurança de sua fraude...". op. cit. 275.

15. Novaes, Maria Stella de, *Estrada para Minas Gerais*, Jornal do Comércio, Rio de Janeiro, 2/5/1970.

do Glória, cortando Alvorada. Prosseguia, depois, para o norte até Divino, para só terminar em Indaiá, limite do município de Abre Campo.

De entroncamento na Serra do Boi, passando por Fervedouro, Varginha e São Francisco, uma vereda atingia a Serra da Grama na divisa do município de Viçosa; outra, variante, saía de São Francisco e, rompendo a Fazenda dos Laviolas, ganhava o povoado de Vargem Alegre.

Havia uma que, vinda da cidade, ultrapassando Varginha e beirando o Ribeirão Papagaio, batia em outra que, procedente de São Sebastião, terminava nas divisas do Divino; prosseguindo para o norte, chegava ao município de Manhuaçu. Partindo de São Francisco, transpondo a Serra da Caiana e percorrendo a Fazenda do Cel. Adolfo de Carvalho, um caminho ia finar em Faria Lemos. Outro, galgando a Serra dos Luzardos, vindo de Carangola, seguia para a Fazenda do Boi, onde se encontrava com um atalho procedente de Fervedouro e São Francisco; continuava para o norte, perlongando Divino, para morrer em Indaiá, limite com o município de Abre Campo. Do entroncamento da Serra do Boi, cortando Alvorada, atingia-se outra senda na Serra da Grama, em divisa do município de Viçosa. Por fim, havia um picadão originário do São Francisco que, tangenciando a Fazenda dos Laviolas, terminava em Vargem Alegre[16].

Perderam-se, em definitivo, os registros dos anônimos aventureiros e catadores de poaia naqueles sertões perigosos.

16. Arquivo do Autor.

BANDA DE MÚSICA LYRA MINEIRA "SANTA CECÍLIA" - Esta foto foi tirada em 2 de janeiro de 1910, e mostra em primeiro plano à esquerda o maestro Sebastião Mineiro e na extrema direita o Sr. Manoel Teixeira Leite, proprietário da Banda de Música. Mostra o interior do Parque Municipal da Rua Marechal Deodoro, tendo ao fundo o coreto e alguma vegetação.

CAPÍTULO II

A Ocupação do Vale do Carangola

Uma das mais antigas menções do vale do Muriaé remonta a 1785, quando Couto Reis o descreveu, dando relevo às condições "horrorosas e pestíferas" das suas entranhas. Como causa das funestas conseqüências de lá permanecer, enumerava os arvoredos altos e os extensos brejos. Porém acrescentava que os homens "excitados do interesse de se aproveitarem das terras incultas, entraram ou estabeleceram fazendas, fazendo fogos, descortinando matas e purificando ares, ficando os ditos sertões menos rigorosos."[1]

A atividade agrícola, vinculada à plantação de cana, explica o registro feito por Eschwege do rio Robinson Crusoé em carta mapa levantada na primeira década do século passado[2]. Também o Príncipe Maximiliano, alguns anos após, em sua notável viagem, fez referência à grande produção de açúcar e à existência de engenhos juntos ao "pequeno rio Muriaé"[3]. De modo que, quando Guido Tomás Marliere designou Constantino José Pinto para primeiro Diretor dos puris, em 1819, já havia fazendas desenvolvidas no lugar.

Natural de Barbacena, Constantino era radicado em Presídio, atual Rio Branco, onde possuía terra e família. De Marliere havia recebido o cargo de Diretor dos puris, cujo aldeamento deu início, com a demarcação das terras destinadas à sustentação dos índios à jusante do Pomba. Seguido por quarenta homens, chegou ao Muriaé, em cujas águas desceu até pouco abaixo dos rios Glória e Preto. Decidiu levantar seu abarracamento afim de promover o escambo com os selvagens. O ponto de desembarque recebeu o nome de Armação e, de Rosário, o local escolhido para estabelecer-se. Com o tempo foram aumentando as construções, sendo atraídos outros exploradores. O povoado nascente receberia a denominação de Quartel de Robinson Crusoé, já dado por Marliere, que lá enviou João do Monte, um de seus subordinados.[4]

1. Couto Reis, Manuel Martins, *Descrição Geográfica, Política e Corográfica do Distrito de Campos dos Goitacases*, 1785, v. 2, p. 47.
2. Eschwege, W. L. von, *Pluto Brasiliensis*, Cia. Editora Nacional, v. 1, p. 49.
3. Maximiliano, (Príncipe de Wied-Neuwied), *Viagem ao Brasil nos anos de 1815 a 1817*. S. Paulo, Cia. Editora Nacional, 1958, p. 99.
4. Oiliam José, Marliere, *O Civilizador*, Belo Horizonte, Itatiaia, 1958, p. 76.

Mas as referências dos viajantes ilustres persistem no tom sombrio de Couto Reis, dando aos leitores o quadro tenebroso das matas virgens.

No que diz respeito ao vale do Carangola, só a partir de 1830 é que a lavoura começa a organizar-se. Cessada praticamente a tentativa de faiscagem, tem início a plantação. A entrada que se origina do Muriaé acaba por alcançar a Cachoeira de Tombos.

Caberia aos irmãos Lannes a organização dos primeiros roçados. A família é de origem francesa, dos arredores de La Rochelle. No Pantheon de Paris está sepultado como herói um de seus membros, morto em 1809 na Batalha de Esling. Trata-se de Jean de Lannes, que obteve, no tempo de Bonaparte, o título de Duque de Montebelo, tendo atingido o posto de Marechal de França. Na mata mineira aparecem os Lannes Dantas Brandão, nascidos em Descoberto na primeira década do século XIX[5].

Eram quatro irmãos: José, Joaquim, Francisco e Antônio. Há divergências entre os descendentes sobre a prioridade no devassamento do vale carangolano. As pesquisas utilizadas pelo IBGE para o verbete de sua Enciclopédia conferiram a José o papel de pioneiro, fixando entre 1821 e 1831 a primeira entrada[6]. Teria sido por volta de 1823 a passagem do desbravador por Carangola, onde recebera a notícia da declaração da Independência. Regressaria alguns anos mais tarde, para tomar posse das terras que demarcara. Já Mário Pinheiro Motta acreditava que José, em 1831, depois de desertar a polícia de Ponte Nova, se refugiou primeiramente em Campos. Receoso de ser descoberto, procurou o sertão, indo até a altura do atual município de Viçosa, regressando à zona de Faria Lemos para depois apossar-se de toda a terra, desde Porciúncula até Bambuí[7].

Outra versão é esposada por Françoise Massa com fundamento na correspondência ativa de Alexandre Bréthel encontrada na França. Também ouvindo descendentes dos Lannes, ela fixa em 1830 a rixa de José com um sargento instrutor do regimento em que servia em Visconde do Rio Branco, então Presídio. Receando a punição, José decidiu fugir para sítios menos habitados. Atravessou a nado o rio Paraíba, ajudado por um escravo negro, João da Cruz, e os dois, conduzidos pelas vagas, alcançaram o Muriaé e, afinal, o Carangola. Enfrentando índios puris, foi ferido várias vezes. Por fim, obteve ajuda dos selvagens. A região foi percorrida pelos fugitivos, tendo José parado no Arraial dos Arrepiados, hoje Araponga, distrito de Ervalha. Depois, passou por Faria Lemos, antigo São Mateus, atingindo a Cachoeira de Tombos. Tomou posse das terras que se estendiam até Itaperuna, na confluência do Carangola e Muriaé, fixando-se em Conceição, próximo ao ribeirão deste nome no lugar em que encontra o Carangola[8].

5. Massa, Françoise, *Alexandre Bréthel, Pharmacien et Planteur Français ou Carangola*, Université de Haute-Bretagne, 1977 — p. 240,402.

6. *Enciclopédia dos Municípios Brasileiros*, verbete Porciúncula. Rio de Janeiro, 1961, v. 22, p. 372-376.

7. Pinheiro Mota, Mário, *Município de Itaperuna*. In Anais do IX Congresso Brasileiro de Geografia. Rio de Janeiro, CNC, 1944, v. 5. p. 729.

8. Massa, Françoise, *Alexandre Bréthel*. Depoimento de Elói Vieira Lannes à Françoise Massa. op. cit. p. 35.

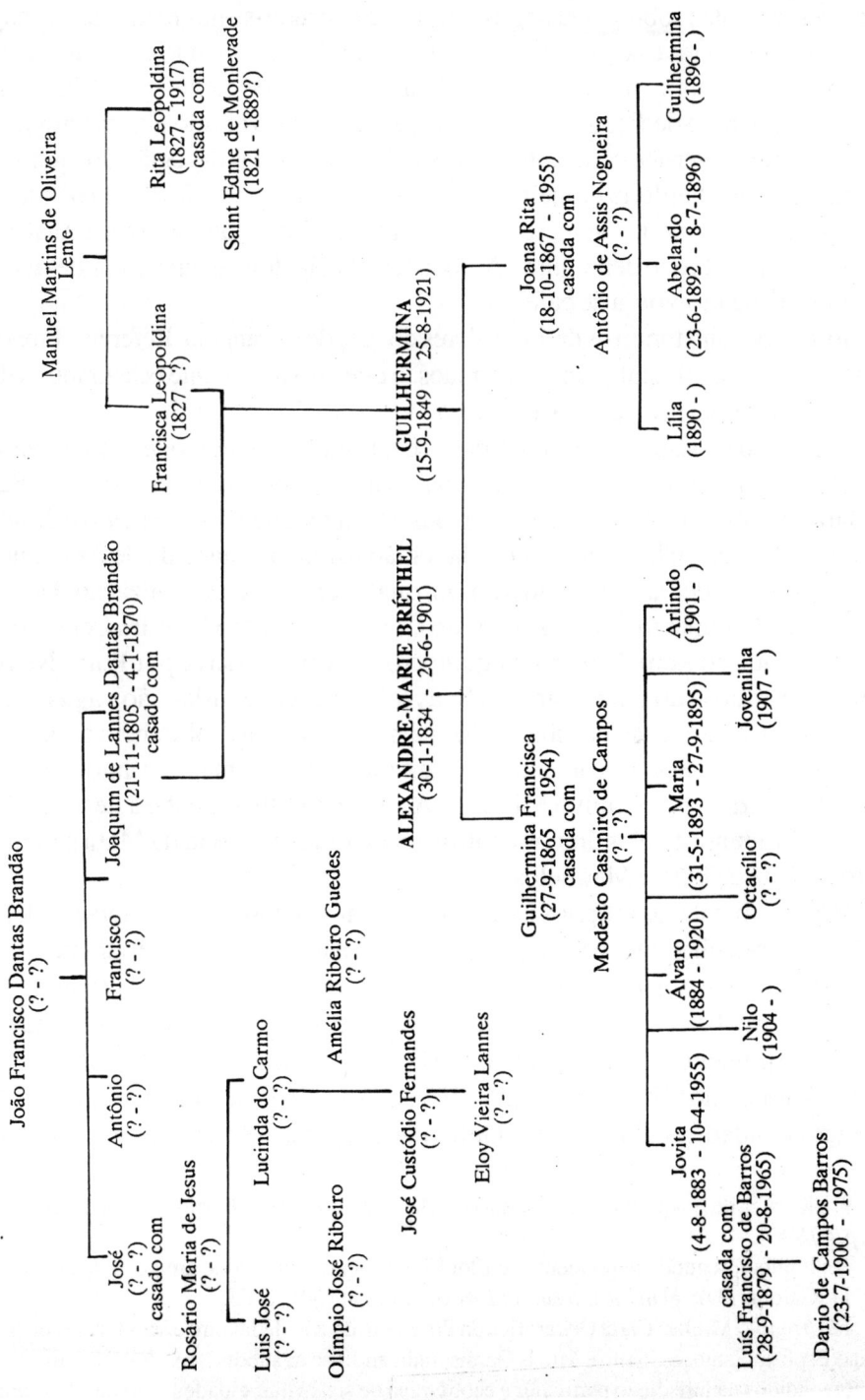

Árvore genealógica da Família Bréthel no Brasil

Também nascido em Descoberto, em 1805, Joaquim alistou-se em 1823 nos batalhões incumbidos de proteger os colonos. Alexandre Bréthel deixou-nos informações interessantes sobre o seu sogro. Em 1832 internou-se nas matas do Carangola com diversos escravos e um amigo chamado Bambuí. Aliciando cerca de duzentos índios, plantou milho, mandioca, cana-de-açúcar a fim de garantir a subsistência de todos. Também se dedicou à extração de ipecacuanha. Volvido algum tempo, seus irmãos vieram fazer-lhe companhia, apossando-se das terras da região. Joaquim viveria dias difíceis. Perderia dinheiro em negócios para a fundação da atual cidade de Porciúncula. Reservou, porém, seiscentos alqueires encostados ao novo arraial, constituindo a fazenda que denominou Algodão. Nela plantou cereais, cana-de-açúcar e até uma pequena lavoura de café[9].

José e Joaquim foram os desbravadores do vale do Carangola. Refere-se Françoise Massa a desentendimentos entre os irmãos, o que provavelmente ocasionou as dúvidas sobre a primazia do devassamento[10].

O esforço de Lannes, embrenhando-se nas matas da região, pode ser avaliado pela leitura dos viajantes que por lá transitavam. No primeiro semestre de 1829, o Reverendo Walsh realizava excursão pelas províncias do Rio de Janeiro e de Minas Gerais, relatada em livro. Seu mapa da região revela o avanço do desbravamento. Não há, porém, do Paraibuna ao Muriaé, qualquer sinal de colonização. Dez anos mais tarde, Gardner visitava as terras do Coronel Custódio Ferreira Leite e de seu irmão Francisco Leite Ribeiro. Seguindo o Paraíba, passava por Porto Novo do Cunha e São José do Além Paraíba. Suas referências a Muriaé são vagas, pois se desconhece, então, traço de vida civilizada naqueles locais[11]. Também desse tempo não registra qualquer povoamento no vale carangolense o mapa de autor desconhecido, encontrado no Arquivo Militar[12]. Ao Vale do Muriaé cabe a designação de Sertões Epidêmicos e os únicos centros localizados na Zona da Mata são Simão Pereira, Juiz de Fora e Marmelos.

Posteriormente, os próprios Lannes facilitaram a ocupação. Venderam e doaram tratos de terra a diferentes pessoas. Em 1834 José passou a Geraldo Rodrigues Aguiar parte de terra situada na margem direita do Muriaé. Francisco e Antonio Lannes também se estabeleceram na região de Natividade, onde ficaram seus descendentes. Quanto ao primeiro, o nome aparece no Almanaque Laemmert como Juiz de Paz de Santo Antônio dos Guarulhos. Para a Fazenda da Conceição transferia-se João F. Dantas Brandão, pai dos Lannes. Outro parente, José Ferreira César mudou-se de

---

9. Biografia de Joaquim Lannes escrita por M. Dario de Campos Barros. Massa, Françoise, op. cit., p. 402-404.
10. Bambuí, segundo depoimento de Eloi Vieira Lannes, tinha sido amigo de José Lannes.
11. Gardner, T*ravel in the interior of Brazil*, London, 1846, p. 65.
12. Arquivo Militar: Carta Geográfica da Província do Rio de Janeiro e seus termos ou limites com o Espírito Santo, S. Paulo e Minas Gerais, indicando-se as subdivisões dos Distritos Anexos compreendidos na jurisdição particular e econômica de suas vilas, cidades e aldeias. Ver também Taunay, Afonso, *História do Café*. Rio de Janeiro, t. 3, v. 5, p. 143.

Turvo para o arraial do Laje e aí se fixou. Só mais tarde chegariam José Bastos Pinto e José Garcia Pereira, doadores dos terrenos para o povoado[13].

Da maior importância para o povoamento do vale seria a extinção do regime sesmarial. A sesmaria era inacessível ao lavrador sem recursos. O apossamento, ao contrário, facilitava o meio necessário à plantação. Nas proximidades de Tombos tem início a ocupação de extensas áreas, a partir do decênio de trinta. A formação do povoado decorrerá, em seguida, da concentração de criadores nas pastagens marginais do rio[14]. Também próximo à cidade de Carangola, as sedes das fazendas começam a ser erguidas. Aqueles que possuíam recursos, apossavam-se dos terrenos ubérrimos e principiavam o amanho.

Alguns fazendeiros, situaram-se nas cabeceiras dos afluentes do rio. Antônio de Caldas Bacelar fixou-se na Caiana de Cima; Manoel José da Silva Novais na Cachoeira do Boi; Antônio Carlos de Souza próximo ao Arraial Novo, atual Carangola; Paulo José Leite em Santa Margarida, atual Caiana de Baixo; Coronel Maximiano Pereira de Souza, em São Mateus, hoje Faria Lemos; José Joaquim de Souza, na fazenda do Bom Jesus e Felisberto Gomes da Silva, na Fazenda do Bom Retiro[15].

Por volta de 1843 Antônio Dutra de Carvalho, fazendeiro nas imediações de Queluz, hoje Conselheiro Lafaiete, transferiu-se com todos os seus escravos e haveres para a encosta da Serra do Caparaó, onde um século depois, nas ruínas da sede do domínio, inspirou-se Funchal Garcia para um quadro admirável. Envolvido na revolução mineira, decidira-se mudar e, após a anistia, continuou na fazenda nova. Devido à sua estatura elevada chamavam-no Dutrão[16].

Estabelecimentos rurais, pela sua extensão, começavam a ser conhecidos na metade do século passado. O Padre Antônio Gonçalves Nunes possuía um latifúndio ao norte de São Joaquim. Ao lado de Lannes seu nome aparecia citado nas listas eleitorais do Almanaque Laemmert[17]. O clérigo aparece entre os cinco eleitores de N. Senhora da Piedade do Lage do Carangola. Outra família no vale é a de Martins Oliveira. O mesmo Almanaque assinala a importância de sua fazenda em 1856. Os dois latifúndios — o do Padre Nunes e o de Martins de Oliveira. — São os únicos indicados no mapa de A. N. Tolentino de 1858-1861. Na carta existente na Biblioteca Nacional do Rio de Janeiro, já aparecem a Cachoeira de Tombos, Santo Antônio (Porciúncula) e Natividade, com referência à fazenda de café da viúva de Manoel Antônio, próxima à Santa Luzia do Carangola[18].

---

13. Massa, Françoise. op. cit. p. 99-100.

14. Dados Históricos, Geográficos, Demográficos, Administrativos, Políticos, Econômicos e Sociais — Prefeitura de Tombos, Maio / 1938.

15. Assis, Martins e Marques de Oliveira, *Almanak Administrativo, Civil e Industrial da Província de Minas Gerais.*

16. Garcia, Funchal, *Do Litoral ao Sertão*. Biblioteca do Exército Edit. 1965, p. 69.

17. *Almanak Laemmert*, 1887, p. 99-100

18. *Carta Corêográfica da Província do Rio de Janeiro*, 1858, 1861. Tolentino, Nicolau. Biblioteca Nacional, Rio de Janeiro.

Houve outra propriedade pertencente a Jean-Antoine Felix Dissandes de Monlevade, pioneiro da metalurgia em Minas Gerais.

Além da usina de Piracicaba, adquiriu terras, fazendas, entre elas uma nos limites das províncias mineira, fluminense e capixaba[19]. Monlevade atraiu à Mata um sobrinho que se fixou em Tombos: Saint Edmé de Monlevade, casado com Rita Maria, filha de Martins de Oliveira Leme, já citado, descendente do bandeirante Fernão Dias Paes. Adquiriu uma fazenda em Tombos, cuja administração esteve entregue a Alexandre Bréthel, que esposou em 1864, dois anos após ter chegado, a filha de Joaquim Lannes[20].

Dois autores referiam-se em 1864 à freguesia de N. S. da Conceição de Tombos de Carangola, registrando os nomes do subdelegado e vacinador José Luciano de Souza Guimarães, do Reverendo Antônio Bento Machado, vigário encomendado e do professor de Letras Francisco das Chagas Cerqueira[21]. O primeiro seria o futuro Barão de São Francisco. No mesmo volume aparecia o nome do subdelegado de Santa Luzia do Carangola, José Maria de Oliveira.

Em Tombos, os alicerces da grande fazenda do Vidigal foram lançados. Do mesmo modo, José Luciano principiava a sua plantação de café na Fazenda do Capim, seguido por Vasconcelos em sua Fazenda da Serra. Próximo a Faria Lemos, João Marcelino Teixeira estabelecia-se com gado e café[22].

---

19. Massa, Françoise, op. cit., p. 22. Fonseca, Caetano, *Manual do Agricultor de Gêneros Alimentícios*, Rio de Janeiro, 1864, p. 38.

20. Tanneau, Yves, Alexandre Brethél, in Massa. op. cit. p. 152. *Une grande figure d'emigré Breton au Brésil, Alexandre Brethél* (1834-1901). Rennes, 1973, p. 359-384.

21. Assis, Martins, Marques de Oliveira. *Almanak Administrativo, Civil e Industrial da Província de Minas Gerais.*

22. Depoimentos de antigos moradores. Coronéis Juca Horacio, José de M. Queiroz (Zeca Modesto), d. Francisquinha (Chiquinha) Hosken Faria Castro e Antonio Novaes de Freitas.

CAPÍTULO III

A Origem do Povoado

Na altitude de 399 metros nascia, no decênio de trinta do século passado, um arraial com ranchos e moradas toscas às margens do rio Carangola. Sua posição geográfica é de 20°, 44'10" de latitude sul e 42° 02'00" de longitude W, distando de Belo Horizonte, capital do Estado de Minas Gerais, em linha reta, 220 quilômetros.

Já era palco de esporádicas incursões de aventureiros, catadores de poaia e faiscadores. Não escapava também à vicissitude do período a procura de novos veios. A insistência na faiscagem devia-se a notícias vagas de ouro, cujo fascínio perdurava, acompanhando o retirante da região mineradora. Traços da atividade aparecem nos ribeiros de toda a Mata devassada, tanto no Pomba como no Carangola. Malogravam-se as iniciativas, ficando sepultada nos rios dos Sertões do Leste a esperança da bateia.

Enquanto insistiam, buscavam também os ádvenas outras formas de atividade. Nas horas que sobravam da aventura exploradora, a caça e a pesca eram exercidas. Por fim, a medida segura de sobrevivência: o roçado. A princípio, rudimentar, havia de converter-se, logo depois, em lavoura, pois as terras eram feracíssimas. O núcleo inicial socorre-se da experiência pioneira dos Lannes para diferentes tentativas de escambo, caça e cultura. Pois coube aos irmãos, já referidos, a iniciativa de aliciamento de índios puris para plantio de milho, mandioca, cana-de-açúcar nas imediações do futuro arraial. Distribuindo-se os lavradores pelo vale que compreende a atual região, não tardaram as formações de núcleos, onde se montavam biroscas de gêneros, bebidas e, mais tarde, armarinhos.

Escassos os dados a respeito dos primeiros tempos da povoação. As condições adversas de vida não podiam proporcionar o lazer que favorecesse anais de qualquer espécie. As pesquisas só se efetuam no começo do século XX, quando a tradição oral passou a ser recolhida por organizadores de almanaques e anuários publicados[1].

---

1. Assis, Martins e J. Marques de Oliveira. *Almanak Administrativo, Civil e Industrial da Província de Minas Gerais*. p. 359-360. Rogério Carelli admite que "surgiram na verdade dois arraiais do mesmo tamanho próximos um do outro. O Arraial de Santa Luzia tornou-se a nossa atual sede do Município, e o outro, o atual Distrito de Lacerdina. "Discurso — Anais — Câmara Municipal de Carangola, volume 1, 1981.

Pode-se avaliar, sem dificuldades, a luta dos adventícios em busca de ouro e sustento. O convívio com o selvagem foi o recurso heróico. As relações vicinais nas imediações do atual Largo do Rosário, possibilitaram a formação de uma comunidade e, conseqüentemente, a escolha de nome casual a diversos agrupamentos do interior: Arraial Novo. A denominação chega aos arredores, onde outros núcleos se compunham, bem como em Tombos e em São Mateus, atual Faria Lemos. Também aos tropeiros que cruzam os vales do Doce e Paraíba e aos outros que, de passagem, visitam o povoado.

As informações que constam de monografias oficiais a respeito da matéria, não registram as fontes. Na Enciclopédia dos Municípios Brasileiros, os dados são fornecidos por Cleto Romualdo Vieira. O verbete concernente a Carangola é da lavra de Moacir de Andrade. Posteriormente, na monografia, editada pelo IBGE e redigida por Paul Schnetzer, lemos: "As atividades agrícolas fixariam os primeiros habitantes na região do atual Município, em princípios do século XIX. Em 1833 já havia no local onde hoje está edificada a cidade, pequeno agrupamento — Arraial Novo — fundado por caçadores de animais e poaieiros ou catadores de poaia. A essa época, as vertentes do rio Carangola, desde as cabeceiras até a sua foz no Muriaé, eram matas virgens habitadas por índios puris, já pacificados, com os quais os civilizados logo estabeleceram relações de amizade"[2].

No decênio de quarenta, o número de roças já era expressivo. Dispunham-se, de modo intermitente, as construções modestas ao longo do rio. Também os tropeiros, antes raros, intensificaram as passagens por aqueles sítios rumo a Campos. Sempre atenta, a tropa sabia medir as possibilidades de gente embrenhada a fim de obter as plantas medicinais, deixando em pagamento outras mercadorias. Do mesmo modo, procuravam adquirir peles de animais que, nas praças maiores, atingiam valores significativos.

Em Minas, em período conturbado por lutas entre conservadores e liberais, viviam os fazendeiros. Alijados do governo, os partidários de Teófilo Ottoni rebelaram-se em 1842. A revolução não se circunscrevia à zona mineradora. Em Mar de Espanha, tropas oficiais preparavam-se para o ataque. Em Mercês do Pomba, cortando as ligações com Ouro Preto, acompanhavam centenas de praças. Deram-se os combates na atual cidade de Visconde do Rio Branco.

Adeptos do liberalismo, os moradores de Arraial Novo decidiram, após o malogro do movimento, homenagear os vencidos, dando ao povoado o nome de Santa Luzia, onde o combate derradeiro se travara com a vitória do exército sobre os rebeldes. A atitude realçava a tradição oriunda da região mineradora[3].

Bem próxima, outra povoação crescia na cidade de Tombos. O Partido Liberal retornava ao poder em 1844. A Nova Santa Luzia do Carangola já era um núcleo

---

2. Carangola, *Coleção de Monografias*. IBGE — Conselho Nacional de Estatística, n.º 337, 1966. também *Enciclopédia dos Municípios Brasileiros*. Rio de Janeiro, 1958, v. 366 e seguintes. Gazeta do Carangola, 10/01/1980. Carangola Ilustrada, junho / 1952.

3. Tradição local.

ORGANIZADORES TÉCNICOS E EXPOSITORES DA 1ª EXPOSIÇÃO - Esta foto, tirada na porta da arquibancada do Estádio Municipal, mostra a maioria dos expositores que ali concorreram. No centro (sentados) os Prefeitos Pedro de Oliveira (Espera Feliz), Dr. Francisco Duque de Mesquita (Carangola) e Sebastião Rocha (Tombos)

PALMEIRAS DA PRAÇA CEL. MAXIMIANO - As tradicionais e centenárias palmeiras do jardim foram plantadas em 3 maio de 1876 pelo Major Manoel Gomes de Linhares.

ESTAÇÃO FERROVIÁRIA DE SANTA LUZIA - O primeiro trem de ferro chegou em Carangola a 10 de julho de 1887, e a Estrada de Ferro Alto Muriaé denominou a estação de Santa Luzia.

RUA 15 DE NOVEMBRO EM 1896 - Mostrava sua aparência bucólica de povoado, de casas baixas, sem arquitetura nem alinhamento.

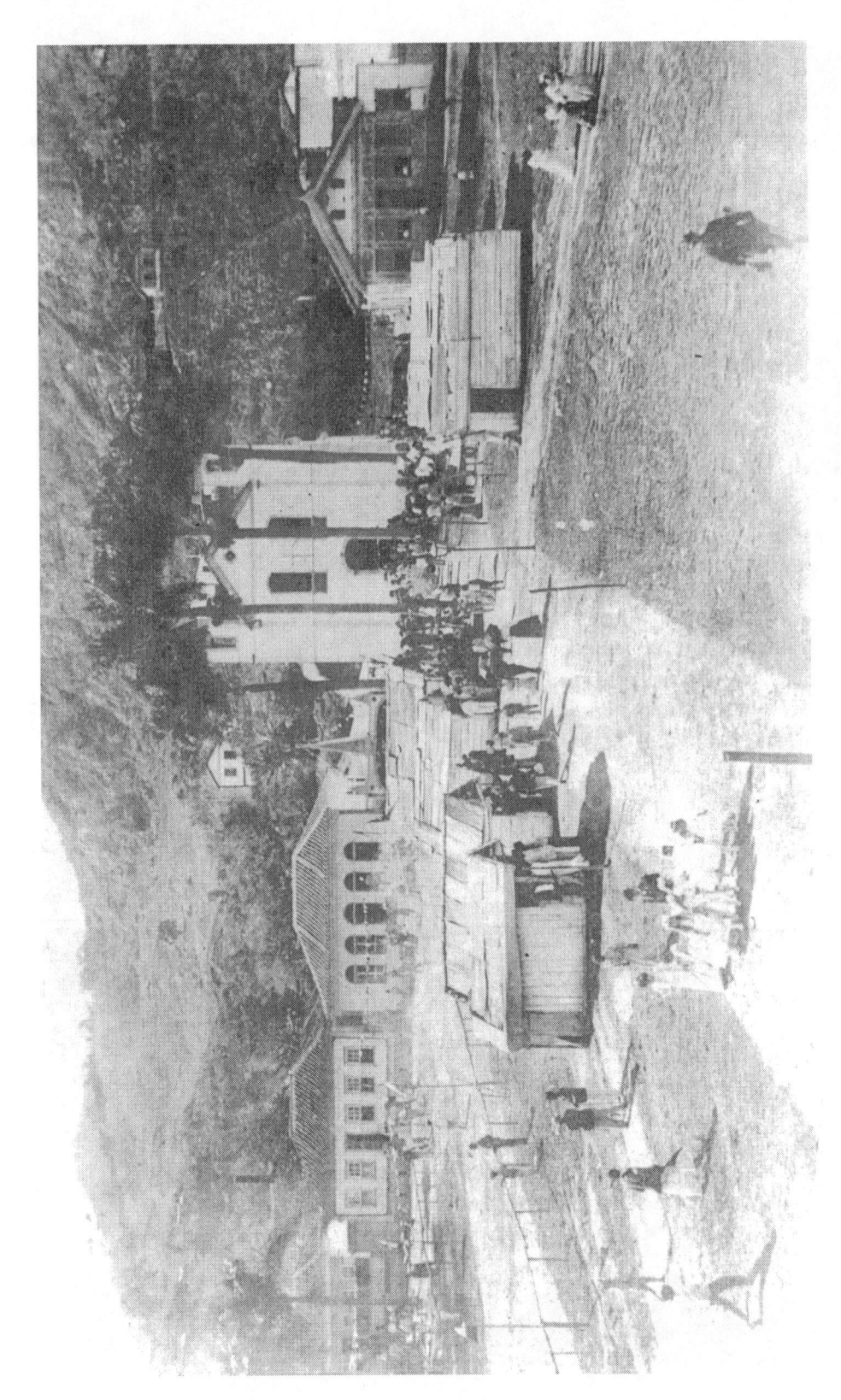

A PRAÇA CORONEL MAXIMIANO EM 1906 - Numa destas barracas foi realizada a primeira exibição do cinema em Carangola, promovida pelo professor Adolfo Ladislau Pereira.

A PONTE DE FERRO DA RUA PADRE CÂNDIDO - Foi construída em 1909 pelo Cel. Olympio Machado, sendo suas peças pré-fabricadas na Bélgica. Foi demolida devido corrosão numa das pontas das vigas.

VISTA PARCIAL DA CIDADE - Nesta foto de 1910, pode-se ver parte da praça Cel. Maximiano, e ao fundo o cemitério.

A RUA QUINZE DE NOVEMBRO EM 1910 - Na primeira casa à esquerda se estabeleceu a primeira farmácia da cidade, de propriedade do Sr. Antônio Januário Vieira entre os anos 1886 a 1903. O prédio seguinte, em forma de chalé, foi a sede do Éden Clube.

RUA PADRE CÂNDIDO - Assim denominada em homenagem ao Vigário padre Cândido Alves Pinto de Cerqueira, falecido em 1892. Foto de 1910.

PARQUE DA RUA MARECHAL DEODORO CONSTRUÍDO EM 1905 E EXTINTO EM 1913 - Era uma espécie de Jardim Botânico e ficava defronte do atual Banco do Brasil.

VISTA PARCIAL DA PRAÇA CEL. MAXIMIANO - Nesta foto de 1910 pode-se notar o primitivo coreto, a velha Matriz, e o antigo Grupo Escolar (atual Prefeitura Municipal).

VISTA DO JARDIM DA PRIMITIVA MATRIZ - A Matriz exibia apenas uma sineira, pois a outra havia caído em 1914. As palmeiras defronte o templo foram plantadas em 1881. Esta fotografia é de 1917.

PIQUENIQUE NA ILHA DOS AMORES (1920).

PRÉDIO DO BANCO HIPOTECÁRIO - O Banco Hipotecário e Agrícola de Minas Gerais foi o primeiro do gênero a se estabelecer em Carangola, e também o primeiro a construir sua sede própria como mostra esta foto de 1920.

A FÁBRICA DE PORCELANA E A COMPANHIA INDUSTRIAL CARANGOLENSE - A fábrica de Porcelana estava em término de construção em 1918, e a Industrial estava em atividade desde 1915.

MOÇAS DA SOCIEDADE DE CARANGOLA, 1920.

organizado de homens do campo. Divergências acentuaram-se entre chimangos e conservadores. A disputa é maior em Tombos. No princípio do decênio de cinqüenta, a pacificação do Marquês do Paraná atenua os conflitos do interior. Porém, seis anos depois, os conservadores retornam. As dúvidas, a propósito de uma eleição, levaram, em 1859, os agricultores liberais a erigir no povoado vizinho de Santa Luzia do Carangola uma capela, para cuja edificação fizeram doações, José Maximiano Pereira de Souza, José Moreira Carneiro e Manoel José da Silva Novais[4].

A capela foi erguida em outro local pouco distante do agrupamento que constituíra o arruado. Trata-se da praça no centro que mais tarde receberia o nome de um dos doadores, o Coronel Maximiano.

Ao redor foram levantadas novas casas. O *Almanaque do Município da Mata* assim registraria, no começo do século, as construções. "Os primeiros alicerces da cidade foram lançados pelo Cel. João Marcelino Teixeira, que edificou a primeira casa no largo, no local em que existe a casa de negócios do Sr. Francisco Nassar. A segunda casa, completamente modificada, é mais conhecida pelo nome de casa dos pedreiros, e a terceira é a residência e propriedade de D. Rita Sabino". Outros fazendeiros começaram a construção de moradias, entre eles José Marcelino Teixeira, Marciano Pereira de Souza, Adão Justiniano Pinto e Manoel Albino[5].

A comunidade iniciara a sua trajetória integrando o município de São João Batista do Presídio, hoje Rio Branco. Em 1853, com as divergências entre os fazendeiros de

4. Tradição local. Arquivo do IBGE.
5. Assis, Martins e Marques de Oliveira. *Almanak Administrativo, Civil e Industrial da Província de Minas Gerais*. p. 359-60.

Tombos, para São Januário do Ubá transferira-se o município do Presídio, assim permanecendo por dois anos até 1855. Então, São Paulo do Muriaé seria elevado à vila, recebendo Santa Luzia do Carangola como um de seus distritos.

O crescimento do povoado gerara práticas de violência e os apelos de socorro ao governo provincial foram atendidos em 1860 com a criação do Distrito Policial, cujo subdelegado, José Maria de Oliveira, figura no "Almanaque Administrativo Civil e Industrial da Província de Minas Gerais", ao lado de seu colega de Tombos, José Luciano de Souza Guimarães, futuro Barão de São Francisco do Glória, citado como vacinador.

Prosseguia uma influência marcante de Tombos, onde dominavam os conservadores. Por provisão de 10 de fevereiro de 1862, registra o Cônego Trindade, foi criado o curato, tendo tido como primeiro cura o Padre Antônio Casaletto[6]. O Reverendo Antônio Bento Machado continuava no cargo de Inspetor Paroquial, exercendo também as suas funções em Tombos.

A denominação esquisita do povoado e do rio começava a aparecer na capital do país. Em 1861 o Almanaque Laemmert publicava os nomes de seus assinantes no vale do Carangola, citando os fazendeiros Antônio Custódio Fernandes, Padre Antônio Gonçalves Nunes, Tenente Antônio Lopes de Farias, Francisco Antônio da Silva Tinoco e Capitão José Custódio Fernandes.

Por esse tempo, segundo a tradição e informações de velhos moradores, delineava-se o traçado que constituiria a cidade futura. Do ponto originário do núcleo, no Largo do Rosário, surgira um casario intermitente. Seguindo o curso do rio, dele porém distanciado cinqüenta metros em alguns pontos e cem em outros, subia-se numa colina para depois avistar-se a fileira de casas até outra praça, onde a capela fora edificada e um bosque se constituíra com restos da velha floresta. Os moradores a denominavam Rua de Cima, hoje Rua Pedro de Oliveira. A partir do Largo da Matriz, atual Praça Cel. Maximiano, continuava o trilho de casa, chamado *Rua de Baixo*. Trata-se da atual Marechal Deodoro. Na parte mais alta do Largo da Matriz, duas picadas seguiam rumos opostos. A primeira, corria paralelamente à *Rua de Cima* e a outra, em direção ao cemitério, hoje Santa Casa. Aquela, denominada Rua do Morro, atual Santa Luzia, era íngreme e de difícil acesso em tempo de chuva. Entre ela e a *Rua de Cima*, árvores ocupavam o espaço, cobrindo o declive irregular, onde não faltavam escarpas perigosas, posteriormente urbanizadas com escadarias ainda existentes[7].

Novas famílias foram chegando. Os Batalhas, de Cantagalo; os Vasconcelos, do Serro; os Frossards e os Boechats, da colônia suíça de Nova Friburgo; os Machados, de Santa Bárbara; os Soares, de Mercês do Pomba; os Carlos, de Cataguases[8].

Havia no povoado mais de trinta casas. Porém outros núcleos em formação ligavam-se ao arruamento principal, como a Rua do Buraco, atual Cesário Alvim e a Rua

---

6. Almeida Barbosa, Waldemar. *Dicionário Histórico Geográfico de Minas Gerais*. Belo Horizonte, 1971, p. 110.
7. Tradição local. Portilho, Luis Carlos. *Engolido pela baleia*. Est. de Minas. 21/7/70.
8. Arquivo do IBGE e publicações oficiais em pesquisas da década de trinta.

do Rosário, atual Santos Dumont. A povoação marchava para o vale do rio, onde a capela fora levantada. Desse sítio é a descrição mais antiga do lugarejo. Segundo carta de Alexandre Bréthel a seu tio, em 1867, ele, Bréthel, fora chamado por um médico francês, François Scoffany, para assistir um sacerdote, vigário de comuna distante. E conta o farmacêutico que montou em seu cavalo com um negro e o padre da aldeia a fim de levar ao irmão de religião as últimas palavras. Chegaram à sobretarde, após marcha forçada, porém o doente falecera. Conheceu o compatriota Scoffany junto ao cadáver do padre[9]. Com a noite cheia de estrelas e a população dos arredores reunida, conduziu-se o corpo à Igreja, onde a cova foi aberta à direita do altar. Você sabe, diz ele em sua carta, que, nessas regiões, todo o mundo é músico e por essa razão o proscrito do belo céu napolitano foi conduzido à terra ao som de harmonia chorosa. Após o enterro, Bréthel foi cear com o companheiro de viagem, o médico e alguns amigos. E como ninguém tinha sono, passearam na aldeia, onde foram convidados para beber. Sentaram-se na grama, fumando cigarros. Havia uns vinte, falava-se pouco e, naturalmente, do falecido. Bréthel passou a beber cerveja hamburguesa. O serão prolongou-se e às onze da noite não mais se conversava. Abriu-se, então, a alguns passos, a porta de onde saíram duas mulatas jovens. Sentaram-se com um violão, começaram a cantar: Minha terra tem palmeiras/ onde canta o sabiá/ as aves que aqui gorjeiam/ não gorjeiam como lá".

O canto era nostálgico. Do grupo, alguns somaram-se às moças e a canção foi modulada em duas vozes, como se fosse em saudação à alma do exilado que, naquele momento, devia dizer o adeus aos perfumes da floresta e às flores que lhe sorriam na terra distante[10].

A nostalgia de Bréthel mistura-se ao tempo sertanejo de Santa Luzia do Carangola, quando a comunidade se iluminava com a luz das estrelas.

Aproximavam-se os anos setenta. O café dominava a lavoura da Mata, chegando aos limites fluminenses. O povoado crescia desordenadamente. Pelas bandas do Triângulo, algumas moradas, sítios em geral; ergue-se e amplia-se o arruado pelos caminhos das colinas que cercam o centro de Santa Luzia.

A violência imperava. Para o povoado fugiam bandidos de outros lugares, refugiando-se no bairro pitorescamente chamado de Pito Aceso. Belmiro Braga relatou que certa vez um cometa procurou um barbeiro local que lhe pediu que se deitasse numa cama, único móvel existente no salão. Para a surpresa do freguês o fígaro explicou: "Aqui, por estas bandas, só defunto é que faz a barba e eu, de tanto barbeá-los, não tenho jeito de trabalhar em alguém sentado em cadeira"[11].

---

9. Scoffany, pessoa não identificada. O padre napolitano era certamente Antônio Casaletto.
10. Massa, Françoise. op. cit. p. 198.
11. Braga, Belmiro. *Dias Idos e Vividos*, Ariel Editora. Rio, 1936, p. 135.

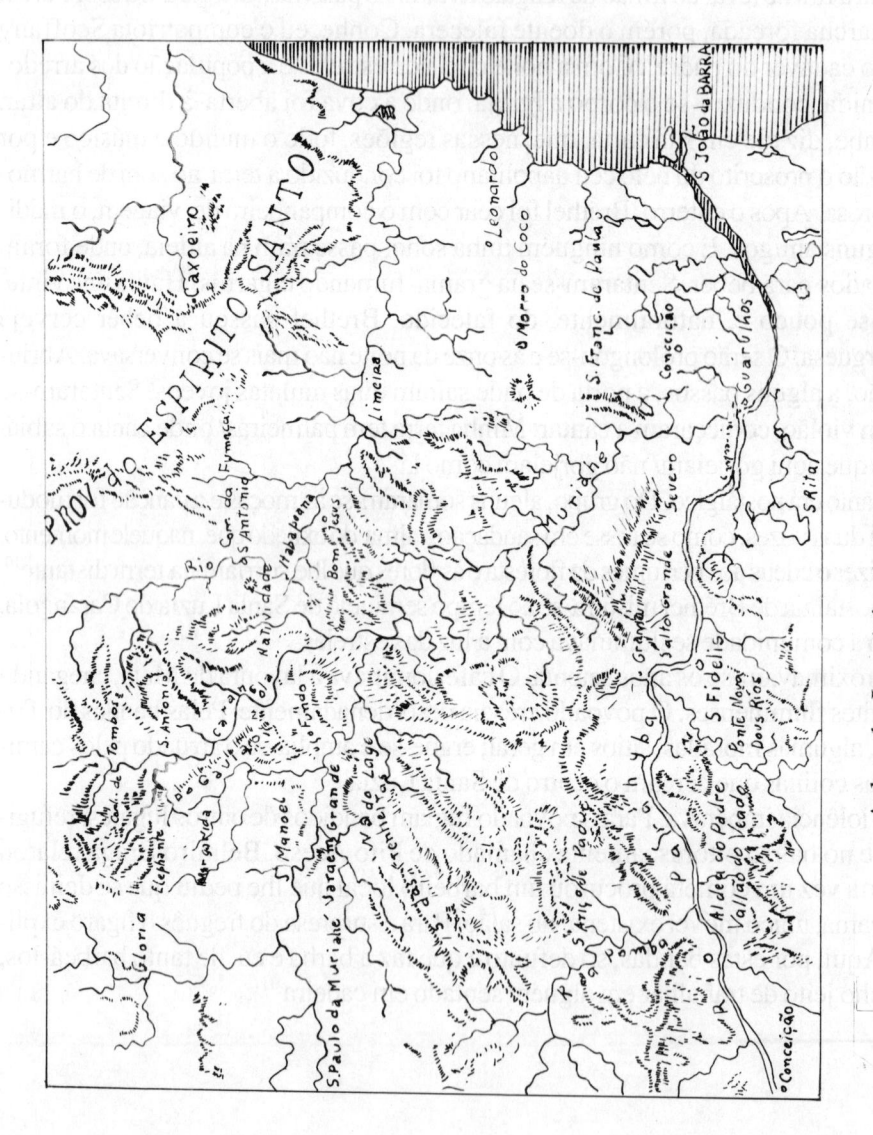

Atlas do Império do Brasil (Rio, 1868)

CAPÍTULO IV

A Toponímia de Carangola

O vocábulo Carangola referia-se mais ao rio. Quase todos os agrupamentos que se formaram às suas margens, no correr do século XIX, foram batizados com o seu nome. Tombos, Santo Antônio, Natividade e a própria Santa Luzia que, afinal, dele se apossou, mantendo hoje a denominação apenas como padroeira. A cidade é confessadamente uma dádiva do rio, cujas águas a banham e a dividem, e algumas vezes a castigam na calamidade das cheias.

Qual o seu significado? Como se originou? Os dicionários e enciclopédias aludem à cidade e ao município de Minas Gerais, à beira do rio do mesmo nome. Tanto Séguier como Lello Universal ignoram-lhe a etimologia. Laudelino Freire, em seu Dicionário da Língua Portuguesa, registra como árvore frutífera, confundindo-a com carambola. Aurélio conferiu, eliminando o equívoco. Quanto às novas enciclopédias, o topônimo é repetido *ad-litteram* com o velho Séguier.

A perplexidade é de Antenor Nascentes. "Carangola — Cidade de Minas Gerais. Talvez africano"[1]. Outros autores silenciam.

Porventura um dado histórico faltasse afim de que se compreendesse a palavra. Lembra-se o autor de lendas a respeito do assunto. Caram e Gola, uma história de amor e sacrifício que as pessoas do povo reproduziam com algumas variações. Apaixonados e na iminência de caírem prisioneiros dos brancos, Caram sacrificou a amada, suicidando-se. O herói era um guerreiro coroado, quando a tribo ainda dominava o vale e combatia com ardor a invasão do civilizado. Um velho negro, ex-escravo, chamado Estevão, morador pelas bandas de Alvorada, contava-me, enfeitando as batalhas e exaltando a valentia do cacique apaixonado. A lenda perde-se na história da comunidade e José Funchal dela também soubera, por ouvir contar, quando chegou à Mata.

Referiu-se à lenda Alexandre Bréthel por duas vezes em sua correspondência. Numa segunda carta, recorre à imagem literária para dar ênfase ao sacrifício dos apaixonados. Os dois índios — Caram e Gola — são duas sombras, os deuses do rio; no ramo de uma palmeira pende a rede e no chão há um arco quebrado, próximo a tições extintos. "Veja, conclui, debaixo desta palmeira estão eles". A outra referência

---

1. Nascentes, Antenor. *Dicionário Etimológico da Língua Portuguesa*, Rio de Janeiro, 1952. v. 2, p.62.

anterior não escapa de um tratamento literário. Porém nela há os elementos da narração que o autor ouviu na década de trinta. Fala Bréthel da existência de um cacique valente que governa as florestas do vale; era no tempo em que os silvícolas defendiam os túmulos de seus antepassados contra o ataque de outros indígenas. Cabeleiras de adversários abatidos ornamentavam-lhe a cabana. Mas certa vez novo inimigo apareceu. Não era mais o grito de guerra selvagem. Era o branco, o invasor, a civilização com as suas armas de fogo. Os índios, após uma defesa desesperada, decidiram sacrificar as mulheres e morrer sob as ruínas de tudo. Nasce então a legenda de Caram e Gola[2].

Na história, a palavra Caram, como nome de chefe, de cacique valente, não foge do significado tupi, pois a raiz Ca é elemento de palavra que designa *homem*, sendo Cario, cacique, e Cara, chefe de tribo. Há no tupi, ademais, outros elementos que devem ter entrado na formação de vocábulos iniciados por Cara, com a designação de *excelente*. Porém seria sem justificativa a denominação de Gola para nome feminino em língua tupi.

Apesar de ajustar-se ao sentido mitológico, seu tratamento também encerra motivo romântico ou indianista, comum no tempo da formação das comunidades do vale. O enfoque que lhe deu Alexandre Bréthel, antes revela o toque da sensibilidade francesa do que a realidade do sertão.

Extraído do tema o enredo de amor, percebe-se a existência dos dois períodos na vida do índio local. O primeiro, quando a luta travada poderia ser entre puris e goitacás invasores, expulsos da costa após a Confederação dos Tamoios. A menção a cabeleiras que enfeitavam a cabana do chefe Caram são significativas, pois os goitacás só cortaram os longos cabelos após a fixação nas florestas, onde receberiam o nome de coroados. O segundo período já relata a chegada dos sertanistas e aventureiros a partir do século XVIII.

Outra explicação para o vocábulo aparece no final do século, vinda da barra do Muriaé. Havia uma tradição de que os índios coropós pintavam o rosto da mesma forma que os africanos procedentes de Angola. A circunstância chamou a atenção dos primeiros entrantes, daí aparecendo a expressão *cara de angola*, posteriormente transformada em Carangola. Em verdade, tatuavam-se os coropós, como relataram diversos viajantes do século passado e, do mesmo modo, os angolanos chegados para o cativeiro, que traziam no rosto tipo parecido de sinais. Roberto Capri refere-se a esta hipótese[3].

Há outra versão, também do princípio do século, atribuída a Napoleão Reis. Eliminava-se da palavra angola a origem africana, e o vocábulo era explicado exclusivamente pela língua tupi.

Trata-se de *Cará*, de *Car*, com *ang*. significando *dos matos*, *vulto*, *espírito*, *aparição* e *Uer*, *Uera* ou *Oera*, significando *ido*, *velho que foi*. As palavras formavam *Cara ang oera* ou *Cara ang ora*, e finalmente Carangola cujos componentes,

---
2. Massa, Françoise. op. cit. p. 62.
3. Capri, Roberto. *Almanaque dos Municípios da Zona da Mata*. 1916, p. 289.

dão uma espécie de Caipora, espírito ou alma penada que os caboclos dizem ver nos bosques a apavorar os vivos.

João Ribeiro advertiu, certa feita, os pesquisadores das acrobacias da linguagem. *Angoera* é realmente forma contrata de anhangoera, que quer dizer, no idioma tupi, fantasma, visão. Carangoera é pois o diabo, o fantasma, a visão do mato. A variação *oera* em *ora* é de cunho africano, o que tornou o vocábulo em Carangola.

Câmara Cascudo registra *angoera*: mito do Rio Grande do Sul. É fantasma, visão no idioma tupi, forma contrata de *anhangoera*. Angoera explica todos os rumores insólitos, estalos, movimento das chamas e sussurros misteriosos[4].

Inverossímil, se considerarmos que o índio já conhecia o anhangoera. O que mais pesa contra a hipótese é a versão oficial, que já aparece em nosso século e cujo texto consta das publicações. Segundo o IBGE, em sua Enciclopédia sobre a cidade, "o nome de Carangola é devido ao fato de haver em abundância "carás" no meio do capim "angola" nas margens do rio. O cará, pelo fato de estar misturado ao capim, foi chamado cará-angola. Depois, fundiram-se pelo uso das palavras. E o rio passou a ser chamado Carangola e depois a povoação, a cidade". A monografia repetiu a versão com base em elementos que se encontram no arquivo do IBGE[5].

O vocábulo seria híbrido, formado de cará, do tupi, e angola, do quimbundo Ngola, nome de um soba, vassalo do rei do Congo, conquistador do atual território, hoje República de Angola. A palavra significa também espécie de capim, utilizado como forragem, comum na região.

Por que se teria formado o vocábulo? Antenor Nascentes, como vimos, não estava certo da raíz africana. Joaquim Ribeiro Costa já registra a etimologia tupi-guarani: Cará, planta tuberosa, e angola, variedade de capim, acrescentando nota alusiva à abundância de ambos nas margens do rio a que deram o nome que se estendeu à atual cidade[6]. Trata-se de versão constante das publicações oficiais. Certa ou errada, prende-se à circunstância de cheias ocorridas na atual cidade de Porciúncula, onde o rio desemboca no Muriaé. Registrava a tradição que a correnteza trazia grande quantidade de carás, provenientes dos margedos, onde o capim os retinha.

Examinada do ponto de vista da circunstância, aparentemente é correta, se considerarmos os elementos psicológicos de penetração e as condições naturais encontradas pelo aventureiro chegado ao sítio.

O índio primitivo era espontâneo, uma criatura cujo conhecimento partia de senso visual. Familiarizava-se com a natureza por meio de seus acidentes e suas características. Principalmente com os rios. Estes eram os marcos naturais, que dividiam as terras. Seus nomes são quase sempre da língua tupi: Paraíba, Manhuaçu, Manhumirim.

4. Cascudo, Luis da Câmara. *Dicionário do Folclore Brasileiro*. INL, 1972, p. 60. *Anuário de Minas Gerais*, Belo Horizonte, 1909.
5. Dados e informações constantes no Arquivo do IBGE, bem como publicações já citadas, inclusive *Enciclopédia dos Municípios Brasileiros* no verbete sobre a cidade.
6. Ribeiro Costa, Joaquim. *Toponímia de Minas*. Belo Horizonte. 1970, p. 192.

Nascidos de incursões de sertanistas e faiscadores, em busca de ouro, os arraiais da Mata foram no começo meros ajuntamentos de garimpeiros e caçadores, freqüentados, logo depois, por tropas. As denominações são peculiares à faiscagem, como no caso do Porto de Diamantes e Meia Pataca, mais tarde Cataguases e Leopoldina. Dir-se-ia a atividade batizando os núcleos iniciais sob a inspiração de uma esperança. Ainda a fé geraria os nomes dados como padroeiros, posteriormente definitivos. São Manoel, São Mateus, Divino, São Francisco, Santo Antônio, etc.

O ouro, que a cobiça supunha existir no leito dos rios, era escasso e os aventureiros partiram para o comércio de plantas medicinais e em seguida dedicaram-se à lavoura, uma vez que a terra era fértil. Necessário sempre o convívio com os indígenas, que povoavam a região, que conheciam os seus mistérios e capazes de extrair da natureza as plantas solicitadas. Com o vale do Carangola, idênticas as vicissitudes. A penetração se dá nas mesmas circunstâncias. O rio, vindo dos sertões, avançava caudaloso até a barra do Muriaé. Estendia-se por quilômetros. A primitiva denominação indígena recebida não chegou até nós. Poderia ter sido Muri ou apenas Cará, em razão do tubérculo existente nos margedos? É significativo que o nome da planta já designasse o rio afluente do Doce — Caratinga — a significar uma variedade branca de cará. Cara ou Caran, como também registra Salvador Pires Fontes, escamoso, cascudo, tinta, branco. E completa o verbete definindo-o como Planta trepadeira, espécie de cará (*Dioscoria brasiliense*), cuja raiz é uma batata de tamanho variado e de sabor adocicado e comestível, cozida ou assada, muito apreciada pelos índios que habitavam a região"[7].

Ao indígena muito apetecia a espécie citada de batata. Em glossário da edição italiana do livro de Ferdinando Denis, ela é definida como "pianta le cui radice servivano ad alimento dei tupinambá"[8].

O acréscimo africano ao nome deve-se à presença de negros angolanos, que acompanhavam os sertanistas, batizando com as suas palavras as plantas conhecidas da África. A observação de Ismael Coutinho abona a versão de "que os vocábulos de origem africana que passaram ao nosso léxico são nomes geográficos", referindo-se à palavra Carangola[9].

O nome Muriaé oferece outro elemento para a elucidação do assunto. Apesar de diferentes etimologias, por Antenor Nascentes consideradas inseguras, há a assinalada por Von Martius, que faz o nome derivar de mur, nutrimento, e iá, fruto, com a significação de lugar que espontaneamente produz frutos comestíveis.

Muriaé seria o local onde havia frutos em quantidade e comestíveis. Justamente no lugar existiam remanescentes de índios guarulhos. Eram tão vorazes que a tradição os apelidou de comilões.

Ferreira de Rezende chamou a atenção para o fato de comerem os puris os carás com grande prazer. Em verdade, cará é uma designação comum a várias espécies de

---

7. Pires Fontes, Salvador. *Noções de Gramática Tupi*, Belo Horizonte, Imprensa Oficial, 1981.
8. Denis, Ferdinando, *Brasile*, Venezia, 1838, p. 382.
9. Lima Coutinho, Ismael. *Gramática Histórica*. 4ª ed., Rio de Janeiro, 1958, 187.

dioscoreáceas, providas de tubérculos alimentares, comestíveis, e os índios não faziam a distinção entre frutos e batatas. A versão dos carás abundantes reafirma-se na etimologia do rio Muriaé. Com a chegada dos forasteiros à barra do rio, o fenômeno seria melhor definido com o acréscimo da palavra angola, capim, de origem africana. E a denominação, mais tarde, haveria de estender-se aos diversos povoados que margeavam o rio.

Trata-se de elemento para justificar a notícia oficial. Porém o que nos intriga é ser ela recente. Estranho que em toda a correspondência de Bréthel, entre 1862 a 1900, nenhuma referência haja a propósito das características das cheias, nem tampouco à versão. Aliás, o próprio IBGE, em publicação posterior à Enciclopédia, prudentemente esclarecia a ocorrência de divergências de opiniões "comuns em assunto de tal natureza, enfatizando que não são raros os equívocos nas próprias fontes de pesquisas"[10].

Last but not least, uma hipótese nunca suscitada. A de ser o vocábulo de origem exclusivamente africana. Em Angola há duas povoações — *Cangola*, no Conselho de Pombo e *Carangolo*, no Conselho de Ganda. Ambas situadas em locais onde os traficantes obtinham os escravos remetidos ao Brasil. Tanto Cangola, como Carangolo, são topônimos antigos que figuram nos mapas e dicionários angolanos[11].

Qualquer deles, sobretudo o último, poderia ter inspirado a denominação da cidade mineira da Mata. O segundo apenas se distingue pela terminação masculina. Admitindo que um escravo, procedente da aldeia de Carangolo, chegasse ao vale do rio da Mata e considerasse a paisagem tropical parecida com a sua região, compreende-se que passasse a denominá-la com o mesmo nome familiar que a nostalgia mantinha em sua lembrança.

10. Carangola — Coleção de Monografias — IBGE. op. cit. p. 2
11. Antônio. *Dicionário Corográfico-Comércial de Angola*. Verbetes referentes a Cangola e Carangolo. 3ª ed., Luanda, 1955, págs. 94 e 108.

A RESIDÊNCIA DO DR. JONAS DE FARIA CASTRO - Esta aprazível chácara (hoje Escola Regina Pacis) foi sua residência de 1916 a 1926.

CAPÍTULO V

O Sertão e o Avanço do Café

Apoiado em observações de Bréthel, Frédéric Mauro elegeu o vale de Carangola como zona pioneira do Brasil. Há, escreveu ele, muitas regiões com características curiosas. "Consagrarei um capítulo a São Paulo e ao Sul. O Nordeste e o Norte têm também, a seu modo, aspectos pioneiros. Não iremos aqui nos afastar do Rio, porém escolher uma região que se acha no Sudeste de Minas, a província do ouro e do diamante — não a parte mineira, aurífera, mas a parte selvagem, o vale do Carangola, que só tem uma sorte: ser um subafluente do Paraíba, o grande rio cujo vale une São Paulo ao Rio e que, após banhar a cidade de Campos, vai desaguar no Atlântico. O Carangola está, pois, no norte do Paraíba, em um território onde só se podia penetrar subindo os rios, e onde a segurança do viajante estava constantemente ameaçada por chuvas, animais ferozes e mesmo por índios selvagens, os famosos puris"[1].

Mas no que concerne à primeira metade dos Oitocentos, são poucas as indicações a respeito do vale.

Apesar de situada na zona tropical, a abundância de vegetação e de riachos propiciava um clima insuportável. Velhos moradores do local lembravam-se, na década de quarenta do nosso século, de histórias ouvidas sobre as condições desfavoráveis de vida nas fazendas, onde havia absoluta falta de recursos. Recorria-se à medicina caseira, misto de conhecimento antigo e crendices indígenas e africanas, bem como às ervas, inclusive à poaia. De modo geral, o desbravador e a primeira geração de lavradores preferiam o curandeiro, circunstância que Bréthel comentou em carta: "chama-se primeiramente o feiticeiro: depois, na última hora, o médico, por dever de consciência."

Em 1863 Bréthel descrevia a aspereza da vida em percurso pelos sítios próximos a Carangola. Referia-se, em carta aos parentes, à floresta úmida com árvores tombadas a barrarem o caminho do viajante. O cavalo avançava, transpondo os obstáculos de grossos troncos. À certa altura, mister atravessar o rio. A canoa presa a um cipó, facilitava a aventura. E, conduzida por um indígena, levava o passante à outra margem, enquanto o animal acompanhava a nado, seguro por corda. A viagem prosseguia. De repente, nuvens de um branco cinzento elevavam-se no horizonte. Necessário cruzar a floresta antes da chuva, mas tudo era terrível e ouvia-se a folhagem estremecer com o sopro do vento que a precede. Um eco surdo e o viajante esporeava o

---

1. Mauro, Frédéric. *La Vie Quotidiene au Bresil au temps de Pedro Segundo* (1831-1889). Hachette, 1980, p. 95-112.

cavalo e encolhia-se para evitar que ramos baixos o derrubassem. Estreita e escorregadia a vereda. A gente ficava certa da morte, naquele instante, com o estrondo dos trovões. O vento, ameaçador, e a chuva caindo em gotas grossas e fortes, tornando a floresta mais sombria. Em certo momento, uma detonação e a árvore caía fulminada. As feras agitadas, em seus covis, uivando, e o desejo era fugir. Tudo, por fim dissipava-se, o sol brilhando de novo e a terra aparecendo cheia de flores[2].

Pela descrição percebe-se o trópico. Chuvas torrenciais que sucediam a períodos de estiagem, inundando os caminhos. Durante o verão, a fornalha sufocante. Referiu-se ao mês de março de 1873, quando o calor foi tamanho que se respirava com dificuldade; chegava-se ao ponto de ter um ovo cozido ao sol[3].

Não só em chuvas e tempestades consistia a selva. Havia os animais a percorrerem os sítios, prontos para o ataque. Porcos-do-mato, raposas, pacas e jaguatiricas. Os índios, sabedores das manhas dos bichos, ensinavam o adventício a precaver-se, lição de grande valia, que também se obtinha de africanos experimentados. Principalmente para caça. A sobrevivência não podia depender apenas da lavoura.

Lamentável foi o desaparecimento de importantes relatos sobre a vida na floresta. Na literatura da Zona da Mata, porém, podem ser encontrados elementos de rusticidade e da exuberância desaparecidos. Em páginas de escritores nascidos no interior estão os aspectos da região.

Furtado Portugal ressaltava a linguagem da natureza. A mata tão rumorosa ao romper da aurora, silencia, à tarde, no crepúsculo. Não lhe farfalha o arvoredo, não chalreiam as matracas, emudecem os jacus nas grimpas dos ipês. Só os gaviões continuam gritando com estrídulo. O sol, escaldante, a vegetação excessiva, as saracuras de quando em vez e as narcejas levantando vôo com majestade. Insetos voejando à superfície das águas e um enxame de moscas, verdes e rajadas, zunindo sem cessar. Desconfiado, coberto de lama, o jacaré asqueroso aquece-se. Já à sobretarde, a brisa aparece e, suave, balança com doçura as frondes. O gado desce sequioso, aos saltos, a saracura solta o toque de recolher, plangente. À noite há silêncio, quando começa o ferreiro do brejo a martelar[4].

O vale do Carangola sofreu o devassamento rápido e brutal. Os aventureiros não tiveram o propósito de legar ao futuro a lembrança da mata imponente. O autor, realizou, nos anos cinqüenta, entrevistas com velhos moradores, que confirmaram os dados que Bréthel nos deixou em sua correspondência. Manifestações ásperas da natureza, condições adversas do meio: alagamentos, charcos, atoleiros, na estação das chuvas; nuvens de mosquitos no mesmo período climático. Ausência de estradas, precariedade dos trilhos abertos pelas antigas Divisões sobre as centenárias sendas indígenas. Ataques de feras e serpentes. No período das chuvas, nem o sol abrasador dos meses de janeiro e fevereiro conseguia reduzir essas formações, pois dificilmente penetrava pela copagem fechada. Os focos irradiadores da malária combatiam-se apenas pelo uso da poaia.

2. Bréthel, Alexandre, *in* Massa. Françoise, op. cit. p. 175
3. Massa, Françoise. op. cit. p. 87.
4. Portugal, Alberto Furtado. *Contos da Mata Mineira* (trechos esparsos). Rio de Janeiro. 1939.

Terríveis, as feras. A onça, mais perigosa, constituída de várias espécies: pintada, sussuarana e jaguatirica. As serpentes, também. Agressivas como a jararaca, a cascavel, a surucucu e a jararacuçu, comum nos cafezais[5].

Até a predominância da lavoura cafeeira, a economia de subsistência dava às fazendas as cores conhecidas de seu desempenho. Tratava-se do modelo tradicional dos domínios, cujas descrições, hoje clássicas, são de autoria dos viajantes do passado. João Antônio Monlevade possuía uma nos limites dos estados do Rio de Janeiro e Minas, próxima à Santa Luzia do Carangola. Tomanik informou Françoise Massa de que a produção da mesma destinava-se a trabalhadores da Fábrica de Monlevade. "Meu pai (filho de João Antônio) contava que era uma fazenda enorme coberta de matas virgens e com ótimas terras para plantações"[6]. Saint Edme, em sua propriedade vizinha a Tombos, também sustentaria um tipo de lavoura de subsistência.

É lá que, em 1862, vem instalar-se um jovem bretão, Alexandre Bréthel, estudante de Medicina que não consegue concluir os estudos na França. Ele narra a sua vida na correspondência já citada. Embarca para o Brasil, triste, mas se adapta bem ao sertão, casando-se com uma brasileira que tem ascendência francesa e que domina o idioma dos avós. Administra, primeiramente, a propriedade que pertencia a seus sogros. Depois torna-se farmacêutico, que significava, então, a espécie de médico; por fim faz-se fazendeiro.

São escassos os dados econômicos e estatísticos relativos à safra cafeeira em Minas Gerais. Os relátorios presidenciais são omissos e a administração da província sofria com a falta de elementos sobre a produção rural. A partir do exercício de 1839-1840 surgem simples apontamentos sobre a tributação provincial; o exame desses dados demonstra a importância crescente da produção referida no conjunto da economia. "Sobretudo depois de 1850, o que significa, como acentua Taunay, que, pelas vizinhanças de 1846, as plantações de Mata devem ter aumentado notavelmente[7].

A descrição da fazenda de São Joaquim, extraída da correspondência de Bréthel, nos dá os elementos comuns a todas as propriedades rurais da região. Década de setenta do século XIX.

Vinte e sete pessoas viviam na unidade. Um seu vizinho, Vidigal, contava com a população maior de escravos, entre duzentos e trezentos.

É da maior importância o desenvolvimento da lavoura para explicar o crescimento de Carangola e as conseqüentes melhorias urbanas. Um ciclo de elevação de preços no mercado internacional tem início em 1868. Dois anos após, assumiram maiores proporções, sendo que a Mata era favorecida em virtude de geada que dizimou os cafezais paulistas. Dobraram os preços internacionais do café até 1876.

A crise mundial de 1873 não os afetaria. De forma que, em plena crise, crescia a receita de divisas. Ou em outras palavras: o aumento de nossa produção favorecia a exportação, o que compensava a receita em divisas.

A prosperidade de Santa Luzia do Carangola aceleraria as medidas que visavam a emancipá-la em 1881.

5. Sena, Ernesto de. *Geografia do Brasil*. Rio de Janeiro, 1922, v. 10, p. 153-7.
6. Massa, Françoise. op. cit, p. 22. Ver Caetano da Fonseca, *Manual do Agricultor de Gêneros Alimentícios*. Rio, 1864, p. 38.
7. Taunay, Afonso de. *História do Café*. Rio de Janeiro, v. 6, p. 387.

O ÚLTIMO DESFILE DO TIRO DE GUERRA 201 - TURMA DE 1938 - Em 8 de dezembro de 1938, o Tiro 201 realizou seu último desfile, sob o comando do Sargento José Antero de Mendonça Lins.

CAPÍTULO VI

Tropas e Tropeiros

Os tropeiros da Mata são os mesmos do Centro e do Sertão. Gente indômita a cruzar os caminhos pelo Pomba, pelo Glória, pelo Doce e Manhuaçu. No período minerador, transportavam o ouro ao litoral, regressando com mercadorias de toda a espécie. Revelava o movimento nos portos fiscais que a capitania produzia apenas 10% das necessidades de seus habitantes. Tudo se resumia na exploração aurífera, dependendo dos muares a sustentação da indústria extrativa.

Posteriormente, com o retorno à lavoura, ligaram-se por todo o território. Em suas caminhadas, percorriam o Centro e o Sul, o Sertão e o Leste. E apesar das ferrovias construídas selvas a dentro, muitas regiões, até a década de quarenta de nosso século, contavam com um único transporte: a tropa.

As bestas de cangalhas, as mulas de carga, percorriam léguas e léguas, vadeavam os rios, arranchavam nos caminhos. Palmilhando as veredas que os índios abriram em séculos de vida agreste, o tropeiro violava a mataria, travando conhecimento com os lavradores que ermavam nas solidões. O terçado desbastava a picada, deixando o sinal de passagem nas clareiras. O casco da alimária transformava os caminhos, o rumo da récua baixava o nível do trilho, alterando-o em valo. Crescia a lama, nela se atolavam as bestas carregadas. O pântano estendia-se, às vezes, interminável. Precários os trilhos, mal traçados, mal construídos, pois abertos a golpes de foice. Mas o destino, estradado pelo esforço, pelo conhecimento da terra, pela prática, tornar-se-ia afinal em estrada carroçável.

Pelo litoral era geralmente o retorno, com transporte de ervas medicinais e gado para o Caminho Novo ou para o Leste, atravessando a vau o Piranga e o Casca a fim de ganhar-se o território capixaba. Pelo Muriaé e pelo Pomba, alcançam, por mil atalhos, o Paraíba, no lado fluminense.

No lombo das tropas, a Mata encaminha o açúcar, o fumo, o toucinho e o milho. Recebe de volta o sal de Magé. Em regresso, no arsenal, havia também armas e munições, botas e ferramentas para os homens. As sinhás encontravam veludo e seda, botinas de duraque e artigos de luxo. Ademais, havia algodão em tecido, o chá, bugigangas e mercadorias do Rio e Campos.

As tropas eram constituídas por muares, burros sobretudo. Formavam-se por lotes, cada um composto de 12 animais, inclusive a madrinha. À frente, caminhava o burro da guia. Era um muar ensinado, sem pose e cheio de cincerros a dindilhar e número maior de guizos. A ele dirigia-se o tocador, aos gritos, orientando e ordenando. Seguia-lhe a madrinha, a égua vistosa, carregando cincerro silencioso, cujo toque só se fazia ouvir quando nas pastagens a tropa tinha outra vez de reunir-se para a caminhada.

A madrinha não era necessariamente a égua, mas os tropeiros a preferiam, por a considerarem mais respeitada pelos burros[1].

Marchava-lhe, após, o burro contra guia. Depois, em fila, os animais carregados.

A tropa mantinha a hierarquia das bestas e dos homens. O tropeiro raramente lhe seguia a caminhada. Era o dono, o patrão, e prendia-se a afazeres que o atrasavam ou o adiantavam. O comando pertencia, na prática, ao arrieiro. Sempre junto, montado em animal de sela, à frente ou na retaguarda, acompanha a passo o movimento dos homens e das bestas. O arrieiro era pessoa entendida em caminhos, animais, courama, veterinária e medicina. Sabia cortar crina, tirar travagem, e sua versatilidade no governo da tropa assemelhava-se a do comandante do barco em mar revolto. Entendia-se com o tocador, dava-lhe ordens e com ele trocava as impressões para descobrir um roteiro ou escolher uma clareira.

Os burros eram amansados para a rude tarefa. Mister a resistência ao peso para as jornadas nas zonas mateiras, acidentadas e montanhosas. Longos e irregulares os percursos, subentendiam a jornada de pelo menos trinta quilômetros, suportando os animais, na maioria das vezes, a carga aproximada de quinze quilos. Impressionou-se Eschwege com o vigor dos muares, observando que julgara impossível, não raras vezes, atravessassem pântanos ou subissem e descessem escarpados rochedos. "A força de seus pulmões deve ser tão extraordinária quanto a de seus nervos e músculos, porque subiram a alta montanha de Mato Grosso (perto de Angra dos Reis), que avaliei ter no mínimo três mil pés de altura, em hora e meia, e isto continuamente em passo acelerado"[2].

A tropa era preparada com cuidado, por gente prática, porque cumpria não forçar a alimária, não exigir o mínimo além de suas forças. Rigorosa era e disciplinada. Um conjunto de medidas, tratamento das cavalgaduras, precaução com as ervas venenosas, além do zelo com cargas e valores.

Os tropeiros conheciam perfeitamente as rotinas para aproveitar, da melhor forma possível, o esforço da ramagem. Inúmeras rotas, de grande fôlego, foram percorridas a passo, e várias são na Mata as aldeias nascidas das paradas para repouso.

Eram facilmente reconhecidos pelas atitudes e vestuário. Negros, mulatos e brancos acostumados, desde cedo, a caminhadas longas no regime comedido. Delgados, magros, observou Saint-Hilaire, andavam descalços, com grandes passadas. Coberta a cabeça com um chapéu de pala estreita, de forma bem alta e arredondada, usavam a jaqueta de tecido grosseiro de lã e camisa de algodão, cujas fraldas flutuavam sobre calças do mesmo tecido. Próximos à Mata, em 1819, encontrou-os o cientista. No caminho do rio Preto viu tropas carregadas de mercadorias. "Os bois eram enviados

---

1. O autor ouviu de um velho tropeiro, Argemiro Rosa, em Carangola, a explicação de que o burro melhor obedecia à égua pelo fato de ser seu filho.

2. Eschwege, *apud* Afonso de Taunay. *História do Café no Brasil*, Departamento Nacional do Café, Rio de Janeiro, 1939, v. 4, t. 2, p. 367.

à capital pelos mercadores do sudoeste da província mineira, que os compravam nas fazendas. Esses mercadores confiam integralmente a direção de um rebanho de bois e a venda desse gado a homens que se chamam capatazes e que são muito bem pagos. O capataz tem sob as suas ordens os boiadeiros, e cada um destes é encarregado de conduzir vinte cabeças; não se obrigam esses animais a caminhar mais de três léguas por dia, mas até o seu destino não se permite que repousem, enquanto é hábito fazer-se caminhar todo o dia e deixar pastar no dia seguinte o gado que se conduz do sertão oriental de Minas à cidade da Bahia[3].

Péssimas as comunicações, mormente na estação das chuvas, não se detinha senão para o descanso. Afonso Arinos deixou-nos numa de suas páginas a descrição do burburinho da parada. "As sobrecargas e os arrochos, os buçais, a penca de ferraduras, espalhadas aos montes; o surrão do ferramento aberto e para fora o martelo, o puxavante e a bigorna; os embornais dependurados, as bruacas abertas e o trem-de-cozinha em cima de um couro; a fila de cangalhas de suadouro para o ar, à beira do rancho"[4], denunciavam ao arrieiro que a descarga estava feita com a ordem do costume.

Durante o repouso fazia-se a refeição. O cozinheiro, figura indispensável da tropa, punha-se ao trabalho, escolhendo o local para armar a trempe. "O caldeirão preso à rabicha grugrulhava ao fogo; a carne-seca chiava no espeto e a camaradagem, rondando à beira do fogo, lançava às vasilhas olhares ávidos e cheios de angústias, na ansiosa expectativa do jantar"[5].

A dieta do tropeiro pouco variava. Nela entrava necessariamente o feijão, seguido de farinha de mandioca, do toucinho, da carne-seca e do café. A carne-seca supria a falta de sal, de preço elevado, e da carne fresca. "Impunha-se a adoção duma dieta simples e nutriente. Nada melhor que o feijão substancioso, o toucinho salgado, para os chorumentos torresmos, a farinha de mandioca, para a gostosa farofa, a carne-de-sol, frita ou assada, e a couve picada. E tome pimenta"[6].

A partida exigia uma série de providências e cautelas. "De madrugada, ia o camarada com o bornal de milho ou a cuia de sal buscar os animais no pasto ou no "encosto", onde haviam sido soltos. Nas primeiras noites, para evitar que "puxassem para trás" pelo hábito de voltarem às suas querências, ficariam peados, quando o campo não fosse fechado ou seguro. No fim de dois ou três dias, alongando-se a viagem, amadrinhavam-se em torno do cincerro e assim o campeiro via sua missão facilitada"[7].

3. Augusto de Saint-Hilaire. *Viagem às Nascentes do Rio São Francisco e pela Província de Goiás*. Companhia Editora Nacional, São Paulo, 1944, t. 1, p. 31.
4. Afonso Arinos. "Assombramento", *Pelo Sertão*, Obra Completa, Ministério da Educação e Cultura, Rio de Janeiro, 1939, p. 51.
5. Afonso Arinos, op. cit. p. 51.
6. "Na mesa do caboclo, se a pimenta já não vem da panela, de mistura com a comida, não há de faltar o cuité do molho, mistura do fruto cáustico espremido em vinagre. Muitos há que colocam as pimentas inteiras na boca, mastigando-as, naturalmente: outros espremem-nas, mesmo sem vinagre, e assim as misturam com o alimento." José Alípio Goulart, *Tropas e Tropeiros na Formação do Brasil*, Rio, 1961, p. 122. Frieiro, Eduardo. *Feijão, Angu e Couve*. B. Horizonte, 1966, p. 156.
7. Calógeras, Pandiá. *Estudos Históricos e Políticos*, Cia. Edit. Nac., 1936, p. 582.

O rancho é uma dádiva da tropa. Lá, onde se detinha para bivacar, o tropeiro encontrava o abrigo para a dormida, o lugar da refeição frugal, o ferrador, às vezes entendido em animais, espécie de alveitar ou veterinário. Era o pouso. Consistia, segundo a descrição de Saint-Hilaire, em longo telheiro coberto, tendo à frente, por vezes, varanda e portas de madeira ou pilastras de tijolos. Luccock descreveu-os na província do Rio de Janeiro no primeiro quartel do século passado[8].

Media o rancho pouco menos de 5 mil pés quadrados. Os burros iam chegando; após a descarga, os volumes maiores e menores eram arranjados cuidadosamente. As cangalhas também se arrumavam lá fora, uma por cima da outra, mas em ordem. As cilhas, dependuradas, tudo disposto, em suma, de modo que se pudesse encontrar com facilidade. Além da fileira de cangalhas, punha-se a lenha e fazia-se o fogo. Era cozinha provisória. Descarregados os animais, jantado o feijão com torresmo e farinha, seguia-se a sobremesa de rapadura com melado e café fumegante servido em cuité. Só então as violas começavam:

> Maria, por caridade,
> Não ama tropeiro, não.
> Tropeiro é home bruto,
> Bicho sem combinação.
> Maria, escute o conselho,
> Sossega seu coração.[9]

Na madrugada, aparelhada a tropa, o tocador puxava a madrinha para frente e, ao cabo de algumas horas, novamente se encaminhava para as trilhas em busca de seu destino. Andava metade do percurso até o meio-dia e pela tarde até o crepúsculo, completando a média de cinco léguas. Para o repouso, desarreavam à beira de uma aguada, quando as energias eram outra vez refeitas.

As povoações ou pequenos núcleos recebiam-na com alvoroço. Ao bimbalhar dos guizos e dindilhar dos cincerros, "as moças e os curiosos corriam para as janelas a ver passar a comitiva, que avante desfilava, sacudindo em trote batido as canastras de couro tacheadas de latão"[10].

O tropeiro desempenhou na Mata papel complexo de bandeirante, mercador, conselheiro e capitalista. Em regra, participava da elite da província. O negócio exigia, para o bom êxito, recursos e instrução, tino e boas relações. A circunstância do meio de vida possibilitava a imagem de homem bem informado que, em suas andanças, conhecia todo o País. Passava naturalmente a conselheiro dos lavradores, pessoa de confiança para as compras na Corte. No tempo em que raros jornais circulavam, a tradição oral valia por meio quase único de contato com o litoral. Coisa muito semelhante ao papel que, na Idade Média, desempenhavam mercadores ambulantes ou os trovadores[11].

8. John Luccock. *Notas sobre o Rio de Janeiro e Partes Meridionais do Brasil*, São Paulo, p. 146.
9. Dornas Filho, João, "Tropas", apud Primeiro Seminário de Estudos Mineiros, Revista da Universidade de Minas Gerais, 1957, p. 120.
10. Dornas Filho, João, op. cit. p. 123.
11. Calógeras, Pandiá, op. cit. p. 584.

CAPÍTULO VII

Da Monarquia à República

Na mesma praça da Capela, onde árvores robustas impunham ao povoado os ares do sertão, instalava-se a 1ª Câmara Municipal a 7 de janeiro de 1882, desmembrada Santa Luzia do Carangola do Município do Muriaé. A solenidade realizava-se no melhor prédio da cidade, localizado na esquina da atual Rua Pedro de Oliveira com a Praça Cel. Maximiano, onde até hoje se erguem as soberbas palmeiras do jardim. Um salão, o andar superior, existindo no térreo repartições fiscais e cadeia [1].

Aquele que percorresse o arruamento da localidade ficaria surpreso com a sua elevação à cidade, pois o aspecto urbano com as suas casas distanciadas e rústicas não se distinguia de uma fazenda maior. Porém os arredores, já ocupados e prósperos, impuseram o novo estado. Em 1881 Carangola já gozava de prestígio junto ao governo provincial em virtude da economia agropastoril.

Tomavam posse como intendentes municipais, os fazendeiros de maior influência, com exceção do Dr. Manoel Afonso Cardoso, médico em Tombos, eleito Presidente.

Para vice seria escolhido o Tenente-Coronel Antonio Carlos de Souza, diretor da 8ª Circunscrição dos Índios em Minas Gerais. Representava o distrito da cidade. Os demais, capitães João Marcelino Teixeira e Mariano José Soares, representantes do Arraial e distrito de São Mateus, atual Faria Lemos; Sr. Antônio Antunes Vieira, representante do sítio do Papagaio, Serra da Suíça e Varginha; Capitão José Luciano de Souza Guimarães, de Tombos e Tenente Estevão Rodrigues Pedrosa, do Distrito de S. Francisco[2].

Governava o país desde 1878 o Partido Liberal. A circunstância facilitaria a precedência de Carangola para sede do município, haja vista a força política dos correligionários. Entretanto, as divergências locais eram maiores, pois na Corte os conflitos atenuavam-se dia a dia em face da propaganda abolicionista. Na comunidade, decidiam os chimangos, cuja chefia era do fazendeiro Américo Bento Machado, conhecido por Tenente Bento.

Na oposição ficara José Luciano Guimarães, proprietário de duas fazendas, uma em Tombos e outra em S. Francisco do Glória. Dividiam-se os agricultores, porém unânimes no que toca à inconveniência da abolição. A resistência do interior, notadamente

---

1. Arquivo Municipal.
2. *Anais* — Câmara Municipal de Carangola. Carangola, 1981, v. 1, p. 1.

da Zona da Mata, explica as dificuldades dos sucessivos gabinetes liberais para solucionar o problema servil.

Instalada a Câmara, a política recrudesceu. Nela predominavam os chimangos. A eleição da mesa dera-lhes o domínio absoluto, recebendo José Luciano de Souza Guimarães apenas um voto, de seu colega conservador Tenente Estevão Rodrigues Pedrosa. O primeiro citado compareceria a mais uma sessão, dois dias depois, faltando por todo o período liberal. Também o Tenente Rodrigues Pedroso acompanhou o correligionário no protesto. A média de três sessões mensais durante o primeiro ano de vida, atesta a determinação dos moradores de assumirem a direção da comunidade e promoverem as medidas indispensáveis à vida municipal. Nomeação de funcionários, sobretudo de fiscais, solicitação para instalar foro civil, providências quanto à limpeza e capina dos logradouros e outras que constam dos arquivos. Até mesmo em reivindicação territorial consistiu o requerimento do advogado Belarmino Aquino Pereira Lima, solicitando do governo da província que restabelecesse a antiga divisa de Minas e Espírito Santo, anexando ao município o Arraial de São Miguel Arcanjo do Veado, atual Suaçuí. O problema do abastecimento punha-se também ante os vereadores. Permitia-se a instalação de um matadouro entre o Largo do Rosário e o rio próximo à fazenda de Modesto Teixeira de Siqueira. Os limites da autorização, cujo concessionário poderia abater uma rês por quinzena, revelam a pujança da economia natural da região[3].

Em setembro de 1882 realizava-se a primeira sessão do Júri na nova comarca, presidindo-a o Juiz Levindo Ferreira Lopes. A Promotoria, representada por João Ferreira Brant, e a Defesa, pelo Padre Cândido Alves Pinto de Cerqueira e Belarmino Aquino Pereira Lima, defrontaram-se num caso curioso de abuso de culto religioso e de poder. A condenação do réu ultrapassou 5 anos de prisão[4].

A situação política levara o Padre Cândido Cerqueira a defender acusado de crime praticado contra a Igreja, porém o reverendo era deputado provincial e as circunstâncias o exigiram.

O vigário Cândido Alves Pinto de Cerqueira era um mulato de grande estatura e desembaraço. Fora da igreja usava fraque e cartola. Certa vez, segundo relata Belmiro Braga, Pontes Lobo, um português barbudo e audacioso, enviou ao Rio um noticiário de que o padre trouxera a casa mulher de vida suspeita. Sabedor do fato, o Padre Cândido mandou colocar dois sarrafos em cada uma de suas janelas, neles dependurando blusas e saias femininas. Localizou o autor da notícia, arrastou-o ao Largo da Matriz e escarrou-lhe publicamente no rosto.

Era um homem sistemático e não admitia nomes modernos nos batizados. Preferia os longos caminhos a cavalo mesmo depois da ferrovia. Contava-se que na primeira viagem que fizera por estrada de ferro, um cometa, ao vê-lo, exclamou para os companheiros: "Já vai começar o azar". E o Padre Cândido, encaminhando-se, retrucou: "Adivinharam". E esbofeteou os componentes do grupo[5].

3. Arquivo Municipal.
4. Carelli, Rogério. *O Primeiro Júri da Comarca de Carangola*. Gazeta do Carangola, 16/02/1980.
5. Braga, Belmiro. op. cit. p. 126.

Um acontecimento importante seria a impressão do primeiro número de "*O Carangola*", em 1883 e no ano seguinte do "*Americano*". Deu-se um período de bulício na cidade. Era o domínio liberal que chegava ao seu termo. Em agosto de 1885, Cotegipe era convocado pelo Imperador a fim de formar o Gabinete. Em 1886 assume na Comunidade a chefia da Câmara José Luciano de Souza Guimarães[6].

A tentativa de deter a avalancha abolicionista teria o conhecido malogro. Ganham também alento as idéias federalistas e republicanas. A princípio, de modo discreto. Elas partem de Juiz de Fora e Leopoldina. Em 1885, o Club Central Republicano do 9.º Distrito recomendava Fernando Lobo em sua chapa. Não haveria repercussão imediata no vale.

Em fevereiro de 1886, com 15 anos de idade, chegava à sede do município um jovem à procura de emprego. Em seu livro — *Dias Idos e Vindos* — contou as peripécias da viagem até a nova cidade, passando pelo arraial de Tombos e pela fazenda do Capitão Mariano Soares. A estrada de ferro adiantava-se e os riscos de assaltos eram muitos. As obras tinha provocado a vinda de bandidos para a região. Belmiro Braga chegou, empregando-se na padaria *Flor do Campo,* de um casal português. A loja ficava na esquina do Largo da Matriz, hoje Cel. Maximiano. Pela manhã distribuía os pães aos fregueses e à noite tomava as contas dos entregadores às turmas de construção da estrada[7].

A cidade passava por dias terríveis. Desde 1880 que a varíola grassava a Zona da Mata; também a colerina fazia suas vítimas em grau epidêmico desde 1884[8]. A história mineira registra o flagelo e Carangola a vivia, como relata Xavier da Veiga na biografia de Pedro Martins Pereira, então presidente da Câmara Municipal — 1887.

O advogado e político, residente na cidade, era natural de Grão-Mogol, tendo nascido em 1837. Estudara Humanidades no Seminário Arquiepiscopal da Bahia e Direito na Faculdade de São Paulo. Formado, regressou à terra de nascimento, lá se casando. Elegeu-se deputado provincial em 1864, não aceitando a reeleição. Depois de residir na Bahia por dez anos, mudou-se para Carangola[9].

Durante o surto epidêmico de 1887, permaneceu na cidade apesar de sentir-se quase só. Um dia, não havendo mais quem quisesse conduzir à sepultura as vítimas da varíola, ele ajudou a fazer o transporte, ora carregando-os nos ombros, em redes, ora levando-os em carros e carroças. Expunha-se temerariamente a todos os perigos, sem atender às circunstâncias da família nem à voz do instinto de conservação[10].

Vivia-se o auge da luta pela abolição e ganhava também terreno a campanha republicana. Os ecos do movimento em Campos alcançavam o vale. A libertação dos escravos no município de Carangola, do mesmo modo que em municípios vizinhos da Zona da Mata, dava-se um ano antes da Lei Áurea de 1888[11].

6. Arquivo Municipal.
7. Braga, Belmiro. op. cit., p. 106.
8. Arquivo do IBGE.
9. *Enciclopédia e Dicionário Internacional.* W. Jackson Inc. Editores, Rio de Janeiro, v. 15. Verbetes: Pereira, Pedro Martins. Vampré, Spencer. *Memórias para a História da Academia de São Paulo*, v. 2, p. 78, 79, 130, 131.
10. Xavier da Veiga. *Efemérides Mineiras*. 1926, v. II, p. 420.
11. Bréthel, Alexandre. Carta in Massa, Françoise. op. cit., p. 382.

A população escrava no Município aumentara desde 1874. Contava-se no Muriaé, compreendendo Carangola, 76.664 negros, cifra que em 1883 elevara-se para 86.635. Só em Carangola, três anos mais tarde, a população de escravos era de quase 18.000 [12]. Quando tem início a política repressiva de Cotegipe, o movimento abolicionista ganha uma força invencível. Nos meses finais de 1886 revogava-se o artigo criminal que estabelecia penas de açoite. No ano seguinte, Campos assiste à radicalização da campanha. A abolição tem início. No vale, na primeira metade do ano de 1887, são libertados 14.000 dos 18.000 existentes[13].

Alguns fatos da vida comunitária, ocorridos de 1886 a 1888, são relatados por Belmiro Braga. O clima político era tenso. Certo sábado, ao romper das aleluias, o Largo da Matriz estava cheio de gente à espera da queima de Judas. Belmiro, na véspera, conseguira substituir os termos do testamento, que deveria ser lido após a fogueira. Acrescentou uma quadrinha dirigida ao chefe político local:

"Ao nosso querido chefe
E amigo Major Caolho
Quero apenas deixar isto:
Três bananas e um repolho".

Conta que o entrevero teve início com sopapos, cacetadas a granel. O clima na cidade não era propício a troças e, pois, como diz ele, "o povo não era para brincadeiras".

Porém o mais interessante nas reminiscências de Belmiro Braga, relativas ao período que antecede a República, é o desfile de pessoas que viviam na comunidade. Uma delas, Maxambomba, "jóia rara, embrulhada em trapo". Freqüentara no Rio a Escola Militar e rumara para Carangola, abrindo lá um colégio. Dos dezoito matriculados, doze eram filhos dele.

Por esse tempo, um circo apareceu e duas de suas filhas casaram-se com artistas. Lá ficaram e a vida ia apertando. Maxambomba desapareceu com a família. Enfiou-se num sítio entre as serras a cinco léguas da cidade. Dois anos depois, a população teve conhecimento de que um circo de cavalinhos vinha dar o seu primeiro espetáculo. Maxambomba, o seu diretor, e a população em peso comparece. Números variados: trapézio, barras, argolas, saltos, bailados e pantomimas. Começou o espetáculo às nove da noite, terminando às duas da tarde do dia seguinte. Poucos chegaram ao final, porque tinham de ir para o trabalho às 8 da manhã. Acabada a função, Maxambomba apurou a féria, reuniu a família e avisou "o cobre está apurado e dá para a compra do sítio. Está dissolvida a companhia".

Outra figura singular, o velho Egídio Saragoça. Rábula, pobre e sem crédito. Humanista, dele fez menção D. Joaquim Silvério, Arcebispo de Diamantina, em obra

---

12. Van Delden Laerne, C. F. *Brazil and Java-Report on Coffee Culture in America, Asia and Africa.* Londres, 1885, p. 117, 118 — apud *The Destruction of Brazilian Slavery,* 1850-1888 — University of California, Conrad, Robert.

13. Bréthel, Alexandre. Carta in Massa, Françoise. op. cit. p. 382.

esclarecendo que Saragoça fora seu examinador de Latim e Francês e que "morrera ignorado e pobre em certo lugarejo de Minas". Ensinara Português e metrificação a Belmiro Braga, emprestando-lhe obras clássicas.

Havia outros tipos curiosos: o Castro, barbeiro que só falava em versos; o Salema Garção, alquebrado, dizendo-se fidalgo português; o negociante italiano Lourenço Vicentini, gordo e caladão; o Hilário, dono do Hotel República, que após 15 de novembro, passou a chamar-se Hotel Imperial; o Antonio Machado "retratista fotógrafo, especialista em retratos de tamanho natural e em grupo", conforme o anúncio.

Em 21 de abril de 1888 fundava-se em Carangola o Club Republicano Tiradentes e no mesmo ano vinha a lume o semanário *A Transformação*, do mesmo cunho[14]. Dava-se o crescimento das hostes antimonárquicas, como conseqüência da abolição. No 9.º Distrito venciam os republicanos com um deputado provincial, Joaquim Dutra Nicácio que, monarquista, comunicou aderir ao novo credo.

Em 15 de novembro de 1888 reunia-se em Ouro Preto o 1.º Congresso do Partido Republicano no Estado e, no ano seguinte, outro Congresso, o último da Monarquia, instalava-se em Juiz de Fora.

Às vésperas da Proclamação, em fevereiro de 1889, Carangola receberia a visita do tribuno Silva Jardim. O programa incluíra as localidades servidas por linhas férreas e onde já existiam núcleos partidários. Silva Jardim relatou o roteiro, bem como as circunstâncias da viagem. De Tombos, onde proferiu uma conferência, seguiu para Santa Luzia do Carangola. No dia 12 de março falava no próprio edifício da Câmara Municipal, cujo Presidente era o Dr. Pedro Martins Pereira, adepto do ideal. Silva Jardim acentuou que pela primeira vez lhe era permitido discursar em recinto consagrado aos direitos do povo.

Concluída a palestra na Câmara, encaminhando-se para o Hotel, enfrentou a manifestação de seus adversários. Pequena multidão, comandada por um português e um mulato, vaiava-o, clamando pela sua retirada da cidade. Conta que procurou dialogar com o português, tendo então conhecimento de que os participantes da manifestação eram monarquistas, inspirados pelo vigário local. Com cautela, procurou no diálogo contornar a situação desagradável. Comentando o acontecimento, observou Oiliam José, que "Silva Jardim adotou como norma de conduta evitar discutir com os mineiros a orientação que desejava fosse adotada em matéria religiosa, pela República. Isso porque sabia serem os mineiros católicos em sua esmagadora maioria"[15].

---

14. Boehrer, George C. A. *Da Monarquia à República*. Ministério da Educação, p. 140. *Almanaque Republicano*, Rio, 1889, p. 340. "O Carangola", primeira folha local (1883); *A Transformação*, junho de 1888. Veiga, Xavier da, op. cit. vol. III e IV, p. 355.

15. Silva, Jardim. *Memórias e Viagens*, Typ. da Compl. Nacional Edit., Lisboa, 1891. Oiliam José. *A Propaganda Republicana em Minas Gerais*. Edições da Rev. Brasileira de Est. Políticos. Belo Horizonte, 1960, p. 123.

COMANDANTES MILITARES E CIVIS NA REVOLUÇÃO DE 1930 - Esta foto tirada junto das palmeiras do jardim mostra da esquerda para a direita o tenente Lourival Serôa da Motta, capitão Joaquim de Magalhães Barata, Dr. Waldemar Soares, major Oto Barcelos Feio, José Machado Cortes, tenente Respício Maranhão, Padre Brandão, Fernando de Abreu. Sentado diante do grupo o tenente Orozimbo Corsino da Polícia Mineira.

CAPÍTULO VIII

A Transformação

O primeiro plano rodoviário de Minas Gerais, de autoria de Bernardo de Vasconcelos, data de 1835 e exclui os vales de Campos ao interior da Mata[1]. No ano seguinte, o Imperador, sua filha, Princesa Isabel e seu genro o Conde D'Eu assistiriam ao assentamento do primeiro trilho em Campos e, seis anos após, a ferrovia alcançava Itaperuna. O vale era libertado do seu isolamento. Também outra linha se dirigia ao norte da província fluminense. Tratava-se da Estrada de Ferro Leopoldina. Há cem anos, em 1887, no dia 10 de julho, a locomotiva da Estrada de Ferro Alto do Muriaé chegava a Santa Luzia do Carangola. Um lustro havia que a comunidade ganhara os foros de cidade, de forma que ao evento assistiriam as autoridades municipais. O ano transcorrera, quando se reuniram a Estrada de Ferro Leopoldina e a Estrada de Ferro do Alto do Muriaé, em razão de ter aquela adquirido a última[1].

Quase coincidem as datas da emancipação política e o começo da transformação por que passaria a comunidade. O Sertão fora ferido mortalmente. Restos dele, todavia, aparecem transpostos na sabedoria popular. Um velho de oitenta anos, perguntado como fizera para alcançar aquela idade, respondeu em verso:

> "Casa tarde,
> enviúva cedo,
> deixa o sargado
> e deixa o azedo.
> e o amigo veve
> que não é brinquedo"[1].

Outros conselhos da roça:

> "Quem qué vivê sossegado,
> nestes meus conseios creia:
> deve tê carro ferrado,
> deve tê casa de teia,
> deve tê pasto cercado,

---

1. Pimenta, Dermeval José. *Caminhos de Minas Gerais*, Belo Horizonte, 1971.

> deve tê pasto cercado,
> mas de cerca de candeia;
> não andá enrabichado
> por muié que seja aêia,
> deve sempre sê casado
> com muié que seje feia;
> Invitá o ajantarado,
> não comê de mais na ceia"[2].

Merece registro o fato de ter chegado a Santa Luzia do Carangola o trem de ferro com seus vagões de mercadorias e passageiros. Seria o contato estreito com a capital do País, de onde partiam os jornais diários, bem como viajantes, cujo papel foi crucial na mudança de costumes. Do mesmo modo, a palavra trem incorporava-se ao léxico da região, ganhando o significado totalizador, capaz de substituir todas as palavras possíveis.

Avaliemos a transformação ocorrida. A viagem ao Rio significava o percurso fluvial até Campos e outro marítimo de Campos até a Corte. Exigia, em condições normais, algumas semanas de riscos e aventuras. Em 1866 Bréthel a reconstitui: do Rio até Campos, de barco, e depois se atingia o Muriaé. A viagem prosseguia por mais sete léguas até São Fidelis, em barcos cujas partidas eram regulares e anunciadas no "Monitor Campista". Em seguida, com canoas indígenas de um metro de largura e trinta de comprimento, subia-se o Muriaé uma dúzia de léguas e à esquerda se encontrava o novo rio: o Carangola[3].

Agora, por passe de mágica, reduziu-se o trajeto, e a máquina, partindo do Rio no começo da manhã, alcançava a estação de Santa Luzia do Carangola no tempo máximo de 15 horas. O trem de ferro, além de garantir o escoamento da produção cafeeira, trazia estímulo ao consumo de mercadorias da capital.

A resistência à ferrovia acabara. Cessara a incompreensão de lavradores sistemáticos que se recusavam a aceitar o progresso. Tal atitude pode ser simbolizada por certo agricultor que ergueu barricadas com os seus empregados a fim de sustar o avanço das linhas durante a construção da estrada.

A situação da lavoura era promissora e a euforia dos agricultores levava ao campo o ânimo de intensificar o plantio. A partir de 1886, ocorrera nova fase de expansão no mercado de café, pondo termo a um período de quatro anos de preços baixos. A safra nacional de 1886/1887 fora de 6 milhões e 200 mil sacas, porém a do ano seguinte apenas atingira pouco mais da metade. Tais flutuações duplicaram o preço internacional do produto.

O trem da Leopoldina forçava, ademais, a introdução de melhorias no beneficiamento do café. Ao invés de serem as sacas transportadas por tropas até os centros do litoral, passaram a ser empilhadas nos amplos armazéns da Rua da Estação, construídos para fazer face às necessidades de embarque e beneficiamento.

---

2. Braga, Belmiro. op. cit., p. 188.
3. Massa, Françoise. op. cit., p. 104.

A abolição, nos anos seguintes, provocaria uma crise de mão-de-obra em todo o vale. Porém as boas exportações de 1889 e 1890, efetuadas a preços altos, aumentaram a receita de divisas. Para ter-se uma idéia da prosperidade, basta que fixemos os preços internos do produto nos anos seguintes. De 1889 a 1892, duplicaram e continuaram a aumentar até 1894 em mais de 30%.

A comunidade crescia. Após a República, os jornais proliferaram. Em 1890 saía *A Lavoura*, retornando também *O Carangola* (1891). No mesmo ano, agosto, aparece *A Opinião* e em outubro, *O Tentamen* e ainda *O Radical*. Em 1892, editava-se *O Rebate* e dois anos após, *O Monitor Mineiro*. Por fim, em 1897, *A Gazeta da Matta*. Seria o décimo primeiro periódico publicado na cidade até 15 de setembro de 1897[4].

Eram os jornalistas, em geral, advogados, médicos, rábulas, professores e alguns nomes aparecem também na militância política. *O Carangola*, em setembro de 1891, era dirigido por Abeillard G. de Castro, sendo substituído no mesmo ano pelo poeta Belmiro Braga. *A Lavoura*, em 1.º de julho de 1890, trazia como diretor, Elias Gonçalves Figueiras Junior. Em 1.º de dezembro de 1895, *O Carangola* reaparecia dirigido por Heitor de Souza, e figurando, como seu proprietário, Francisco da Silva Lomba. *O Rebate*, em sua segunda fase, era dirigido por Alves de Farias e a partir do número 32, figura também em seu expediente, como diretor, o jornalista Anfrisio Fialho. Outros nomes aparecem nos jornais em circulação, como o Tenente Belarmino Lima, em novembro de 1893, no *O Rebate*[5].

A situação política complicara-se após a Proclamação da República. O Governador do Estado, Cesário Alvim, passou no ano seguinte a Ministro do Interior do Governo Provisório, de modo que aquele cargo foi exercido por João Pinheiro, Bias Fortes e Augusto de Lima, com breves interinidades por outros até junho de 1891. Rivalidades regionais entre Juiz de Fora e Ouro Preto complicavam o problema de escolha de um governo de pacificação. Cesário Alvim retornaria à Presidência após a constituinte mineira, tendo renunciado logo depois. Seria empossado Afonso Pena, após ter assumido provisoriamente a Presidência um mineiro de Cataguases, Gama Cerqueira.

A caótica situação do Estado refletia-se no município. A proclamação da República não trouxera mudança na estrutura do poder. A razão de não contarem os republicanos prestígio algum no lugar fizera com que o Governo Provisório conservasse a mesma chefia política. José Luciano de Souza Guimarães, no final do Império, ganhara o título de Barão de S. Francisco do Glória, recolhendo-se, portanto, nos anos conturbados, à discreta liderança.

Porém seus parentes e amigos governavam a comunidade. Em 1890 o Dr. Álvaro Moreira de Barros Oliveira Lima assume a presidência da Câmara Municipal. Seu nome aparece, ao lado de Pedro Martins Pereira, como orador dos esponsais de um sobrinho do Barão no dia 6 de setembro de 1890[6]. No mesmo ano, assume a chefia

---

4. Xavier da Veiga, op. cit., vols. III e IV, p. 355 Arquivo da Sociedade Beneficente 21 de Abril. Carangola.

5. Arquivo da Sociedade Beneficente 21 de Abril. Carangola.

6. *A Lavoura*. Carangola, 14.09.1890.

outro sobrinho do Barão, Sebastião Pereira de Guimarães e Castro, e no ano seguinte, em 1891, Dr. Antonio José Vieira Machado, pai da Da. Júlia, esposa de outro sobrinho, Dr. Manoel José da Cruz.

Em 1892 o próprio Barão reassume a Presidência da Câmara, falecendo dois anos depois. Sucedia-lhe o colaborador e partidário Manoel José de Souza, que tutelaria a política local até o começo do século.

A dança dos nomes na chefia da Câmara revela o poder originário das grandes fazendas de Tombos. Ao Cel. Souza sucede o Dr. Manoel José da Cruz. Emílio Soares Cornélio de Gouvéia, fazendeiro, segue-o e João Baptista Martins ascende em 1898 à presidência, já no governo de Silviano Brandão.

Dar-se-ia em 1899 a cisão do poder nas hostes do espólio do Barão de São Francisco do Glória. Dividem-se as forças. João Baptista Martins e outros advogados, Heitor de Souza, Morais Barbosa e o Capitão Olimpio Joventino Machado romperam com o Cel. Souza, e conseqüentemente, com o próprio Presidente da Câmara, Dr. Álvaro Lima. Com o Cel. Souza manteve-se o Dr. Olimpio Teixeira de Oliveira, filho de um lavrador de Faria Lemos, um dos fundadores de Carangola.

Aos fatos políticos em 1894/1895 somava-se a grave situação econômica. Naquele ano, os fazendeiros atravessavam um período difícil. O café começara a cair. Pela primeira vez, as exportações não conseguiam compensar a baixa de preços. Três anos mais tarde, o País exportaria nove milhões e quinhentas mil sacas, ao invés de 6 milhões do ano anterior. Porém a receita de divisas baixava de 20 para 15 milhões de libras esterlinas. Pela primeira vez sofreriam-se as conseqüências sérias do movimento antagônico entre o preço externo do café e a taxa cambial. Por outro lado, a cidade ainda passava os horrores da epidemia. De 1890 a 1896 a febre amarela grassou em toda a região, ocorrendo ainda em 1895 e 1896 a incidência da colerina. Vidas preciosas eram ceifadas e a comunidade sofria com a falta de recursos médicos. Xavier da Veiga registra o falecimento em 1896 de José Rangel Ribeiro, com 24 anos de idade, promotor em Carangola, chamando a atenção para o valor do jovem advogado e farmacêutico[7].

Em vão apelava-se aos poderes públicos. Em 1898, logo após a posse do Presidente Silviano Brandão, Olímpio Machado, Agente Executivo de Carangola, procurava ajuda para os embaraços municipais. Não havia meios para atender a situação.

A comunidade enfrentava graves problemas. Um deles teria reflexos no campo partidário. O Município atrasara-se no pagamento anual de um empréstimo; o Estado, que interviera no contrato com a garantia, julgou-se no direito de avocar, sem mais formalidades, a arrecadação de parte das rendas municipais equivalente ao *quantum* da prestação em atraso. Ao ofício do Secretário das Finanças, intimando o Agente Executivo a permitir um exator para a cobrança, revidou-se com o protesto de resistência ao arbítrio. Recuou Silviano Brandão no propósito, mas Olímpio Teixeira, na qualidade de redator de *A Nova Fase*, prorrompe agressiva campanha contra o governo estadual[8].

---

7. Xavier da Veiga, op. cit. II volume, p. 39.
8. Tradição local. Arquivo da Soc. Benef. 21 de Abril.

Os dados existentes sobre o quadro demográfico do município de 1890 a 1900 atestam crescimento expressivo. O Anuário de Minas Gerais registrava os dois últimos anos do século XIX. Em 1898-21.698 habitantes e em 1900-32.290 habitantes. O 1.º Recenseamento da República, realizado em 31 de dezembro de 1890, havia calculado em apenas 6.789 habitantes a população dos três distritos, incluindo a sede.

Nos dias finais do século XIX, a cidade assistiria a acontecimentos estarrecedores, relata João Martins, em obra clássica sobre os costumes políticos do interior[9]. Governava o Estado Silviano Brandão e vivia-se o período tenso que precedia as eleições para a Câmara Federal, marcadas para o dia 31 de dezembro. Candidatara-se pela oposição João Baptista Martins. A liderança do município cabia desde alguns anos ao Tenente-Coronel Francisco José da Silva Novais, residente em Faria Lemos. O processo de desmoralização do candidato oposicionista é deflagrado. Revidou João Baptista Martins na colunas da *Imprensa*, o mesmo jornal. No dia 24 de dezembro far-se-ia eleição para vereador no distrito de S. Sebastião do Carangola, com duas candidaturas. A oposição indicara o major Antônio Cândido de Almeida Rosa, lavrador do local, e a situação apoiava o nome de Dr. Olympio Teixeira de Oliveira, que passara para as hostes governistas. O pleito, de somenos importância, acirrara o ânimo, entrando em Carangola o chefe político Cel. Francisco Novais, ao meio-dia, correndo a cidade toda com doze carabineiros. No dia seguinte, 23, a comunidade viveria grave expectativa. As ruas desertas, pois as famílias se refugiaram nas fazendas vizinhas. O clima, o mais tenso. Os adeptos do governo ocuparam os pontos estratégicos das estradas por escoltas armadas, na estação de Faria Lemos ou no trajeto entre este último distrito e a cidade.

Apesar de notificado o Governo Estadual pelo Juiz de Direito, permaneceu a situação. Contavam os oposicionistas aproximadamente com trinta homens armados, enquanto que as forças situacionistas atingiam três centenas. Fecharam-se os primeiros em suas casas, em atitude defensiva. Era véspera de Natal. Chegando à cidade, o senador estadual Dr. Joaquim Antonio Dutra, também candidato, entendeu de seu dever pacificar os adversários. A proposta do Senador era no sentido de que João Martins e os seus amigos se dispersassem desarmados, cada qual procurando a sua casa, do mesmo modo que o Cel. Francisco Novais "mandava dizer que não queria nenhum acordo, a menos que tivesse por base uma satisfação prestada publicamente a si e aos seus amigos"[10].

Aos apelos da oposição, silenciava o governo do Estado. Na noite de Natal chegava o Cel. Luiz Fulgêncio Monteiro de Barros, residente no Estado do Rio, também candidato às eleições de 31 de dezembro. Colocava-se de imediato ao lado do Cel. Francisco Novais, oferecendo-lhe a contribuição de seus recursos e forças.

A primeira descarga de fuzilaria rompeu na manhã de 26 de dezembro, já estando os sitiantes a poucas braças das trincheiras da oposição. Diz João Martins em seu livro:

---

9. Baptista Martins, João. *A Masorca*, Cataguases, 1899. *A Masorca*, 2ª Edição, B. Horizonte, 1977. Prólogo e Comentários de Baptista Martins, Rodrigo. p. 53/109. Mercadante, Paulo, João Baptista Martins, "Correio da Manhã" 29.8.1968.

10. Batista Martins, João, op. cit. 2ª edição, p. 74.

"Não se sabe, ao certo, quem deu início ao ataque, mas a versão corrente é que, tendo um garoto içado à bengala um lenço vermelho e entrando a agitá-lo do alto de uma colina, este fato deu ocasião a que os sitiantes abrissem fogo contra as nossas posições"[11]. Um transeunte pacífico, que andava na rua deserta foi atingido e morto nesse primeiro entrevero. Ao cair da tarde, chegava à estação um trem de passageiros, despejando as forças do Cel. Luiz Eugênio, comandadas pelo seu sogro Cel. Francisco Augusto Teixeira. Armados de carabinas, o número de força devia atingir cem homens aproximadamente, nela incluído um grupo de quinze soldados da polícia do Estado, despidos de suas fardas. Há o relato oficial do engenheiro seccional da Leopoldina Railway, relativo ao mês de dezembro, expondo os fatos. O trem foi tomado de assalto. Relatando o curso da refrega, escreve João Martins: "Vendo formar-se em alas, disposta para o ataque à cidade, a coluna oficial do Cel. Luiz Eugênio, e persuadidos da insustentabilidade de sua posição, os sitiados decidiram-se a abandonar as trincheiras e dispersaram-se como puderam, internando-se nos matos e indo procurar refúgio nas fazendas circunvizinhas"[12].

Desconhecendo a retirada, os sitiantes despejaram, durante uma hora, sobre as casas, o fogo nutrido, prosseguindo na manhã seguinte a fuzilaria. Afinal, a cidade era tomada e ocupada pelas forças de Francisco Novais.

---

11. Baptista Martins, op. cit. 2ª ed., p. 90.
12. Baptista Martins, João, op. ci. 2ª edição, p. 92.

CAPÍTULO IX

O Coronelismo e o Século XX

Dobra-se a página derradeira do Oitocentos, após os fatos narrados em *A Masorca*. Apesar das obras de saneamento, muito havia que fazer no campo da profilaxia. Extinguira-se a febre amarela, reduzira-se a contaminação da malária com a extirpação dos focos principais. Porém registravam-se ainda casos de impaludismo, não só nos distritos de Tombos e de Faria Lemos, como até mesmo na cidade. Nos distritos de São Francisco e Alto Carangola, era comum a doença de Chagas e a morféia também grassava nos arredores do Divino. Sob manifestações variadas, a sífilis apresentava-se. Do ponto de vista social, a estatística dos crimes exibia-se com índices elevadíssimos. Em apenas um ano, o do final do século, ocorreram dezenove homicídios[1].

Em 1901 seria outra vez o Cel. Manoel José de Souza investido no cargo de Presidente da Câmara Municipal. Descendia de fundadores da cidade. A gestão caracterizou-se por melhorias como o calçamento parcial da Rua da Estação, atualmente Rua Antonio Marques. Construiu também o Parque Municipal, inaugurado em 31 de dezembro de 1904, onde se plantaram raras e diferentes espécies de vegetais. Situava-se no lado esquerdo da atual Marechal Deodoro, sendo posteriormente extinto e loteado[2].

No primeiro decênio do século, segundo os dados levantados para o "Anuário de Minas", o município abrangia sete distritos de paz: Santa Luzia do Carangola (sede); São Francisco do Glória; Divino do Carangola; Tombos do Carangola; São Sebastião da Barra; São Mateus de Faria Lemos; São Sebastião do Alto Carangola. O município tinha uma superfície de 5.135 km². A publicação citada manteve as informações já dadas, inclusive quanto à população recenseada em 1900. A conclusão do Anuário era lisonjeira: "Carangola é a praça comercial mais forte, da sua zona, pela grande exportação de café, cereais e madeiras. A cidade deve ter hoje 8000 habitantes"[3].

Até 1900 a crise do café havia turbado os agricultores. A partir de então, a economia norte-americana criaria novos estímulos à nossa exportação. Recupera-se o produto. O Brasil voltava ao nível de divisas obtido em 1892/1895: 20 milhões de libras esterlinas. Retornava a euforia à lavoura.

1. Arquivo do IBGE (Pasta do Município de Carangola).
2. Carelli, Rogério. *Figuras Históricas de Carangola*, Gazeta do Carangola, 7/6/1980.
3. *Anuário de Minas Gerais*, 1909, p. 315/19. *Anuário de Minas*, Imprensa Oficial, 1913, vol V, PA. 345/47.

Em 21 de fevereiro de 1901, recém-formado, Raul Soares de Moura era nomeado por Silviano Brandão promotor público em Carangola. O futuro presidente de Minas diplomara-se no ano anterior pela Faculdade de Direito de São Paulo, onde fora colega de Artur Bernardes. Este último, após a colação de grau, montara escritório em Viçosa, onde residia seu pai. Um mês após prestava juramento o novo Promotor. A amizade entre Bernardes e Raul Soares seria consolidada por meio de correspondência regular. Importante a circunstância, pois os dois assumiriam mais tarde o comando político do Estado que levaria a Zona da Mata à Presidência da República.

Raul Soares permaneceria no posto até 1903. De suas atividades forenses, cita-se o arquivamento de um inquérito contra um curandeiro, com fundamento no livre exercício de profissão, consagrada na Carta Constitucional de 1891. Nos dois anos vividos em Carangola, o futuro Presidente de Minas namorou e noivou a filha de um advogado local. O rompimento do compromisso chocou a sociedade e Raul Soares deixaria para sempre a cidade, mudando-se para Campinas[4].

Há duas linhas de ação política em Minas Gerais a partir da República. Caracteriza-se uma pelo espírito predominantemente ruralista. A outra decorre da influência do bacharelismo. A segunda seria a progressista, cujo ponto culminante estaria mais tarde no chamado Jardim de Infância. João Pinheiro foi o inspirador da nova mentalidade de privilegiar, no quadro do País, os problemas de ordem econômica e social.

Ele assumiria o governo de Minas em 1906. Enumerou Francisco de Assis Barbosa os aspectos principais do seu programa: reforma no ensino, instituição de fazendas modelo para a formação de capatazes e fornecimento de mudas e sementes. Cursos rápidos para a formação e treinamento de trabalhadores rurais no manejo de arado, debulhadoras, turbinas, máquinas agrícolas[5].

João Pinheiro morreu prematuramente. Uma das variáveis trágicas de nossa História. O café com leite voltou a predominar em suas linhas rotineiras.

A comunidade conheceu o fenômeno social e político do coronelismo, cujo desempenho se revestiu de aspectos próprios. De forma que coube à lavoura, desde a formação do arraial, a primazia, a liderança. Tal poder privado, de raiz econômica, seria transposto ao plano político e social. Nisto consiste o fenômeno do coronelismo[6].

O Coronel é o chefe a quem se presta o apoio incondicional. Ele traça a rota, decide e manobra. Seu comando é total, alcançando ainda a intimidade do governo distante. Dele também necessitaria o poder público, à vista do processo eleitoral. Sobrevinha por imposição histórica.

Durante o Império, o sistema predominou, dependendo ambos os partidos monárquicos do apoio que lhes prestava o coronel. Por outro lado, a República nasceu

---

4. Carvalho, Afrâneo de; *Raul Soares. Um líder da República Velha*, Forense, Rio, 1978, p. 46. Carvalho, Daniel de; *Raul Soares. Noivado e Rompimento*, Jornal do Comércio, Rio, 14 de junho de 1964. A moça era filha do advogado Álvaro Moreira de Barros Oliveira de Lima, segundo a tradição local.

5. Barbosa, Francisco de Assis. *J. K. Uma Revisão na Política Brasileira*, Livraria José Olympio Edit., Rio, 1960, p. 167.

6. Nunes Leal, Vítor. *Coronelismo, Enxada e Voto*, Rio, 1948, p. 26.

GINÁSIO CARANGOLENSE - Foto tirada pouco depois de iniciar suas atividades em 1922, com o prédio com construção ainda incompleta.

A ESQUERDA DA FÁBRICA DE PORCELANA E OS GALPÕES DA CIA. INDUSTRIAL CARANGOLENSE EM 1922. NESTE LUGAR HOJE, HÁ O TENIS CLUBE.

RUA MARECHAL DEODORO, ANOS VINTE.

VISTA PARCIAL DE CARANGOLA - A foto mostra à esquerda o Centro de Cultura Física, e à direita a Companhia Industrial Carangolense e parte do Bairro do Triângulo. Fotografia de 1922.

CONSTRUÇÃO DA NOVA ESTAÇÃO FERROVIÁRIA - A primeira medida consistiu em afastar o leito da ferrovia do local onde seria construída a plataforma.

A FÁBRICA DE PORCELANA NO FINAL DE SUA CONSTRUÇÃO - Em 1918 a construção da primeira Fábrica de Isoladores de Porcelana da Companhia Industrial Carangolense.

PRIMEIRA EXPERIÊNCIA DO FORNO DA FÁBRICA DE PORCELANA - Após a memorável experiência foi tirada esta foto na qual se vê o Dr. Jonas de Faria Castro, Felix Hatoun e Ignácio Luiz da Silva Thomé.

SOLENIDADE COMEMORATIVA DO CENTENÁRIO DA INDEPENDÊNCIA - A solenidade teve lugar no jardim, junto ao coreto de madeira. Da esquerda para direita estão Gastão de Souza, Virgílio Novais, Breno Motta, padre Joaquim Furtado D'Almeida, Dr. Jonas de Faria Castro, Dr. João Francisco Paes Barreto, Dr. José Maria Burnier, Júlio Catelli, José Joaquim Ferreira, Luiz Arnaldo Botelho Falcão.

RUA 15 DE NOVEMBRO EM 1924.

PRAÇA CEL. MAXIMIANO E RUA 15 DE NOVEMBRO - Esta foto de 1924 mostra aquele logradouro pouco depois de receber pavimentação.

ANTIGO CAMPO DO YPIRANGA SPORT CLUBE - Construído em 1924, este estádio foi o palco de grandes acontecimentos da época de ouro do futebol carangolense.

CASA DE CARIDADE DE CARANGOLA - Primitiva foto do tradicional nosocômio carangolense, mostrando sua fachada em 1924.

RUA MELLO VIANNA (atual Rua Antonio Marques) - Em 1924 era a rua de maior movimento comercial, por causa das firmas compradoras de café que ali se estabeleceram no início deste século.

O JARDIM DO LARGO DO ROSÁRIO - O mais belo jardim já construído nesta cidade, verdadeira obra de arte da primeira administração Dr. Waldemar Soares de Souza (1927/1930).

VISTA DO INSTITUTO PROPEDÊUTICO CARANGOLENSE - Nesta foto de 1928, podemos observar que ainda não existia o Bairro do Santo Onofre.

PONTO DE TAXI DAS PALMEIRAS - A partir de 1924 o ponto de taxi passou a ser entre as palmeiras da praça Cel. Maximiano. Nesta foto de 1928 veem-se os primitivos Fords de bigode.

temerosa de permitir eleições livres, pois acreditavam os membros do Governo Provisório que os monarquistas, fortes no interior, poderiam ganhá-las e fazer, por conseguinte, a maioria na Constituinte. Explica-se, pois, a decisão do Conselho de Ministros no sentido de permitir a manipulação eleitoral. A primeira medida seria a escolha de prefeitos leais, entendendo-se nisso até o adesista de última hora. De certo modo, a República, tanto quanto a Abolição, não sacudiu as relações políticas no campo. Ao escravismo sucedia um tipo de trabalho livre, desempenhado por ex-escravos e imigrantes e que não significava propriamente mudança das relações políticas no interior. Persistiam as práticas eleitoreiras.

Na comunidade carangolense exprimiram-se os lavradores, de início, em função de lideranças distantes. No plano federal prevaleciam instruções de Leopoldina e Juiz de Fora e, posteriormente, também de Muriaé. No meado do século, deslocou-se a liderança estadual para Tombos.

Após a elevação da vila à cidade, em 1881, acentua-se participação maior de bacharéis e médicos na vida política. Ao Barão de São Francisco do Glória sucedera o Cel. Souza, comerciante e a este o Cel. Novais, fazendeiro. Os doutores participavam da chefia política intermitentemente. Filhos ou genros acompanhavam pais e sogros, repetindo-se o fenômeno nacional das lideranças delegadas.

Ambos os partidos foram liderados até o final do século por fazendeiros. Com o advento do doutor, as práticas não mudaram de início. Por conseguinte, não existia diferenciação marcante entre as duas épocas, ou seja, entre os tempos do sertão e dos doutores.

Naturalmente o coronel dispõe de seus mecanismos de controle a fim de aferir a lealdade de correligionários. As juntas de alistamento e as mesas de apuração são constituídas por pessoas de confiança. No fundamental, o chamado "voto de cabresto" decorria do quadro geral. Não era, entretanto, apanágio do coronel da situação a prática de tais meios; seu adversário, no começo, agia do mesmo modo, utilizando-se de idênticos recursos.

Havia o arbítrio e a violência. Outros artifícios diziam respeito à eleição propriamente dita. Cédulas entregues fechadas, ao eleitor, e próximos às mesas os observadores, que espreitavam a conduta do votante. Concluída a eleição, outras práticas eram postas em movimento. A apuração muitas vezes era adulterada. De quando em vez, o Presidente apurador lia na chapa adversária o nome do candidato oficial. E, por fim, lavrada a ata, as cédulas eram destruídas para que nenhum vestígio resultasse.

Mas um círculo intelectual já se formava na cidade. Em substituição a Raul Soares, na promotoria, viera de Belo Horizonte Arduíno Bolívar, humanista e poeta, que mais tarde desempenharia funções elevadas no serviço público estadual. Também do ponto de vista da educação, o gosto pelo estudo da música crescia, sobretudo entre as moças. Refere-se Vivaldi Moreira ao número de pianos e violinos existentes na cidade por volta de 1910 e professores como o sabarense Virgílio Gomes Ferreira e Aníbal Erbendinger[7].

7. Moreira, Vivaldi. *A Arcádia Carangolense*, Estado de Minas, 8. 8. 1981.

Carangola, nessa época, começa a surgir na imprensa do Rio de Janeiro. Ora, notícias políticas de conflito, outras pitorescas. Em resposta a carta de parabéns que lhe mandou Belmiro Braga, Machado de Assis fica a saber da existência da cidade, o que explica a curiosa referência em um dos seus contos. Quando morreu, o retrato de Belmiro Braga, que não conheceu pessoalmente, foi encontrado sobre a sua mesa.

Outros intelectuais divulgavam problemas econômicos e sociais, do ângulo do interior, publicando artigos em jornais da capital, reportando-se à região do Carangola e à sua pujança como zona pioneira. João Batista e Heitor de Souza, futuro Ministro do Supremo Tribunal, colaboravam no *Correio da Manhã* e mantinham polêmicas em jornais da Zona da Mata.

CAPÍTULO X

A Década Segunda do Século

O segundo decênio do século foi o tempo de transição da velha comunidade patriarcal e rústica para o centro cafeeiro e burguês. No plano federal, Rui perderia as eleições para presidência. O conservadorismo mineiro acabara triunfando com a eleição de Wenceslau Brás para vice, sepultando o traço que João Pinheiro quisera imprimir aos negócios públicos. A Mata ficara com a Tarasca[1].

A situação do café continuava sob controle, pois os comitês de valorização estavam atentos. Com a diminuição da safra de 1910/1911, subiram os preços outra vez. De 6.28 cents libra/peso em 1908, atingiam 13.41 cents no segundo semestre de 1911.

Até Wenceslau na chefia do governo mineiro, a Tarasca não mudara. O sul de Minas continuava no poder. Mas com Bueno Brandão, em 1910, Artur Bernardes assumia a Secretaria da Finança, o que lhe deu expressivo prestígio político.

Em Carangola Olímpio Machado desempenhava as funções de Agente Executivo desde 1908. Cindira-se o elo entre os Coronéis Souza e Francisco José da Silva Novais, passando o último a desempenhar a liderança das hostes governistas[2].

Deu-se o período de lutas acesas entre os coronéis da região. O conflito nasceu entre Agostinho Brandão, chefe político de São Francisco do Glória e o Cel. Francisco Novais. Do entrevero participaram os fazendeiros José Pio de Abreu e Domingos Laviola. Trata-se do episódio que a tradição registra como a "Revolta dos Novais", envolvendo o Padre Joaquim Cardoso, também do São Francisco[3].

Em 1912 assumia Novais a Chefia do Governo Municipal, cargo que iria manter por quatro anos. A grandes mudanças assiste a população. A cidade receberia luz e força elétrica de Companhia com sede no Rio, que aproveitara da Cachoeira do Tombos a força de 8000 H. P.. Também seria instalado na sede do munícipio o Banco Hipotécario e Agrícola de Minas Gerais, seguido pelo Banco do Brasil. Até então desempenhava as tarefas de financiamento da agricultura o comércio atacadista local, principalmente a Casa Fraga & Sobrinhos, comerciantes e intermediários, com escritório no Rio. Seu fundador fora um português natural da Ilha do Corvo. A firma recebia cargas em consignação e também café para despachar aos comissários do Rio.

1. Mercadante, Paulo. *Militares e Civis, a Ética e o Compromisso*, Zahar, Rio, 1978, p. 162.
2. Imprensa local. Arquivo da Sociedade Beneficente 21 de Abril.
3. Depoimentos do Col. José Horácio, Severino Braga, Alfredo Lima.

Os agricultores tomavam empréstimos para financiamento de plantação e o pagamento se fazia com a mercadoria produzida e entregue. Não havia, em geral, garantias de promissórias. Tratava-se de simples lançamentos em conta corrente. Quando, por razões especiais, o devedor deixava de pagar por mais de um ano, lavrava-se a escritura de hipoteca a fim de garantir a dívida. Raramente se executavam os agricultores, pois os compromissos, em geral, eram honrados[4].

Na comunidade a situação também mudava. Governava o Estado de Minas, em 1916, o futuro Vice-Presidente da República Delfim Moreira, tendo como seus secretários de Agricultura e Interior respectivamente Raul Soares e Américo Ferreira Lopes. A luta pela sucessão estadual estava no tabuleiro e o primeiro procurava deslocar Américo Lopes de suas pretensões.

Nesse contexto, fere-se em Carangola o pleito pela Presidência da Câmara Municipal, resultando dualidade de poderes. De um lado, então Agente Executivo, estava o Cel. Francisco Novais e do outro, Dr. Jonas de Faria Castro.

O último era médico e figura singular da história carangolense. Nascera em Pajeú das Flores, Pernambuco, formando-se no Rio de Janeiro, onde clinicou no consultório de Miguel Couto. Casou-se com Ana Teresa, filha do Barão de Andaraí, adquirindo posteriormente uma fazenda em Faria Lemos para onde se mudou em 1905, em busca de clima favorável à saúde de sua esposa. Enviuvou-se, contraindo novo casamento com D. Francisca, da família Hosken da região[5].

Homem de iniciativas corajosas, aperfeiçoara em 1912 a Cooperativa Agrícola com outros colegas fazendeiros visando a obter café beneficiado e rebeneficiado. Dispunha de vasto prédio com os maquinismos aperfeiçoados, bem como de depósitos. Também exercia a medicina, sendo competente e caridoso. Em 1914 dava começo às suas iniciativas industriais com a organização de um estabelecimento — Companhia Industrial Carangolense — e inaugurado no ano seguinte, em novembro. Eram três pavilhões, dispondo o centro de Serraria Mecânica e nos demais de Fábrica de Gelo e Secções de marcenaria, carpintaria e fábrica de móveis.

Decidiu-se pela política, obtendo prestígio rápido em virtude de suas decisões e de sua perseverança. Em 1915, assumindo a Presidência da Associação Comercial, elevou para 220 o número de seu quadro social.

Seus projetos eram com freqüência audaciosos, o que torna hoje a de visionário sua imagem. Um deles, a Companhia de Viação e Comércio com o fim de planejar e outro, construir uma rede de rodovias, ligando as cidades vizinhas e fundar um matadouro modelo para remeter ao Rio carne preparada. Pretendia organizar uma sociedade por ações e podemos imaginar a luta incansável no esclarecimento daqueles planos aos fazendeiros e conservadores da comunidade[6].

O choque entre Novais e Jonas de Faria Castro já vinha de alguns anos. Mantinha-se o primeiro fiel às práticas tradicionais de administração. Conservador e prudente.

4. Depoimentos de Jurema Cruz, José Branco Jr., José Garcia de Freitas.
5. Depoimento de D. Francisca H. de Faria Castro e sua filha Lenita Ferraz de Carvalho.
6. Tradição local. Depoimento do Duque de Mesquita, Jonas Marques, Augusto de Magalhães Queiroz.

O segundo desencadeara no seio da comunidade o espírito de reformas. Otimista e convincente, desperta o entusiasmo dos setores progressistas e dos profissionais liberais.

No plano da política estadual, o controle da Comissão Executiva do Partido Republicano ainda pertencia ao sul de Minas, aliado à região mineira do agreste. A Mata ainda não dera o seu pulo para arrebatar a Tarasca. De modo que se dividiam os perremistas.

Em Novais apostava Raul Soares, Secretário da Agricultura do Governo de Delfim, ao passo que Ribeiro Junqueira, líder em Leopoldina, obtivera de Américo Lopes, Secretário do Interior, o apelo para Jonas. Fere-se o embate, e uma dualidade de poderes fica estabelecida em Carangola. Caberia ao Supremo Tribunal Federal decidir a questão a favor de Jonas de Faria Castro.

A gestão de Jonas de Faria Castro é prenhe de iniciativas arrojadas. Uma delas constitui esforço extraordinário para industrialização da cidade. Mobilizando a poupança no próprio município, dá início à construção de uma cerâmica, levantando a fábrica, adquirindo o maquinário, baseando a atividade na matéria-prima obtida no local, e contratando técnicos estrangeiros.

Assumia Jonas de Faria Castro em 1916 a chefia do Partido Republicano Mineiro em Carangola. Os tempos eram outros. Como Juiz de Direito estava o Dr. Fernando Melo Viana, cuja carreira política começaria após a sua mudança da cidade. Esforçara-se para cessar a violência imperante nos arredores da sede e dos distritos afastados. Depoimento interessante sobre a situação carcerária antes e depois de Melo Viana, encontramos em livro de Funchal Garcia. Era o decênio de dez e o pintor viu-se envolvido em disputa pessoal. Preso, impressionou-o primeiramente o corredor da cadeia, com o chão e as paredes imundas, respingadas, enegrecidas. "Sangram-se animais neste corredor?" perguntou a um detento, recebendo como resposta: "Sangra é gente a facão, mas depois que chegaram esse Juiz e esse Capitão, a cousa mudou. Mas, antes, seu moço!" O Juiz referido pelo interlocutor era Fernando Melo Viana.

"De fato, prossegue Funchal Garcia, durante dois meses só assisti ao começo de dois espancamentos, feitos à revelia do Capitão Augusto e quando ele soube que eu protestara energicamente contra aqueles desbragamentos de covardia, disse-me que eu havia cumprido o meu dever"[7]. Outras informações chegaram ao memorialista.

O sistema carcerário, até a vinda do Juiz, ressentia-se da falta de fiscalização. Havia, segundo o mesmo depoimento, um preto alto e truculento, de nome Sansão, encarregado de subjugar o preso, manietá-lo, amarrá-lo, quando julgasse necessário. Era ele que geralmente se encarregava de depositar o infeliz ensangüentado e sem sentidos dentro de enorme tanque de cimento, debaixo do chuveiro, de onde saía para Santa Casa ou, às vezes, para o cemitério[8].

Desde 1901 o município já via organizar-se um estilo de ensino. Alfredo Gonçalves Figueiras, natural de Leopoldina, chegava a Divino, dando continuidade a conhecido colégio. Lá permaneceu até 1911, quando se mudou para Santa Clara, retornando,

7. Garcia, Funchal. *Memórias de Ivan Trigal*, Rio, 1937, p. 135.
8. Garcia, M. Funchal, op. cit. p. 151.

depois, para Faria Lemos. Neste distrito, sua atividade prosseguiu até 1931. Durante 27 anos lecionou no município[9].

Roberto Capri descrevia, em 1915, o panorama da educação. Na sede havia o Ginásio Carangolense, iluminado à luz elétrica, com dormitórios e salões de aulas arejados, instalações sanitárias e banheiros de água quente e chuveiros. Dispunha de um corpo docente de reconhecida competência, de gabinetes de Física e Química, de mapoteca, gravuras de História Natural e cosmógrafo. Internato e externato para moças e meninas. Seu diretor proprietário era o Prof. Vespasiano Leopoldino de Souza. Contava o ginásio com 111 alunas. Outros colégios havia: o São José com a freqüência, em 1915, de 80 alunas e o São Luiz, dirigido pelo Prof. Antenor Penido[10].

Em todos os distritos já havia escolas, funcionando, em Tombos, o Grupo Escolar.

Levantara então o Dr. Jonas de Faria Castro recursos entre os comerciantes da cidade para construção de um Colégio, cuja inauguração se daria no ano seguinte de 1917 e com a capacidade para 150 alunas. A direção do Colégio Santa Luzia estava entregue a Irmãs educadoras[11].

---

9. Depoimento de D. Filomena Filgueiras.
10. Capri, Roberto, op. cit. p. 15.
11. Depoimento de velhos moradores. D. Francisca Castro, Augusto Amarante.

CAPÍTULO XI

O Desempenho do Bacharelismo

O exame do desempenho do doutor, seja ele médico ou advogado, esclarece aspectos culturais na evolução da comunidade, bem como de outros centros da Zona da Mata[1].

A instalação da Comarca atraiu os primeiros advogados. Não cessava o exercício usual do rábula, profissional antes esporádico. Quanto ao médico, sua chegada não dependeu do poder municipal, razão por que em toda a região outros profissionais liberais o precederam.

Nos primeiros tempos, em todo o vale, não se cogitava de questões que versassem matéria de propriedade. Dispensavam-se os civilistas e as demandas se resolviam pela lei do mais forte. Os posseiros sabiam defender-se das invasões e ataques. Com o desenvolvimento do povoado e sua elevação a distrito, o Poder Judiciário, ainda que distante, já passa a tutelar a vida e o direito dos indivíduos. Os rábulas aparecem, de quando em vez, com a pasta e os livros, desempenhando a função de conselheiros em assuntos diversos.

Em 1882 a Comarca se estabelece. Juiz para despacho e sentença. Também ocorreu que as formalidades para legitimação da posse dependiam, muitas vezes, de redação adequada e fundamentação legal, o que fez nascer na consciência de todos a opção pela justiça.

Mas o poder de fato era exercido pelos coronéis. Na história do lugar, eles predominam e decidem. Dois são os temas que chamariam a atenção dos primeiros bacharéis chegados a Carangola. A campanha abolicionista e o movimento republicano. Deviam, saídos do Recife e São Paulo, manter-se fiéis aos ideais da academia, onde as campanhas renovadoras eram acesas e eloqüentes. Porém não o faziam. Adaptavam-se à realidade do interior, limitando-se a defender discretamente os pontos de vista.

Assim ocorreu com uma dezena deles. Após as alforrias de 1887, a situação mudou. A abolição tornou-se inevitável e os próprios senhores rurais o perceberam. Tornaram-se os doutores mais francos, sem se extremarem, pois à política local, fosse dos liberais ou dos conservadores, repugnava um desafio aberto à instituição servil. Com a República, houve desembaraço. Todavia, apenas em 1888, é que se fundava em Carangola o Clube Republicano[2].

---

1. No capítulo XV a Paisagem Social, extraído de *Os Sertões do Leste*, trata do papel do doutor em toda a Zona da Mata.
2. Bochrer, George, op. cit. p. 140. *Almanaque Republicano*, Rio, 1889, p. 340.

Nessa segunda fase, destacou-se Pedro Martins Pereira. Na Faculdade de Direito de São Paulo, fora um rebelde, convivendo com abolicionistas e republicanos. Publicou um livro, *Pequeno Cinabre*, que lhe causou a suspensão da formatura por um ano. Residindo em Carangola, revelou-se militante republicano[3].

À primeira vista parecia oportunismo dos doutores calarem-se diante dos escravocratas e monarquistas. Porém, antes realismo do que utopia. Os fazendeiros eram intransigentes quanto à campanha abolicionista, convencidos de que uma crise de sérias conseqüências para a lavoura viria com qualquer medida apaixonada ou preparada à pressa.

Após a República, os bacharéis também procuraram fugir à exacerbação ou a represálias. Isso não significou ausência de conflitos, mas a posição dos vencedores nunca foi radical no âmbito das medidas sociais e políticas. A luta era patente. Mesmo participando do sistema, não cessavam de politizar o eleitorado. João Baptista Martins é figura singular dos finais do século. Filho de Baptista Martins Pereira freqüentou desde rapaz a tribuna do júri e, após a formatura, exerceu a promotoria em Carangola por algum tempo. Em seguida, deixou-a pela advocacia e pela política.

Talvez tenha sido o intelectual que mais longe levou a repulsa ao coronelismo vigente. Escreveu em inúmeros jornais da Mata, também mantendo no *Correio da Manhã*, do Rio, artigos doutrinários na primeira página[4]. A cidade viveria, nos anos seguintes à queda da Monarquia, uma fase de perplexidade, de dificuldades econômicas, de crise do erário municipal e também sob condições sanitárias adversas.

Do ponto de vista social, a República trouxera maior influência dos doutores em detrimento dos coronéis.

Mas se na política o intento reformista facilitava a conciliação com os grupos rurais, nas práticas eleitorais o problema apresentava-se mais sério. O que exacerbava as divergências era a duplicidade de códigos éticos, esposados respectivamente pelos agricultores e posseiros, de um lado, e pelos moradores urbanos de outro. Enquanto aqueles se regiam pela moral do sertão, dura e patriarcal, os últimos já sofriam a influência de maior liberalidade e, por conseguinte, de costumes menos rígidos.

Construtiva sobremodo foi a campanha, movida pela imprensa em artigos assinados, em favor de alternativas jurídicas para questão de honra, de limites e de outras que geravam crimes e tragédias com muita freqüência. Nos finais do século, João Martins chamava a atenção para o clima na cidade: "Vai já para 10 anos que o Município de Carangola ocupa, com direito, posição mui conspícua, nas listas das regiões onde, em Minas, o crime é mais feroz nos seus processos e mais irrepressível nas suas devastações[5].

---

3. Nasceu em Grão Mogol (abril de 1837). Cursou Humanidades no Seminário Arquiepiscopal da Bahia, matriculando-se em 1855 na Faculdade de Direito de São Paulo. Deputado à Assembléia Estadual, abandonou a política, indo advogar em Lençóis, na Bahia. Mudou-se para Carangola, posteriormente, sendo eleito presidente na Câmara. Xavier da Veiga, J. P. *Efemérides Mineiras*, p 420/21.

4. Em sua coluna do *Correio da Manhã*, intitulada *Cartas de um Montanhês*, João Baptista Martins denunciava, em agosto de 1903, "o caráter antihistórico de nossa pretensa autonomia municipal", Baptista Martins, Rodrigo, nas Notas Prólogo à 2ª edição de *A Masorca*, Belo Horizonte, 1977, p. 13, Souza, Heitor de. Discurso — Câmara dos Deputados de Minas Gerais. in *A Masorca*, 2ª edição, B. Horizonte, 1977, p. 135.

Diferentes são os fatores que selam o compromisso entre as forças. A primeira geração de fazendeiros preocupava-se com a educação dos filhos, mandando-os a Leopoldina e muitas vezes a São Paulo e Rio a fim de cursarem Medicina ou Direito. Logo após a elevação de Carangola à cidade, os melhores partidos para as donzelas passavam a ser os diplomados que, na maioria das vezes, após o casamento, se ajustavam à engrenagem rural. Finalmente, o prestígio do doutor, principalmente do bacharel em lei, considerado o conselheiro em assuntos diversos.

O diplomado era indispensável ao poder em razão das condições intelectuais que facilitavam a redação de normas, memoriais de reivindicação ao governo da província, bem como da tratativa de assuntos eleitoreiros. A colaboração assim se impunha. Ademais, o relacionamento com os líderes da oligarquia estadual e federal tornava-se mais fácil, pois velhas relações de bancos acadêmicos facultavam o diálogo.

Na comunidade, as circunstâncias de parentesco e amizade são freqüentes. Os coronéis Souza e Novais tinham filhos doutores. Manoel José da Cruz, médico e presidente da Câmara, era sobrinho do Barão de São Francisco. Olympio Teixeira de Oliveira, filho de José Marcelino Teixeira. No século XX, repetem-se os parentescos na distribuição do poder político.

Outras razões do pacto estariam nas próprias instituições e até nos institutos jurídicos tanto públicos quanto privados. Os criminalistas, incumbidos da defesa de acusados, recorriam necessariamente aos artigos da Consolidação das Leis Penais, enquanto que os civilistas a normas da velha Consolidação, extraídas das Ordenações do Reino, ambas elaboradas em pleno período do fastígio da sociedade patriarcal. Estendia-se, por exemplo, aos crimes por motivo de honra a dirimente da perturbação dos sentidos e da inteligência, dando ensejo a justificativa de delitos praticados por arrebatamento e prepotência. Na prática do direito privado, o causídico desenvolvia a atividade mediadora já que do senhor rural se retirara o poder anterior de decisão.

No plano social, a atividade do doutor era pedagógica e civilizadora. Sua atuação imprimia à vida um sentido ilustrado por meio de linguagem e hábitos. Posteriormente, quando a comunidade inaugura os seus ginásios, ele colabora no magistério do segundo grau[6].

Pode considerar-se, entretanto, no jornalismo outro importante fator educativo. Pelos semanários elevava-se, com sagacidade, o nível de educação política e social dos habitantes do município[7]. Desde o primeiro hebdomadário, antes da República, nota-se o empenho de aperfeiçoamento das práticas democráticas.

O auge do editorialismo situa-se na década de vinte, sobretudo nas páginas do jornal do Partido Democrático. Os artigos são magistrais, superando, muitas vezes, o que de melhor havia na imprensa carioca. Distinguia-se o articulista pelo domínio da língua e pela clareza e concisão. Na "Gazeta Democrática" a classe média encontrava o instrumento eficaz para a sua participação na vida da comunidade.

5. Martins, João Baptista. op, cit, p, 53. Ver no Apêndice o artigo "S. Exa. a Carabina".
6. A relação de bacharéis e médicos é significativa. Augusto Amarante, Nilo Ferraz de Carvalho, Malvino Dutra, Edgard Guimarães, Xenofonte Mercadante, Átila Brandão, Jurandi Ferreira. Outros mestres tiveram formação em seminários portugueses: Luis Vitória e Albino Moreira Junior.
7. Alguns exemplos de editoriais e notas de redação são transcritos no Apêndice.

ENTERRO DO CORONEL OLYMPIO MACHADO - Vista do cortejo quando se encontrava na Rua Padre Cândido. Junto das palmeiras ainda se vê o casarão onde funcionou a 1ª Câmara Municipal em 1883.

CAPÍTULO XII

A Imigração e a Colonização no Vale

Ao abordar o tema da imigração no vale do Carangola, que inclui necessariamente o problema da mão-de-obra, enfrenta o autor a escassez de dados e bibliografia lacunosa.

Inicialmente, quando os faiscadores e catadores de poaia alcançaram a região, o trabalho escravo foi estabelecido, tentando o adventício a utilização do índio para a sua sobrevivência. Tratando-se da busca de plantas medicinais e da caça, a ajuda era possível, já que não exigia a disciplina do trabalho de que carecia o selvagem. Quanto à lavoura, falharia o propósito, cuja tentativa a tradição local conservou.

O escravo africano seria a opção. Caminhando para as terras fluminenses, o minerador levaria todo o acervo de bens, semoventes inclusive, o que possibilitou a formação de mão-de-obra ociosa, depois utilizada durante o ciclo cafeeiro. Do mesmo modo, transferindo-se para a Mata, conduzia os seus negros, e quanto maior o número deles, maior oportunidade de consolidar o estabelecimento rural. Importante era o fator trabalho, já que os extensos tratos da terra, livres e disponíveis, tiravam da propriedade rural a sua liquidez.

Não esqueçamos, porém, que entre os audazes aventureiros, nacionais e portugueses, contavam-se outros estrangeiros. Numa nota à edição italiana de seu livro, Ferdinand Denis referiu-se à emigração para o Brasil, de 1835 a 1836, registrando 315 franceses, 147 espanhóis e mais de 100 italianos[1]. Na correspondência de Bréthel há notícia de um médico francês, perdido em Santa Luzia do Carangola e cuja existência Françoise Massa pesquisou sem resultado[2]. Recorria também a Igreja a padres não só portugueses como italianos e espanhóis.

Com o escravo, porém, é que Minas conta, especialmente a Mata, para o trabalho agrícola. Em 1874 eram eles 311.304, segundo os dados oficiais da época. Na Zona da Mata estavam 76.664, sendo que no Município de Muriaé (inclusive o vale de Carangola) viviam 6.938[3]. Nove anos após, em 1883, crescera a população servil da Mata, alcançando a cifra de 86.635. Também em Muriaé houve um aumento de 837 escravos[4]. O café exigia maior contingente de trabalhadores que de outras regiões vinham como semoventes.

1. Denis, Ferdinand — *Brasile*, Venezia Tip. Giuseppe Antonelli — 1838, p. 376. (nota).
2. Massa, Françoise, ob. cit. p. 198.
3. Pelo censo de 1872 Minas possuía 370-459 escravos. Xavier da Veiga, nas *Efemérides Mineiras*, observa que na época da Abolição o número era de 230.000 num total de 800.00 em todo o país.
4. Conrad, Robert, *The Destruction of Brazil Slaver,* 1850-1888. Apêndices. Tabela 2, p. 345. Tabela 12, p. 354. Fontes: C. F. Van Delden Laerne, *Brazil and Java. Report on Coffee Culture in América, Ásia and Africa* (Londres, 1885), p. 117/18.

Então, o movimento abolicionista radicalizara-se em Campos, lugar de indiscutível influência no vale do Paraíba. Desenvolvera lá uma atividade incansável o jornalista e tribuno Luis Carlos Lacerda. Em maio de 1387 denunciava a ilegalidade de matrículas de escravos feitas em Campos, por terem assinado *guias* pessoas não autorizadas. As matrículas diziam respeito a perto de 13 mil escravos da região[5]. A argumentação de Lacerda era plausível e a repercussão alcançou a Zona da Mata como verdadeira bomba. Em Carangola e outras cidades próximas, os advogados, em geral abolicionistas, aproveitavam-se da notícia para salientar o ilícito penal que poderia envolver todos aqueles que possuíam escravos com *guias* falsas. A imprensa e o Parlamento no Rio deram ênfase ao assunto. Ativou-se o movimento libertador, havendo alforrias às centenas. O pânico dos fazendeiros alcançou os vales do Muriaé e Carangola. Nos meados de 1887, toda a região assiste à alforria de escravos. Em junho desse ano, Alexandre Bréthel escrevia à sua sobrinha na França, dizendo-lhe a terrível crise por que atravessava. Fora uma desgraça e comparava o fato a uma perda de francos franceses, há muitos anos, tão séria, que o levara à aventura no Brasil. Esclarecia que não lhe restava senão a fazenda, pois o governo dera liberdade aos seus escravos. Bréthel escrevia que dos dezoito mil pretos que viviam nos arredores, metade se libertara. E concluía que estava irremediavelmente arruinado[6].

Depoimentos de velhos moradores, tomados pelo autor nos anos quarenta, aludiam à desorganização da lavoura após tais fatos. Duas situações então ocorreram: no caso de propriedades onde o negro era tratado com brandura, os libertos decidiram continuar, mediante remuneração; no outro, onde imperava a crueldade do senhor, debandaram, deixando o fazendeiro em dificuldades. Também os depoimentos referidos deixavam em dúvida se eram os escravos tratados com crueldade[7].

A Mata era surpreendida com a Lei Áurea. Em verdade, só a partir de 1881 é que se procurara oficialmente substituir o trabalho servil pelo livre. Apesar dos favores concedidos pelo Governo, raríssimas eram as solicitações dos proprietários. E até agosto de 1883 apenas duzentos e três imigrantes tinham sido introduzidos em Minas Gerais[8].

A presença de europeus na Mata sempre fora reduzida. Dos 39 fazendeiros registrados no Almanaque Laemmert, em 1856, não consta nome estrangeiro. Em 1870, entre 57 proprietários notáveis de cafezais, apenas dois Monlevades, Jean Antoine e Saint Edme aparecem. Alguns anos mais tarde, em 1877, numa relação de 105 nomes, o de Alexandre Bréthel é acrescido[9]. Constituíam eles a exceção, embora tenham contribuído para atrair franceses ao vale. Françoise Massa salienta que no espaço de vinte anos uma dúzia de compatriotas seus deixaram Dun-le-roi rumo ao Brasil. Em 1874 são 37 pessoas que solicitam passaporte. Eram agricultores, de 15 a 31 anos, de Bussy e arredores, sendo 5 chefes de família acompanhados de mulheres e filhos. Entre todos um só aparece na correspondência de Bréthel, Marechal, administrador de Fernand de Monlevade. Foi ele assassinado por cativos em 1878.

5. Morais, Evaristo de, *A campanha abolicionista*, Ed. Leite Ribeiro, Rio, 1924, p. 247.
6. Brethél, Alexandre *in* Françoise Massa, ob. cit. p. 382.
7. Depoimentos de José Funchal, Dr. Ribeiro de Miranda, José Magalhães Queiroz, Severino Fraga.
8. Goes Monteiro, Norma de. *Imigração e Colonização em Minas*-Belo Horizonte, 1973, p. 22.

Por uma carta de Rita Monlevade, datada de junho de 1874, vê-se que a maior parte de franceses do Cher, dirigia-se ao vale do Carangola[10].

Em 1887 uma lei provincial passava a estimular auxílio do Governo aos imigrantes. Era tardia a providência. A Mata, que temia a extinção próxima do cativeiro, fixa em Juiz de Fora o centro de atividades reivindicatórias. Tem começo o esforço de promover o trabalho livre na região.

O pólo distribuidor da mão-de-obra pelos municípios seria Juiz de Fora. Lá organizou-se uma hospedaria e outras foram ainda montadas em Rio Verde, Mar de Espanha, São João del Rei e São João Nepomuceno. Minas recebia contingente modesto de europeus, que preferiam São Paulo, atraindo mais da metade de todos.

Com a República a imigração continuava em pauta, porém para o Estado era transferida a tarefa. A partir de 1892 uma série de favores concedia-se no sentido de fixar o agricultor na terra. O Governo estadual consultou os municípios a propósito da matéria.

Passavam a chegar os italianos desde agosto de 1894. A primeira leva era de 292 peninsulares. Por outro lado, a idéia de núcleos coloniais é aceita neste ano. Até 1897, para um total de 70.817, 65.153 procediam da Itália[11].

A comunidade então receberia número apreciável de peninsulares.

A partir de 1906, a iniciativa de estabelecerem-se núcleos alcançaria o vale. A fundação seria promovida pela União ou por associações e particulares. João Pinheiro, no Governo de Minas, respondia com medidas de estímulo. Criava-se a Colônia de Vargem Grande, junto a Belo Horizonte. Outras duas eram começadas: Francisco Sales, em Pouso Alegre, Nova Baden, em Águas Virtuosas.

Porém do contrato firmado entre o Governo de Minas e a Estrada de Ferro Leopoldina é que nasceram as colônias da Mata em Leopoldina, Cataguases, Ubá, Ponte Nova e Carangola. Nesta última, no distrito de Faria Lemos, surgiria o núcleo "Pedro de Toledo". Posteriormente, nos anos vinte, seria emancipado[12].

Outros imigrantes chegavam à comunidade carangolesa a partir do decênio de dez. Eram sírios, maronitas e libaneses. A denominação popular de turcos, que lhes era dada, em face da denominação otomana em seus territórios, era pejorativa e trai o antigo ressentimento luso com relação aos infiéis. Até o ano de 1907 pouco mais de onze mil imigrantes desembarcaram nos portos brasileiros, porém o número passaria para quase 60.000 até 1920. Povo de grande mobilidade, o sírio-libanês, descendente de velhos fenícios, conserva os difíceis atributos do comerciante. Dedicavam-se ao comércio ambulante, munidos de baús de mercadorias, em geral armarinho e fazenda. Também se estabeleciam em comércio de tecidos e outras atividades.

---

9. *Almanaque Laemmert* — 1856, p. 166; *Almanaque Laemmert* — 1877, p. 99-100.
10. Massa, Françoise, ob. cit. 17/18 — Carta de Bréthel, p. 412/13.
11. Goes Monteiro, Norma, ob. cit. p. 77.
12. Sena, Ernesto de. *Geografia do Brasil*, Rio, 1922, p. 206. Decreto n.º 6.624 de 16 de junho de 1924. Col. de Leis e Decretos do Estado de Minas Gerais — B. Horizonte, 1924, p. 189.

A RUA SANTA LUZIA EM 1903 - A primeira casa à direita, era a residência do Coronel Manoel José de Souza. Um pouco abaixo à esquerda se vê a antiga Matriz. Ao fundo, o cruzeiro que ficava junto do cemitério ali existente naquela época.

CAPÍTULO XIII

Os Anos Vinte

No ano de 1916, quando perdia a liderança o Cel. Francisco Novaes, o Município de Carangola era descrito por Roberto Capri. Uma fotografia ilustrava as informações. Tomada do local onde hoje existe o cemitério, via-se quase toda a cidade mergulhada em vale cercado pela cadeia de morros. A antiga Rua da Estação aparece no primeiro plano com seus armazéns caiados. A vegetação exuberante nas duas margens do rio, divide a cidade em comercial e residencial. De estilo popular minhoto, as casas surgem em segundo plano, notando-se os sobrados pintados de branco. Espalham-se até a base dos morros já distantes, mergulhados em bosques.

A comunidade cafeeira estava concluída e o organizador do volume registrava: "Conta com mais de 500 prédios, 3 largas praças e ruas largas, retas e compridas. É ricamente iluminada à luz elétrica pela Companhia Brasileira de Tramways, Luz e Força, com sede no Rio de Janeiro. O serviço de água e esgoto é municipal. A água, fornecida pelo Carangola, pouco abaixo da Cachoeira do Boi, é excelente, sendo encanada até o reservatório da cidade. Publicam-se dois semanários: "O Carangola" e "A Comarca". Há duas bandas de música, o Club Recreativo Carangolense e dois foot-ball clubs. Na Praça Maximiano, vê-se o belicíssimo parque municipal, em cujo centro se ergue o coreto de música"[1].

As informações econômicas também davam prova da vitalidade do Município. A produção média anual do café era de 1.000.000 de arrobas. Produziam-se ainda o arroz e o fumo. A indústria pastoril era pouco desenvolvida. A exportação de café pela estação da cidade era expressiva: nos dois últimos cinco anos, foram embarcados para o Rio de Janeiro 969.773 sacas de café, 112.680 quilos de fumo, 4.711 sacos de milho e 1.975 de feijão. Desse modo, só de café, em cinco anos, o município faturava a 4$000 por arroba, um total de 15.526.368$000[2].

A prosperidade do Município consolidara-se a partir do Convênio de Taubaté, em 1906. Após uma série de vicissitudes, complexas de certo modo, estourou o 1.º conflito mundial. Nos dois primeiros anos de guerra, os preços melhoraram em moeda internacional. Em 1918 ocorria geada que atingia os cafeeiros de São Paulo. A produção da

---

1. Capri, Roberto. *Minas Gerais e seus Municípios — Zona da Mata —* Weiss & Comp, São Paulo, p. 295, 297.
2. Capri, Roberto, Op. cit. 293.

Mata e especialmente de Carangola é beneficiada pela alta. No Rio, de 10,7 cents-libra peso em novembro de 1918, alcançava em julho do ano seguinte, 22,8 cents-libra peso.

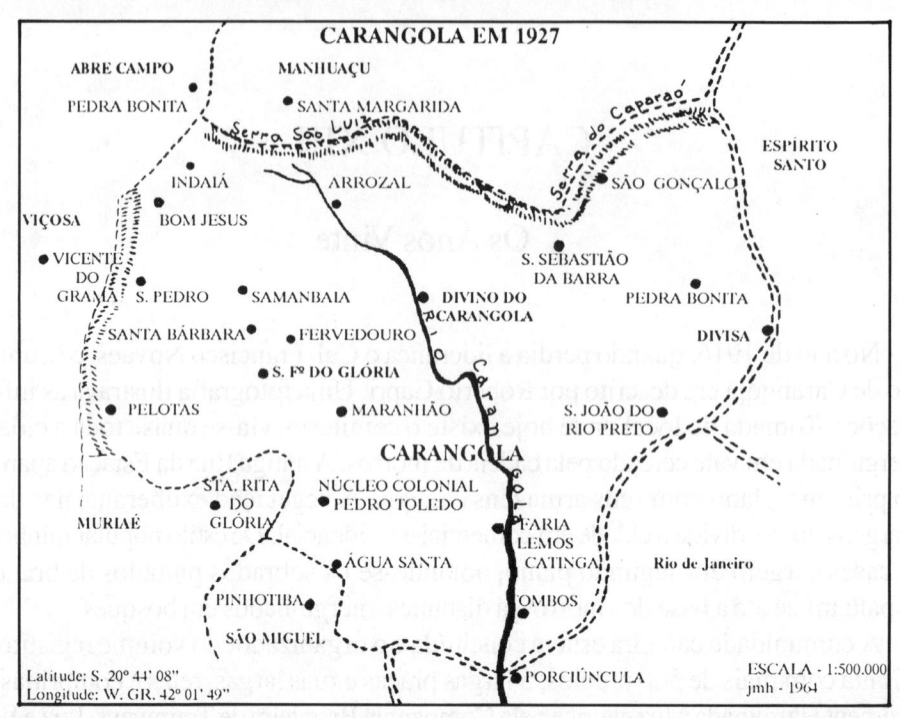

[Mapa: CARANGOLA EM 1927 — Latitude: S. 20° 44' 08"; Longitude: W. GR. 42° 01' 49"; ESCALA - 1:500.000; jmh - 1964. Localidades: ABRE CAMPO, MANHUAÇU, PEDRA BONITA, SANTA MARGARIDA, Serra São Luiz, Serra do Caparaó, ESPÍRITO SANTO, INDAIÁ, ARROZAL, SÃO GONÇALO, VIÇOSA, BOM JESUS, VICENTE DO GRAMA, S. PEDRO, SAMAMBAIA, S. SEBASTIÃO DA BARRA, DIVINO DO CARANGOLA, PEDRA BONITA, SANTA BÁRBARA, FERVEDOURO, DIVISA, S. Fº DO GLÓRIA, PELOTAS, MARANHÃO, S. JOÃO DO RIO PRETO, CARANGOLA, STA. RITA DO GLÓRIA, NÚCLEO COLONIAL PEDRO TOLEDO, MURIAÉ, FARIA LEMOS, ÁGUA SANTA, CATINGA, Rio de Janeiro, PINHOTIBA, TOMBOS, SÃO MIGUEL, PORCIÚNCULA.]

Grande parte dos recursos obtidos volta-se para os melhoramentos urbanos.

Em 1918 a Primeira Grande Guerra terminava. Os anos de conflagração provocaram mudanças em todo o País, tanto econômicas como sociais. A substituição de importações, em virtude do bloqueio alemão, acelerara o surto industrial, principalmente em São Paulo. A Mata não fugira às circunstâncias de iniciativas progressistas.

Artur Bernardes e Raul Soares, no comando do Partido Republicano Mineiro, preparavam a escalada ao Catete. Elegia-se Epitácio Pessoa, em 1918. Nos fins de 1920, os preços internacionais do café reagiram novamente. Consagrara-se a tese de que a sua defesa era um problema nacional. Em Mensagem, dizia o Presidente da República: "O café representa a principal parcela no valor global de nossa exportação e é, portanto, o produto que mais ouro fornece à solução de nossos compromissos no estrangeiro"[3].

Duas safras seguintes (1921/1922 e 1922/1923) foram menores e o estoque mundial caiu para a metade. Os preços subiram até a estabilização de 1923. Foram lucros fabulosos. A situação melhorara de tal modo para a agricultura que de 47$390 a saca em 1918 chegava, em 1920, a 74$703[4].

Normalmente o salto para industrialização da Mata deveria ocorrer. A poupança poderia ter estimulado a instalação de estabelecimentos industriais a fim de promover na comunidade o necessário mercado de trabalho e fixar a população em seus limites.

3. Pessoa, Epitácio. *Mensagem*, Rio de Janeiro, 1919.
4. Delfim Neto. *O problema do café no Brasil*. In: *Ensaios sobre café e desenvolvimento econômico*. IBC, 1973. p. 107/112.

Assim se tentou. Nos primeiros anos da década de vinte, Carangola atingia o pico do seu desenvolvimento industrial. Somava-se a diversos estabelecimentos a Fábrica de Porcelana Faria Castro & Cia com o capital de setecentos contos e quase duzentos operários. Contava ainda a comunidade com uma Serraria, Fábrica de Móveis e Fábrica de Máquinas para o beneficiamento de café, de Antonio Pistone, fundada em 1915, com 33 operários; e as Fábricas de Sabão e Refinaria, de Barbosa e Marques; de Massas Alimentícias, de Arcângelo Faccini e a Destilaria Brasil, de Souza Laperriére & Cia[5].

Do ponto de vista social e cívico, instala-se uma associação com o fim de promover a preparação militar. A campanha iniciada na capital repercutira na comunidade. O órgão da Câmara noticiava o telegrama do Ministro da Guerra ao Agente Executivo, Jonas de Faria Castro, nomeando-o para a chefia da Comissão de Alistamento Permanente no Tiro n.º 381. A instalação da associação e suas atividades apareciam com freqüência no noticiário de primeira página, merecendo uma referência destacada o envio de fuzis e munições para exercícios militares[6].

Mas não era totalmente verde o vale do Carangola. O quadro social ainda estava comprometido pelas condições nosológicas desfavoráveis. Segundo os resultados do Censo de 1920, apesar do clima admirável do município, notava-se a incidência de moléstias como a morféia, sobretudo nos distritos de São Francisco e Divino, do bócio, constatado também em São Francisco e Alto Carangola, da sífilis, que atingia a população em cerca de 70%, além da verminose que alcançava a população infantil em aproximadamente 90%. O quadro era pois o seguinte: Sífilis, 70%; tuberculose, 2%; morféia, 3%; verminose, 90%[7].

A situação sombria despertou a idéia da construção de novo prédio para o Hospital. O primitivo, inaugurado em 1907, só dispunha de 16 leitos e seu patrimônio consistia em pardieiro modesto e terreno anexo, doado por D.ª Maria Aguiar; outro imóvel na Rua Marechal Deodoro, doação de D.ª Emília Valentim e finalmente biblioteca e instrumentos cirúrgicos, ofertados por Jonas de Faria Castro. Apesar dos limitados recursos, o internamento e atendimento de doentes em 1919 alcançaram a cifra de 148 enfermos. Em 11 de janeiro decidia-se a construção de um prédio de maior capacidade, nomeando-se uma comissão a fim de serem tomadas as providências objeto da resolução[8]. A comunidade era solicitada a mobilizar-se para obter meios necessários à nova edificação. Em outubro de 1920 realizavam-se, no Jardim, as festas com barracas e prendas, sorteios e rifas. Belmiro Braga, o poeta mineiro, já residente em Juiz de Fora, compareceu como convidado de honra e patrono da bar-

---

5. Estado de Minas Gerais. Comissão Estadual da Exposição do Centenário — Boletim de Informação corográfica e dados estatísticos referentes ao ano de 1921.

6. *Gazeta do Carangola* — 26/05/1918 (n.º 26), 16/06/1918 (n.º 29).

7. Ministério da Agricultura, Indústria e Comércio. Diretoria Geral de Estatística — Recenseamento de 1920.

8. Carelli, Rogério. *História da Casa de Caridade.* Gazeta do Carangola — 21.7.79. A comissão foi constituída por Srs. Júlio Silva, Vicente Gaede, Manoel Tomé do Nascimento, Antonio Marques e Nascimento Nunes Leal.

raca, distribuindo suas poesias, em cartões postais franceses. Duas quadrinhas o Autor encontrou entre as lembranças da família. À D.ª Amélia Freitas o poeta dizia no cartão com uma adolescente carregando rosas:

> Tu, que de flores te enfeitas,
> provas que tens coração:
> Leva à D.ª Amélia Freitas
> As flores que tens na mão.

Outro postal é uma jovem de perfil, sorridente, e traz, em letra miúda e nítida, a quadra à Adélia Freitas:

> Adélia, que o céu risonho
> te cerque de resplendores
> que te seja a vida um sonho
> de festas, risos e flores.

Entre os festejos para fins de angariar recursos, deu-se o lançamento da pedra fundamental do futuro hospital. O lugar servira, até 1890, de cemitério, circunstância que despertou certos veios de superstição.

Aproximavam-se as eleições presidenciais de 1922 e Minas preparava, por intermédio do Partido Republicano Mineiro, o nome de seu líder à sucessão de Epitácio Pessoa. Desde 1917, quando da escolha de Artur Bernardes para o Governo Estadual, a Zona da Mata já conquistara o comando da Tarasca. A estratégia tivera o resultado programado, quando Raul Soares vetara o nome de Américo Lopes para a sucessão estadual de Delfim Moreira sob a alegação de que o mesmo era Secretário do Interior. O nome de Bernardes foi então cogitado e sufragado, elegendo-se em 1918 e assumindo o governo de Minas Gerais. Raul Soares fora o articulador da transferência do poder político do sul de Minas para a Mata, quando Delfim, enfermo, fora eleito para Vice-Presidente da República.

Chegava então a Carangola um jovem promotor, Francisco Duque de Mesquita, natural do Sul de Minas. Formara-se no Rio, onde se casara com uma filha de Camilo Soares de Moura, irmão de Raul Soares, sendo este, à época, o Secretário do Interior do governo de Artur Bernardes.

Raul Soares planejou substituir Jonas de Faria Castro na liderança política do Município. Um dos fazendeiros, Cel. Adolpho Euzébio de Carvalho foi escolhido para disputar a eleição e assumir o comando do Partido local. Tratava-se de manobra comum, uma vez que Raul Soares também visava introduzir na política local o citado Duque de Mesquita, pessoa de sua inteira confiança.

Jonas de Faria Castro desgastava-se dia a dia em suas iniciativas de cunho reformador. As dificuldades para a obtenção de recursos tornavam inviável a continuação de seus projetos. Raul Soares despachou para Carangola um delegado especial

MUNICIPIO DE CARANGOLA
ESCALA 1:500.000

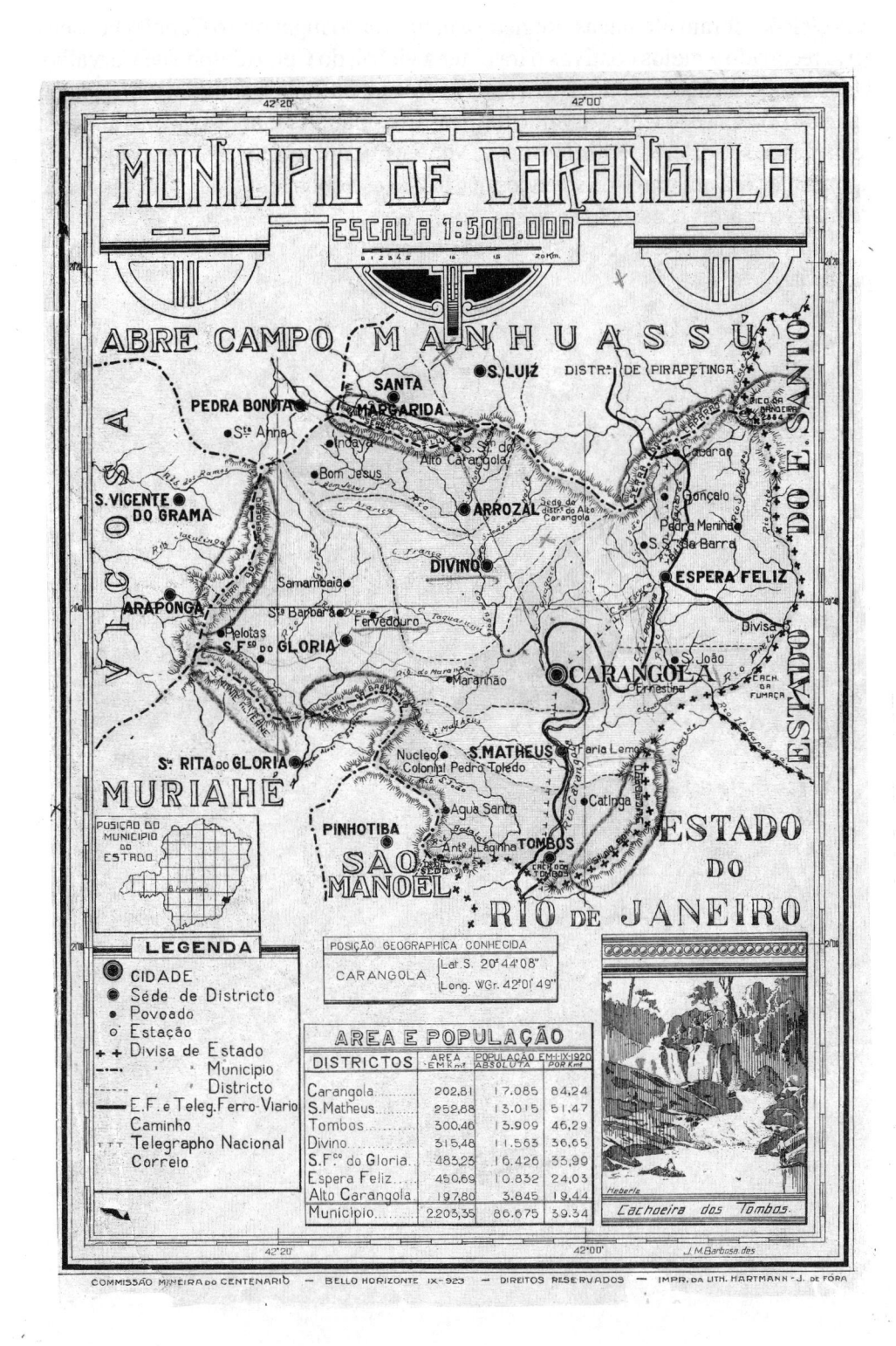

LEGENDA
- ◉ CIDADE
- ● Séde de Districto
- • Povoado
- o Estação
- +++ Divisa de Estado
- —··— Municipio
- ------ Districto
- —— E.F. e Teleg. Ferro-Viario
- —— Caminho
- T T T Telegrapho Nacional
- ------ Correio

POSIÇÃO GEOGRAPHICA CONHECIDA
CARANGOLA — Lat. S. 20° 44' 08" / Long. W Gr. 42° 01' 49"

AREA E POPULAÇÃO

DISTRICTOS	AREA EM Km²	POPULAÇÃO EM 1-IX-1920 ABSOLUTA	POR Km²
Carangola	202,81	17.085	84,24
S. Matheus	252,88	13.015	51,47
Tombos	300,46	13.909	46,29
Divino	315,48	11.563	36,65
S. F.co do Gloria	483,23	16.426	33,99
Espera Feliz	450,69	10.832	24,03
Alto Carangola	197,80	3.845	19,44
Municipio	2.203,35	86.675	39,34

Cachoeira dos Tombos.

COMMISSÃO MINEIRA DO CENTENARIO — BELLO HORIZONTE IX-923 — DIREITOS RESERVADOS — IMPR. DA LITH. HARTMANN - J. DE FÓRA

J. M. Barbosa des.

e as eleições foram efetuadas. Registra a memória do lugar que o Capitão Fonseca teria recorrido a meios coativos para obter a vitória do Cel. Adolpho de Carvalho. Conservou-se a história pitoresca a respeito do embate que se aproximava. Sentado em café do centro, o Cel. Carvalho descansava, quando foi abordado por amigo a reclamar de seu discreto empenho para a vitória. O Coronel ouviu-o com paciência e apontando para um grupo de soldados que passava, respondeu: "Não há necessidade de muita força, eis aí os meus eleitores".

Em 1923 era apeado do poder Jonas de Faria Castro, retornando à sua clínica particular.

CAPÍTULO XIV

O Apogeu da Comunidade

O decênio apresentaria feições sociais novas e progressistas. Exausto o coronelismo, o conflito político atenuara-se em termos de luta e vindita. A atmosfera citadina já comportava a adoção de costumes burgueses. O lúdico desempenha um papel relevante no sentido de abrandar os modelos do latifúndio. Procura-se, em verdade a imitação do Rio, em cujos jornais e revistas a gente local se inspira. Na parte superior do salão de cinema, fora pintada uma alegoria, cuja inscrição se deve ao poeta Jean de Santeuil para o busto de Arlequim — "Ridendo castigat mores". O pincel de Funchal Garcia revelava a crítica da classe média aos hábitos patriarcais.

A vida social já comportava maior liberalidade quanto à autonomia feminina, fechando-se o ciclo de restrição à liberdade das donzelas, característico do tempo do sertão. Em 1927, um concurso de beleza promovia-se pela *Gazeta Democrática*, por meio de voto destacados do jornal. Senhoritas disputavam a coroa de rainha. A colocação publicava-se semanalmente e a disputa empolgava a sociedade. Do mesmo modo, a coluna fazia menção aos episódios amenos do cotidiano. A hora da missa, quando

> Passos, passos... toc... toc...
> Tic... tac... Passam pés.
> E eu sinto um tremelique,
> Que não há nada mais *chic*
> Do que esta missa das dez...[1]

Jota Erre incubia-se de redigi-la, anotando aniversários e casamentos e quase sempre realçando, em esforço parnasiano, a presença da mulher elegante.

> *Fausse magre*, ideal que me alucina
> Nesse abandono simples de Watteau[2].

As sociais eram leves e contidas, visando a divulgar a graça da mulher ou simplesmente a amenidade do amor.

1. *Gazeta Democrática*, Carangola, 25/12/1927. Roberto Vargas, heterônimo de Rangel Coelho.
2. *Gazeta Democrática*, Carangola, 9/10/1927. Assinado por Jota Erre, heterônimo de Rangel Coelho. Outro heterônimo de Rangel, Joachim Conceagá. Watteau, artista francês do século XVII. Pintou de preferência assuntos campestres e festas elegantes.

Outras iniciativas apareciam no noticiário. Experiências teatrais com peças curtas, de preferência poéticas. A Ceia dos Cardeais é levada algumas vezes, sendo amadores os artistas. Sessões de recitativo ou simples declamações eram freqüentes. Onestaldo de Pennafort lia os versos ainda inéditos[3]. Às vezes, o interesse cultural volvia para palestras e conferências. Bacharéis e médicos de cidades vizinhas freqüentavam os clubes locais. José Lins do Rego, promotor público em Manhuaçu, visitava os amigos, participando das iniciativas. De quando em vez, outras presenças ilustres. Francisco Campos, futuro Ministro da Educação, vindo de Belo Horizonte; Rodrigo de Melo Franco, do Rio; Carlos Medeiros, ainda acadêmico, em visita à irmã, Julieta Batista Martins.

Também as moças e rapazes reuniam-se, organizando saraus, onde Alcyr Pires Vermelho apresentava as suas primeiras composições populares[4]. Não faltaram exposições de quadros. Funchal Garcia, pintor paisagista, natural de Leopoldina, residente no Carangola, pincelava a exuberância da natureza, a graça dos "flamboyants". A infância do artista deitava as raízes na Mata. O brado tropical, irrompendo nas margens dos riachos, crescia com força não sufocada. Um modo de ser bandeirante, que de pincel e tela, procurava o trecho de beleza escondida. Alcançando as colinas, com os barrancos já feridos pela erosão, a perspectiva era ampla e iluminada.

A imprensa local atestava o esforço que punham os políticos novos em elevar o nível dos embates eleitorais. Sem considerar a forma, sempre escorreita, as críticas são sérias e inspiradas em fatos concretos.

O café representava o produto de exportação mais importante e nele repousava a vida da comunidade. Os problemas restantes diziam respeito à educação, ao urbanismo, que necessariamente dependiam dos resultados financeiros. Em conseqüência, aos representantes da sociedade cabia exigir melhorias no transporte ferroviário, assistência sanitária à cidade e aos distritos, e vencimentos condignos ao funcionalismo.

No mais, desenvolver a vida social, torná-la civilizada, por assim dizer. A tradição, bem como o registro da imprensa, referem-se a particularidades do sentido gregário. Os bailes e festas são freqüentes e realizam-se em clube da classe média. Outros, populares, ainda que freqüentados por fazendeiros e sitiantes, ocorriam em outros locais.

A feição, pois, litorânea, romântica e avançada, buscava no meio urbano atenuar os rigores dos velhos hábitos sertanejos, existentes nas fazendas.

Mas a grande arma do bacharel é o humorismo.

Rangel Coelho é o poeta satírico que desafia o passado, os padrões da velha sociedade rural. Sua coluna — *Balas de Estalo* — são histórias e ironias. Suas vítimas maiores — os políticos — de preferência os adversários. Os retratos poéticos alcançam as figuras mais importantes da cidade. Um advogado, fazendeiro de terras cansadas, solteiro, calvo e espalhafatoso, ele retrata:

---

3. Versos mais tarde reunidos em *Espelho d'Água*, Edição Terra de Sol, Rio, 1931.
4. Alcyr Pires Vermelho, conhecido compositor brasileiro.

> Por isso, às vezes, numa discurseira,
> Quando mete o bagaço no Mesquita
> Malvino Dutra faz uma zoeira,
> Enrola a língua, gesticula e grita.

Afinal, para realçar a perfídia, finaliza:

> Mas dizem que ele, agora, em nostalgia,
> Para esquecer o horror do celibato,
> Que o deixa sempre compungido e só,
> Vai montar uma grande companhia,
> De imensas criações de carrapato,
> No alto dos campos do Caparaó[5].

A pena de Rangel é seca e ferina. De sectário da política de Waldemar Soares e proprietário do melhor hotel na cidade, ele esboça o retrato, obra-prima de soneto satírico:

> Ao vê-lo, dizem todos, num só mote,
> Esta verdade corriqueira e mansa:
> Se o Waldemar bancasse o D. Quixote
> O Nolasco seria um Sancho Pança
> ....
> Sendo louvado e tendo hotel, dá bóia
> a muita boca que, de fome presa,
> entre garfadas, o bem diz e o apóia
> Mas, às vezes, com raiva, trapaceia
> E oferece a seus hóspedes de mesa
> Pastéis de brisa com pirões de areia[6].

Menicucci fazia parte da ampla camada italiana, pioneira das iniciativas industriais, maçon, barulhento, anticlerical, vivo e generoso, e ergueu em Carangola as primeiras fábricas de cerveja e refrigerantes. Rangel traçou com graça e leveza o seu perfil:

> Alto, gorducho, de carão rosado,
> Dois pingentes de barba em cada orelha,
> O Menicucci em tudo se assemelha
> A um frade holandês falsificado.
> ....
> Sem paletó, de peito aberto ao vento,
> Aos velhos beberrões ele consola
> Clamando sempre contra o Sacramento.

5. *Gazeta Democrática*, Carangola, 8/10/1927.
6. *Gazeta Democrática*, Carangola, 25/12/1927.

> E dizem todos só por simpatia,
> Que o Menicucci aqui no Carangola,
> É o bode preto da Maçonaria[7].

Rangel Coelho fustigava a sociedade sem comiseração. Às vezes exagerava. Exemplo: Baeta Neves era o representante carangolano na Câmara dos Deputados. Sereno, não se deixava atingir pela agitação parlamentar. Calava-se e seguia fielmente a liderança do partido. Rangel não perdoava:

> Em frases simples e breves,
> Exponho aí, sem alardes,
> O doutor Baeta Neves,
> Deputado do Bernardes.
> Do verbo sem os recursos,
> Baeta, sempre calado,
> Não pronuncia discursos,
> Não diz sequer "apoiado".
> Por isso alguém, com voz grossa,
> (De certo, a perfídia vence-o),
> Já o chamou, só de troça,
> "Patriarca do silêncio..."
> Mas Baeta não dá trela
> às frases vãs da ironia:
> E vai metendo na guela
> Duzentos mil réis por dia[8].

Também para um médico rotineiro, escreveu o epitáfio:

> Aqui repousa sem tédio.
> Certo doutor eminente,
> Porque tomou o remédio
> Que receitara a um doente[9].

No final do decênio, Pedro Baptista Martins mudava-se para o Rio. Até 1926 participara do esforço pelo aprimoramento das práticas políticas. Filho de João Martins, formara-se também em Direito, militando como civilista no foro da região. Transferindo-se para a capital da República, tornou-se conhecido advogado, sendo posteriormente incumbido da redação do Código de Processo Civil, diploma adjetivo vigente por mais de quarenta anos.

Outros bacharéis e médicos também tomavam parte ativamente na vida cultural da cidade. Descrevendo-a, Merolino Corrêa, referiu-se à missão que lhe fora confiada

---

7. *Gazeta Democrática*, Carangola, 23/10/1927.
8. *Gazeta Democrática*, Carangola, 16/10/1927.
9. Tradição local.

para "apurar os fatos constantes de representação que se fazia contra José Lins do Rego, promotor de justiça de Manhuaçu[10]. "Era juiz de direito em Carangola, prossegue ele, o pernambucano Dr. Francisco de Novais Paes Barreto e promotor de justiça, o amazonense, Dr. Jonatas Porto. Excelentes advogados atuavam nas lides forenses: João Baeta Neves, Pedro Baptista Martins, Duque de Mesquita, Malvino Dutra de Carvalho, Amilcar Alves de Souza, José Ribeiro de Miranda, Antônio Ferraz de Carvalho, Lauro Lustosa e o famoso orador Xenofonte Mercadante. Pedro Martins era, sem favor, o mais brilhante civilista do grupo, autor de obras jurídicas importantes"[11].

Generosos e competentes eram os médicos, segundo a tradição do lugar. Destacavam-se, entre muitos, Gotardo Soares de Gouveia, Galileu Lima, Juvenal Neto, Vicente Gaede e Custódio Lima Cruz[12].

10. Futuro romancista, depois residente no Rio.
11. Corrêa, Merolino. "O Estado de Minas", 11.8.1981.
12. Por fim um registro especial para as professoras primárias, pacientes e abnegadas. Anônimas criaturas, perdidas na labuta diária do interior, e muitas outras da cidade, cujos nomes não se perderam e ficaram no coração de tantos exilados da terra. Minelvina Franco, esposa do Mestre Arquimedes Franco, Maria dos Reis (Dona Pefá), as irmãs Guarinelos, Diva, Eulália e Hilda, as irmãs Paes Barreto, Celina e Aída.

A RUA QUINZE DE NOVEMBRO EM 1910 - À esquerda a entrada do Teatro Thalia e à direita o Hotel dos Viajantes, hoje Hotel Central.

CAPÍTULO XV

A Paisagem Social *

Nos anos vinte ganha nítido contorno a paisagem social. As aldeias viraram cidades, crescidas com casario e jardins. O café fortaleceu a lavoura, e o trem facilitaria o contato com o progresso litorâneo. Chega a informação pelo telégrafo e pelo correio, atualizando a gente interessada nas coisas.

A cidade conquista o calçamento. Pés-de-moleque cobriram-lhe as ruas estreitas. Seguiam a água encanada e serviços de esgoto. Seu aspecto é diverso, embelezada e limpa.

Aprimoram-se as construções; resiste à poeira o caiado das casas. Os fios de iluminação elétrica elevaram-se, dispuseram-se, ante a surpresa dos matutos, e a linha férrea estendeu-se por diferentes caminhos. A folha da capital, diária, trazia as novas. Aparece a imprensa. Escolas e grupos deram início à atividade da instrução. Irradia-se o ensino. Parte de Juiz de Fora e de Leopoldina. Alguns abnegados penetraram pelo interior, fundando escolas em pleno sertão.

A vida desenvolve-se de forma idêntica em inúmeras comunidades das antigas Áreas Proibidas. Agrupam-se os habitantes em classes. Na camada superior estão os fazendeiros, os doutores, os compradores de café, os funcionários públicos, o farmacêutico. Constituem a elite, interligam-se em relações sociais e familiares. Na segunda camada vêm os proprietários menores. Na mesma categoria se acham os caixeiros e os pequenos comerciantes. Por fim, a ralé, constituída de assalariados, gente sem recursos, pobres de toda espécie, operários e domésticas. Entre as duas primeiras camadas não há propriamente separação estanque. Comunicam-se e limitadas restrições se fazem ao convívio social. No atinente à última, encontra-se só no quadro da comunidade. Nota-se certo retraimento da classe média urbana a qualquer manifestação expansiva da gente inferior[1].

O cotidiano pouco diferencia as pessoas. Alimentação quase idêntica. Prevalece a economia natural, pois hortas e pomares são comuns nos grandes quintais da cidade. Criam-se porcos e galinhas, o que possibilita, no meio urbano, o nivelamento da

---

* Extraído de *Os Sertões do Leste — Estudo de uma Região: A Mata Mineira*. Zahar Editores, Rio, 1973, p. 120.

1. Depoimentos de velhos moradores. José Joaquim Funchal, Antônio Novais de Freitas, Cel. José Horácio, Severino Fraga, Dr. Alfredo Lima.

dieta. O trivial é o mesmo na fazenda, nas mesas de camadas superiores: toucinho, carne-seca, arroz e feijão tropeiro. Verduras variadas, couve principalmente. Frutas e doces de goiaba com queijo, de pospasto. No final da semana, há fartura, com galinha em molho pardo ou feijoada completa, acompanhada de vinho português. Entre os pobres, pequena a diferença na alimentação, quantidade menor de pratos e ausência de vinho.

Excetuando o trabalhador rural, andrajoso e descalço, as pessoas se vestem do mesmo modo. Até a década de vinte os moradores de condição superior trajavam fraque, principalmente os doutores. De vinte em diante o linho inglês substituiu o rigor antigo. Os próprios fazendeiros o preferiam, e a moda permaneceu até pouco antes da Segunda Guerra.

Os costumes também nivelavam as criaturas. O morador da sede desperta um pouco mais tarde, por volta das sete horas. Já o dos bairros, em geral os mais pobres, mantinha hábitos de fazenda, madrugando.

O citadino segue para o trabalho após o café da manhã. Refeição de pão, queijo, manteiga, café com leite. Retorna às onze para o almoço. Não se fazia a sesta. Raro o caso de recolher-se alguém depois da primeira refeição. Após o jantar, às cinco horas da tarde, voltavam os homens à rua principal, para um passeio. Em sua maioria, deitavam-se às nove da noite. Em outras cidades o horário de recolhimento fixava-se pela chegada do expresso da Leopoldina. O trem trazia os jornais e punha fim à jornada.

Há inúmeros hábitos que fortalecem a sociabilidade. Ao redor do banco do jardim, no bar, na barbearia e na farmácia, reunem-se, anos a fio, em palestras infindáveis, os figurões da cidade. Há o costume de interromperem-se as caminhadas para encontros e cumprimentos que viram conversa. No período de prosperidade até a década final do século XIX, enchiam-se as ruas de tropas e caipiras.

Os sinos da Ave-Maria, repicados na igreja, ensejavam o passeio dos adolescentes, enquanto no jardim as crianças sorriam em disputas. Alguns bailes e prolongadas festas religiosas. Os adultos divertiam-se em visitas e em palestras sobre política e plantação.

As matronas pouco saíam. No entanto, acompanhavam a vida sentimental da cidade, debruçadas nas janelas horas esquecidas. Uma ou outra se dedicava a comentário maldoso, a implicâncias e pequenas intrigas. Por via de regra, a mineira da Mata era discreta e prudente. Guardava os segredos e apenas com as íntimas se inclinava em confidencias.

A vida na cidade era aliviada, tal como na fazenda, por uma fácil e vasta criadagem. Duas ou três domésticas faziam, em geral, o serviço inteiro, lavando, cozinhando e cuidando das crianças. Rara a família que não tivesse, em seu meio, como agregada, a preta velha, mãe-de-leite da patroa ou do patrão, zelando pelos rebentos.

Mais tarde o cinema provocou um assombro no meio rural. Os dramas e tragédias criaram a nova problemática na vida rústica e urbana. Uma série de assuntos intercalou-se nas conversações, e o filme colaborava decisivamente para a ruptura de alguns preconceitos. A desenvoltura das heroínas, nos romances de amor levados à tela, suscitou um impacto na velha sociedade do sertão.

Mas crescera a comunidade, apareceu o bacharel. Muitas vezes é filho da região, de fazendeiro. Encontra rábulas itinerantes de comarca a comarca, em longas distâncias, solicitando no crime. Monta banca, casa-se na terra, entra resoluto na política.

O médico ora o segue, ora o precede, no arraial. Enfrenta o curandeiro, poderoso na Mata, misterioso e temido, respeitado pelos adultos. Preto velho, em geral, cuja ciência de bruxedo o afasta dos seres comuns. Vive distante da comunidade, em palhoças, quase sempre, pois a moeda só se recebia em casos especiais. A lamparina, ao longe, aclara a morada tosca, de banco apenas e fogão. Solitário, fuma o cachimbo e convive com animais, alimenta-se de ervas, reza e medita. A medicina é mistura de crenças africanas e conhecimento de branco, empírico e difuso. O curandeiro atende a todos, sem distinção, ao senhor e ao escravo. Benzem-lhe as mãos com igual fervor ricos e pobres. O olhar é a arma dos milagres que se projetam pelas distâncias. O simples toque no local dolorido, no braço imobilizado, as palavras sussurradas em estranho murmúrio, produzem no enfermo a tremura a desfazer o mal. Por quase um século, dominam o sertão. Chegam os doutores, mas eles permaneceram até a morte sem abalo do prestígio, tranqüilos em face do adventício.

Defronta-se o doutor com curandeiros, e até com as pretas velhas, aptas a tratamento de pequenos males, quebrantos e mau-olhado. A criança que facilmente se constipasse ou que surgisse com urticárias, furúnculos, cólicas, era benzida sete vezes seguidamente. Com linha e agulha, a preta indagava:

— "Que coso?" Após a resposta do paciente: — "Carne quebrada, nervo torcido e osso desconjuntado" — volvia a preta, cosendo em cima da contusão: — "Isso mesmo eu coso, em nome do Pai, do Filho e do Espírito Santo e da Virgem Maria"[2].

Galhos secos vinham embrulhados a casa, postos em óleo e de leve batidos, enquanto se orava com mistério. E pretas ainda ajudavam nos doces, fazendo enfeite, mexendo goiabadas nos grandes tachos de cobre. Eram versáteis. Desde contadeiras de história até parteiras. Neste particular, a admissão do médico tornou-se difícil, quase impossível: o mineiro da Mata não admitia que mão masculina lhe tocasse na esposa. Até à década de vinte eram elas, as pretas, que chegavam para o serviço do parto e assistência à sinhá. Mas o doutor acabaria vencendo as desconfianças. Também dividiria com o bacharel a prática da política, casa-se às vezes com a filha do fazendeiro, e com freqüência esquece a medicina pela atividade da lavoura.

O doutor procedia do Rio, de São Paulo e do Recife. Médico ou bacharel, apresenta características comuns de natureza cultural. Humanidades no Caraça, ou em Ouro Preto, davam-lhe o lastro de cultura clássica. Conhecimento das coisas, conjunto de noções de Ciências Físicas e Naturais, Matemática, Filosofia e estudo de latim e literatura. Dos idiomas, o francês era sempre conhecido[3]. Mas o que o distinguia era o domínio do vernáculo.

2. Depoimentos de moradores de Carangola. José Garcia de Freitas, Jurema Cruz. "Recorda que a avó segurava-a. Toda vez que a menina tinha dor de cabeça, a dor voava. Contava-lhe como havia ervas que saravam qualquer doença; muitos vizinhos de Ubá visitavam a casa da avó para receber plantas para isto ou para aquilo". *O cinema de Ubá*. Antônio Olinto, José Olympio Editora, p. 68.
3. Revista do Arquivo Público Mineiro, ano VI, abril-junho de 1901 p. 500 a 504.

A primeira geração de doutores já se faz notar pelo português castiço e elegante. Um tanto rebuscado o estilo daquele que freqüentava os jornais ou arrazoava, como os advogados, nos autos das demandas. A imprensa da região registra a passagem por suas folhas de latinos e conhecedores da língua, formados na leitura dos clássicos. Observa-se ainda a forte influência da França; as referências, os exemplos, sempre se voltam para a sua história e literatura[4].

Do ponto de vista ideológico, são liberais. As lições de direito público, as repercussões do legalismo norte-americano, todo o quadro, enfim, de fórmulas constitucionais, impregnava a atmosfera das elites do interior. A magistratura recrutava, ainda, para os cargos de juiz e promotor, bacharéis formados no Recife, que, quase sempre, traziam às comunidades uma contribuição democrática[5].

A oratória também participa, de forma impressionante, das preocupações e dos cacoetes. O doutor pratica-a, dela faz uso quando pode, nas festas, nas reuniões políticas. O brilho da palavra empresta-lhe qualidades que o levarão, muitas vezes, às assembléias legislativas.

Na textura da Mata, porém, impera a violência. Na fazenda, curvado em seu canto, o jagunço aguarda o aceno do senhor para a empreitada oportuna. Geralmente ele agride de surpresa, convocando o homem adequado e dando-lhe as instruções terminantes. A arma, a garrucha, já pronta se acha desde os tempos do sertão. Na tocaia, por dias, o cabra espreita o caminho, escolhendo para o crime as noites de lua. Foge, em seguida. Retorna à fazenda, ao sossego, picando o fumo, na manhã seguinte, para o cigarro de palha.

Nos arraiais, a notícia do fato repercute, e as dúvidas e suposições crescem nos murmúrios. O morto era também valente, fizera inimigos, carregando dezena de ameaças. Alguns nomes suspeitos são lembrados nas conversações. As diligências da autoridade esbarram, as mais das vezes, com o silêncio e a frieza do mandante. Ele nada sabe, nada ouviu. Rixas com o morto são lembradas, velhas advertências se recordam.

Em seu canto, o jagunço silencia. De quando em quando, a trama se desvenda, em face, quase sempre, de imprevisto ou descuidos. Mas o fazendeiro, antes que o homem seja levado a depoimento, abre-lhe a bolsa, e parte adiante o criminoso, sobe as serras e toma o rumo sem destino e sem retorno.

Muitas vezes, reúne o jagunço, na lenda de seu nome, o rosário de crimes infindáveis. Quando atravessa o lugarejo, curvado em seu corcel, revelam os olhares certo tom de admiração e terror. Muitos morreram velhos e conservaram até o fim, no silêncio e no riso enigmático, o segredo das tragédias do passado.

Mas o crime não era apenas apanágio dos profissionais. O fazendeiro, o sitiante, o agregado, o caipira perpetravam-no, e qualquer desculpa podia servir ao desfecho de sangue e morte. Nem sempre o evento nascia de premeditação. Não raro decorria de ânimo exacerbado, intriga política, casos passionais. A disputa, por qualquer pretexto, resultava quase sempre em tiroteio. Já se observou, no tocante à presença da violên-

---

4. Jornais do Interior até a década de trinta.
5. Antônio Paim. *A Filosofia da Escola de Recife*, Saga, Rio, 1966, p. 128.

cia no meio rural, "que a oposição entre as pessoas envolvidas, a expressão em termos de luta e solução por meio de força, irrompe de relações cujo conteúdo de hostilidade e sentido de ruptura se organizam de momento, sem que um estado anterior de tensão tenha contribuído"[6]. Dir-se-ia que a violência não se relaciona necessariamente a situações cujo caráter se ligue a valores estimados.

O julgamento de delito, em termos legais, após as vicissitudes do processo, bem ilumina a sua natureza. A comunidade, rigidamente presa a código de moral agrário, tinha o sentido exacerbado de honra. Provocado, de que maneira fosse, ou mesmo provocando, em defesa de sua vida ou de sua honra, de sua família ou de terceiros, aquele que delinqüia era julgado e absolvido. A moral legitimava a violência do sertão.

A política também intervinha no quadro de modo permanente. Quando a vítima pertencia ao partido da situação, a força policial lançava-se ao culpado e a luta de influências travava-se durante o sumário e o julgamento. O júri constituía o final do medir de forças. A cabala mobilizava gente de todos os quadrantes, até de pontos remotos.

É, pois, de grande significado na região. Dele todos participam, aguardando-lhe o momento dos debates. Os crimes de maior ressonância atravessam a madrugada, invadem a manhã e a tarde seguintes, e quando o juiz proclama o veredicto, todos se mostram fatigados.

O prestígio do júri ganha o seu apogeu na prosperidade do café. As sessões são concorridas, e suas memórias perduram por dezenas de anos. Nos fastos da comunidade, servem de marco inesquecível.

Cabia, realmente, à comuna, sem exceção de classes a singularidade de tal devotamento. Porque homens de posse, caipiras, mulheres e até crianças se empolgavam com o debate, tomavam partido, vangloriavam-se ou se constrangiam no final do espetáculo.

Diante de tal prestígio sobressaía a figura do advogado criminal. Aliás, nenhum bacharel que se prezasse poderia escapar da contingência de freqüentar a tribuna do júri. Seu encanto profissional repousava em dois elementos: a astúcia de processualista e os recursos de orador. E quanto mais retórica, maior o seu prestígio[7].

Tais requisitos acrescem brilho ao bacharel, a seu *status*. As tradições registram casos curiosos. De uma feita, por exemplo, recebeu Santa Luzia do Carangola um doutor

6. Maria Silvia de Carvalho. "O Código de Sertão, um Estudo sobre Violência no Meio Rural", Dados, n.º 5, Rio, 1968, p. 26. "Às vezes (por causa da imbecilidade inerente a gestos humanos) a gente começa a falar uma coisa sem importância, falando, fala demais, a coisa ganha importância, azeda, cria até situações de Morte" (Ivan Vasconcelos. *Ninguém sabe o Dia*, Livraria Eldorado S/A, Rio de Janeiro, 171, p. 117).

7. História recolhida em Santa Luzia do Carangola. Martins Pena, em sua comédia *A Família e a Festa na Roça*, registra o seguinte diálogo: Domingos expõe a Juca uma transação e indaga o que devia fazer. Juca responde: "Mas eu não posso lhe dizer isto, porque não sou formado em leis". Ao que Domingos João retruca: "pois o senhor não é doutor?" "Sim", diz Juca, "porém eu estudo medicina para curar os doentes, e não para ser letrado". "Então não é doutor, conclui o fazendeiro, é licenciado. Ora, que doutor que não sabe dar um conselho". Comédia escrita em 1837. *Comédias*, Martins Pena, Instituto Nacional do Livro, 1956, p. 76.

novo. Vinha tentar a vida com bisturi e receita, cheio de ciência, para o diagnóstico infalível. Começou a lida na terra de sua esperança. Mas a gente não reconhecia, contrafeita e descrente. O moço quase se desespera. Indaga de amigos e recolhe o silêncio constrangido. Até que um matuto sincero revelou as causas do equívoco. À afirmativa de que o doutor fazia milagres com a sua ciência, o outro perguntou, em tom de desafio: "Ele faz defesa no júri?". Não houve remédio senão dobrar o avental e vestir a beca. Deu-se um julgamento, o medico absolveu o acusado, e a comunidade o consagrou então como esculápio de primeira[8].

Tal prestígio do bacharel é conjuntural, pois a sociedade de fazendeiros e a incipiente burguesia urbana exigiam, no restrito campo de suas necessidades, o legista para as soluções dos atritos e dos crimes adstritos à paisagem social. O domínio da palavra e o reconhecimento da legislação tornavam-no solicitado, tanto na demanda propriamente dita como na função de conselheiro e mediador, quando as situações determinavam a opção pelo acordo. Torna-se, assim, o esgrimista da sociedade rural. A versatilidade lança-o em diversas tarefas. A política o seduz, e para alcançá-la ou se torna fazendeiro ou na fazenda se incorpora pelo matrimônio. E desdobra-se na variada atividade, nos jornais que funda e no próprio magistério, quando toma a iniciativa de fundar colégios e lecionar nos cursos de Interior.

---

8. "O júri foi num sábado, ao meio-dia. O Foro repleto como em dia de festa. O povo se apinhava também pela praça". (Chicre/Farhat, Guabima, a Sudoeste, inédito). "Por isso, às vésperas do julgamento os pontos mais freqüentados da cidade, o bar do Juju, a venda do Horácio, o próprio Foro, estavam alvoroçados..." Átila Brandão, *História do Campo Largo*, José Álvaro, Editor, Rio de Janeiro, 1965, p. 72.

O BAILE BRANCO - Um dos bailes mais memoráveis da sociedade carangolense, foi a Soirée Blanche, realizada no Carangola Clube em homenagem ao Dr. Jonas de Faria Castro, que se vê no centro da foto.

CARANGOLA, PONTE DE CONCRETO ARMADO - Ligação da Praça Cel. Novaes e Rua Magalhães Queiroz, inaugurada em 1928.

PRAÇA E RUA 15 DE NOVEMBRO (ATUAL PEDRO DE OLIVEIRA), ANOS VINTE.

A ESTAÇÃO VELHA - Foto de 1929 da estação ferroviária, para onde afluíam as tropas de animais que transportavam o café a ser exportado para os grandes centros.

VISTA PARCIAL DA CIDADE EM 1930.

PRAÇA CEL. MAXIMIANO - Vista parcial do novo jardim inaugurado em 10 de agosto de 1930.

INTERIOR DO CINE BRASIL - A foto mostra o interior do Cine Brasil, durante uma das temporadas da Companhia Teatral de Comédias e Variedades João Rios.

A ANTIGA PONTE DE MADEIRA DA ENTRADA DA CIDADE - Ao fundo pode-se ver parte do Largo do Rosário. Esta ponte foi uma das que tiveram suas tábuas arrancadas pelos partidários do Dr. João Baptista Martins.

RUA MARECHAL DEODORO EM 1930 - A rua havia sido pavimentada e suas casas ostentavam vistosas e artísticas platibandas. A primeira casa à esquerda era o Palacete Cristina, residência do comerciante libanês Abrão Haddad.

PRAÇA DOS ESTUDANTES E BAIRRO DE SANTA EMÍLIA - Em 1930 era grande o número de posses vagas, sendo suas ruas ainda sem pavimentação.

RUA SANTA LUZIA - Fotografia tirada em 1930. O sobrado da esquerda era a residência do Coronel Manoel José de Souza, Agente Executivo Municipal em duas legislaturas.

RUA MARECHAL DEODORO, ANOS TRINTA.

ALUNOS DO COLÉGIO MARIA AUXILIADORA, FUNDADO E DIRIGIDO POR MARIA PIO DE ABREU, NA DÉCADA DE TRINTA. O EDITOR DESTE LIVRO É O QUINTO DA ESQUERDA PARA A DIREITA (SENTADO).

O CENTRO DE CULTURA FÍSICA - Inaugurado em 5 de abril de 1931, foi o primeiro clube de caráter recreativo e esportivo, dotado de piscina e quadra de esportes.

VISTA DA PRAÇA CORONEL MAXIMIANO NA ÉPOCA DE SUA INAUGURAÇÃO

VISTA GERAL DA PRAÇA CEL. MAXIMIANO EM 1933 - O jardim foi inaugurado em 1930, e o seu projeto seguiu em linhas gerais as teorias do paisagista belga Alfred Agache.

CAPÍTULO XVI

A Revolução de 1930

Correm em dois leitos as vertentes que irão provocar a Revolução de Outubro de 1930. A militar e a civil. A primeira tem as suas raízes nas revoltas de 5 de julho. O malogro de ambas não arrefeceu os intentos. A Coluna Prestes percorreu o interior, mantendo a chama tenentista. Quando dissolvida, seu secretário, Lourenço Moreira Lima, dizia que a revolução não terminara. "Não vencemos, mas não fomos vencidos"[1].

A conspiração continuara. No Rio, em seguida, João Alberto tentava articulá-la. Em 1929 o movimento crescia, localizando-se em São Paulo, onde estava Siqueira Campos.

A segunda vertente nasce e corre no próprio seio da situação. Durante o governo de Bernardes, percebe-se a hostilidade de Melo Viana no que toca à sucessão. Afonso Pena habilmente contornou o problema, convidando-o para Vice-Presidente da chapa oficial. Dava-se a unidade de Minas. Ao tratar-se da sucessão de Washington Luiz, Antonio Carlos seria o complicador. O Andrada governava Minas e aspirava à candidatura. Washington Luiz o considerava um fraco e nisso consistiu o seu engano.

Em fins de 1928 Afrâneo de Melo Franco, liberal mineiro, encontrava-se com João Daudt de Oliveira, empresário gaúcho, manifestando-se, em nome de Minas, contrário ao nome de Júlio Prestes para Presidente. E, alguns meses depois, Francisco Campos, em nome de Antônio Carlos, iniciava contactos com João Neves a fim de estudar um nome gaúcho para a sucessão. Getúlio Vargas era sempre informado das demarches. Afinal, em 17 de junho de 1929, firmava-se no Hotel Glória do Rio o pacto entre Minas e Rio Grande do Sul.

Nesse contexto político, ocorreram dificuldades econômicas. Em junho de 1929, verificava-se a grande baixa nas cotações do café. Em começos de outubro, o mercado já estava sem controle. E no final do mês, as bolsas pediam que fossem suspensos os pregões. A saca do café baixara de 200 para cerca de 100 mil réis. O pânico tomara conta do País.

Também em Minas a situação cindia-se. Afastavam-se do Partido Republicano Mineiro Melo Viana e seus correligionários. A divergência nascera com a escolha de Olegário Maciel para a Presidência do Estado.

A partir do Congresso do Partido Democrático dá-se a interseção das duas vertentes. Isso ocorreu, segundo o depoimento de Virgílio de Mello Franco, em janeiro de

---

1. Moreira Lima, Lourenço. *A Coluna Prestes, Marchas e Combates*. 2ª edição, Editora Brasiliense, São Paulo, 1945, p. 500.

1930. Os elementos mais extremados da Aliança liberal começaram a cogitar de um movimento armado, entrando em contacto com os oficiais revolucionários, alguns em liberdade e outros escondidos no Rio e São Paulo. A ligação se fazia entre os políticos como João Neves, Flores da Cunha, Virgílio e os tenentes Eduardo Gomes, Cordeiro de Farias e Néri da Fonseca[2].

As eleições realizavam-se e Júlio Prestes elegeu-se. Porém a conspiração continuava. Apesar das declarações formais de Vargas e Antônio Carlos no sentido de acatar-se o resultado das urnas, prosseguia o preparo do movimento. Juarez encontrava-se com Antônio Carlos no Palácio da Liberdade. Prestes visitava Getúlio em Porto Alegre. A adesão de Bernardes à conspiração dava-se em meado de 1930. Os antigos tenentes espalharam-se pelo País. Juarez supervisionava a Paraíba, Antônio Carlos ordenava a seu secretário que preparasse a rebelião.

Na comunidade carangolense o desencanto com as instituições é facilmente percebido no entrechoque entre o poder central e a oposição. Esta chamava a atenção para a série de desmandos que se resumem, segundo ela, em contraimentos ininterruptos de empréstimos, em majorações de tributos e aviltamento do câmbio. O ataque despia-se, entretanto, de qualquer sentido radical. Ao contrário, coerente com o espírito conciliador da comunidade, até se revelava saudosista nos paralelos entre a República e o Segundo Reinado, dando ao último superioridade de práticas políticas. Tirante meia dúzia de vultos que souberam visualizar os problemas da nacionalidade, os políticos da república "se nos apresentam tão minúsculos em face dos estadistas do 2.º Império, como os liliputianos diante dos gigantes". ...Ou ainda mais taxativo: "No segundo Império os homens pensavam; na República, os Pachecos erigiam a inépcia à altura de um pensamento"[3].

O tom de desafio ao governo central é também reivindicatório. Sebastião José de Souza, político oposicionista, discursava no Congresso Comercial, Industrial e Agrícola, reunido em Belo Horizonte, advogando anistia para os participantes dos movimentos de 5 de julho, a fim de restaurar a paz nacional. O apoio ao perdão sugerido pelo referido político carangolense, era endossado pelo editorial da *Gazeta Democrática*, no estilo da cautela mineira. Referindo-se à campanha pela anistia, com referência à legenda do comandante da Coluna: "Há aqui, certamente, um pouco de exagero na admiração, exagero oriundo da legenda com que a imaginação tropical doura os efeitos heróicos. Muito brasileiro enxerga ainda, na hipertrofia do senso inventivo, na figura de Luiz Carlos Prestes um êmulo de Alexandre, Aníbal, César ou Napoleão"[4].

Do ponto de vista estadual, todavia, até bem próximo à Revolução, as baterias eram assestadas contra Antônio Carlos: "Carangola, por exemplo, sob a sua presidência, tem sido um burgo podre, cuja primordial função consiste em pagar tributos e receber escárneos"[5].

2. Melo Franco, Virgílio A. *Outubro 1930*, Editora Nova Fronteira, Rio, 1980, p. 143.
3. *Gazeta Democrática*, Carangola, 30/10/1927.
4. *Gazeta Democrática*, Carangola, 16/06/1928.
5. *Gazeta Democrática*, Carangola, 30/06/1928.

A situação modificou-se com a adesão de Artur Bernardes ao plano da Revolução. Haveria a unidade das forças locais, compreendendo os partidários do governo mineiro e a oposição do Partido Democrático.

Na Coletânea de Fotografias, organizada pela Fundação Getúlio Vargas sobre a Revolução de 1930, figura a passagem por Carangola das forças revolucionárias a caminho do Espírito Santo. De pé, entre garotos e curiosos estão o Major Oto Feio da Silveira, os tenentes Magalhães Barata, Seroa da Mota e Respício do Espírito Santo, o Capelão Padre Brandão e ainda, sentado na rua, portando o velho fuzil de 1908, o tenente Corsino, da Força Pública Mineira. Também aparecem o prefeito Waldemar Soares e outro civil, Fernando de Abreu[6].

A foto foi batida entre 7 e 13 de outubro de 1930, provavelmente na primeira data citada, e do ponto de vista da historiografia, ilustra a participação da comunidade no movimento revolucionário.

A Revolução em Minas tivera características especiais. A classe política unira-se à conspiração, inclusive Artur Bernardes; nela, lado a lado, ligavam-se conservadores e progressistas. Olegário Maciel tomara posse como Presidente do Estado em 7 de setembro, também participando da conspiração.

Na sobretarde de 3 de outubro, deu-se partida à revolta no Rio Grande do Sul. Em Belo Horizonte, a atividade rebelde também se inicia. A estação do Telégrafo foi tomada, bem como ocupadas as repartições principais por grupos revolucionários. Porém em Minas todas as guarnições do Exército mantinham-se fiéis ao Governo Federal. O plano revolucionário de Odilon Braga previa a prisão dos oficiais legalistas e as providências foram tomadas imediatamente para tanto. No 12.º Regimento a notícia chegava à hora do jantar, seguida de outra mais séria, a de que a Força Pública Mineira já marchava para ocupar o quartel. A tropa preparou-se para a luta. Brava resistência que durou até a manhã, do dia oito. A rendição foi ainda página que enobrece o povo de Belo Horizonte, por sua demonstração de fidalguia. Rendidos, soldados e oficiais, desfilando para a prisão, feridos e maltrapilhos, foram aclamados pelos adversários em homenagem à bravura vencida.

Carangola viveu, como comunidade, o drama daqueles dias nublados. No próprio dia 3, os conspiradores locais receberam a comunição do levante. O aviso partira dos grupos de Belo Horizonte. A cidade dispunha apenas de dois aparelhos de rádio, um deles com Jurema Cruz, que nele se colava dia e noite para recolher as notícias confusas.

A inesperada resistência do 12º Regimento em Belo Horizonte deixava perplexo o interior do Estado. Também o 10.º B. C. de Ouro Preto, que se deslocara para Juiz de Fora, resistiu de modo tenaz até o dia 23 de outubro. A partir do dia oito do mesmo mês, dois batalhões da Força Pública e batalhões de voluntários foram organizados e enviados a Juiz de Fora, São João del Rei e Três Corações. Nas duas últimas cidades, houve resistência. Em Três Corações tombava por uma bala das próprias fileiras o Tenente Djalma Dutra, um dos dezoito heróis do Forte de Copacabana.

Descreve Hélio Silva, no seu Ciclo de Vargas, a movimentação revolucionária: "As tropas mineiras progrediam no norte em direção à Bahia, transpondo as fronteiras,

---

6. *A Revolução de 1930 e seus Antecedentes*. Editora Nova Fronteira, Rio, 1980, p. 153.

sem maiores dificuldades. Outra coluna, sob o comando do Coronel Amaral, marchava sobre o Espírito Santo, vencia uma linha de resistência sobre o Guandu e alcançava Vitória. O Coronel Cristóvão Barcelos progredia na região entre Belém e Carangola. O Tenente Barata dominava o sul do Espírito Santo"[7].

Em Carangola, a resistência legalista surpreendera os adeptos de Bernardes. A boataria assustava o povo, já que se esperava, a qualquer momento, a vinda das forças de Magalhães Barata. Afinal, a tropa chegava, notícia de que nos fala a fotografia já aludida. Singular a rota de Magalhães Barata até Carangola. Em 21 de agosto de 1930, Reis Perdigão chegava a Belém do Pará a fim de levar a Abel Chermont instruções para o levante. Foi então informado de que Magalhães Barata estava escondido num forro da Igreja na cidade[8]. Deflagrado o levante, dirigiu-se à Zona da Mata mineira.

Em Carangola centralizam-se as operações revolucionárias da região, cujo comando pertencia ao Major Agenor Barcelos Feio e ao Capitão Barata. A resolução tomada fora no sentido de que a tropa, composta de 400 homens, incluídas as forças da Guarda Civil, seguisse pela Estrada de Ferro a fim de alcançar o Espírito Santo. Outra força, conduzida por caminhões, passaria por Porciúncula, Natividade, Varresai, com destino a Guaçuí, também no Espírito Santo[9].

Vivia a comunidade intensamente a movimentação da tropa. Um batalhão de voluntários foi organizado à pressa. O apoio era unânime. Pistono e Irmãos, empresa mecânica, contribuiria para um carro blindado, fabricado na própria oficina, e hoje existente no Museu Ari Parreiras, em Niterói.

Clóvis Ludolf Gomes, professor de Medicina da Universidade Federal de Minas Gerais, rememorou em artigo os acontecimentos ocorridos em Carangola, cujos moradores eram entusiásticos adeptos da causa revolucionária. "Todos queriam colaborar para a vitória do movimento: os mais velhos mobilizam a Guarda Nacional e os mais jovens acorreram aos postos de alistamento para se engajarem nas tropas de combate". Com a chegada do então tenente Magalhães Barata, prossegue a ilustre testemunha, então ginasiano, a primeira providência foi sustar a partida do batalhão patriótico improvisado. "Essa medida, por sinal sensata, chegou a despertar sérias suspeitas de que, talvez, ele fosse um agente inimigo infiltrado nas forças revolucionárias locais, condenando-as ao imobilismo".

No Clube Recreativo instalou-se o Quartel-General e a comunidade aguardava tensamente o rumo dos acontecimentos. Eram oito horas da noite de um domingo. "A praça da Igreja da Matriz fervilhava de gente sedenta de novidade sobre a marcha dos acontecimentos". De repente, apagam-se as luzes, e ao longe ouviam-se, em ondas confusas, tiros e gritos lancinantes. Boatos de invasão da cidade, pânico no Quartel-General. Que, realmente, estaria passando? "Tangida por vaqueiros, cruzava a cidade vagarosamente um rebanho que, assustado com as luzes e com as pessoas, empreendeu uma corrida desenfreada, provocando o pânico[10]."

7. Silva, Hélio. 1930 — *A Revolução Traída*. Editora Civilização Brasileira, Rio, 1966, p. 273.
8. Depoimento de Reis Perdigão. *Apud* Hélio Silva, op. cit. p. 330.
9. Tradição local.
10. Gomes, Clovis Ludolf. *Um Episódio da Revolução de 30 nas Minas Gerais*, Estado de Minas, 29/setembro/87, p. 6.

CAPÍTULO XVII

A Estagnação

Em 1931 um fator de ordem econômica interrompe definitivamente o processo cultural da comunidade cafeeira de Carangola. Golpe seco e penetrante, que sangra o organismo social, esvaziando o núcleo urbano de recursos, fazendo com que os capitalistas desertassem as suas mansões, transferindo-se para o Rio de Janeiro. A classe média remediada também se assusta e muda-se para São Paulo, Paraná e Rio.

De fato, as grande safras de 1927 e 1928 colocavam-se acima do consumo mundial. Os estoques cresceram e a superprodução estimulada pela defesa dos preços, agravara o problema. Outro complicador decorria da fartura de dinheiro despendida na proteção aos lavradores, especulação na compra e venda de terras e exportação de produto inferior no decorrer de 1928. As autoridades sanitárias dos EE.UU. chegaram a ordenar o despejo no mar de parte das importações do café brasileiro, que então passou a ser considerado de qualidade inferior ao da Colômbia e de outros países.

Também a safra de 1929/1930 alcançava quase 29 milhões de sacas, a mais elevada até então na história do País. O declínio dos preços acentua-se e a grande depressão nos alcança. Desabava o consagrado princípio de que a uma grande safra seguiam-se duas pequenas.

A comunidade é atingida por esse impacto econômico. Sua vida cultural esvai-se em poucos anos, e a crise da década de trinta é suportada a duras penas pela população que permaneceu na cidade. Deve-se à economia natural a sobrevivência dos contingentes rurais e urbanos.

Porém sucumbe o surto cultural que se esboçara na década de vinte. De onde podemos concluir, sem sombra de dúvida, que o fator econômico, nos meses finais da década de vinte e do próprio ano de 1930, é a causa suspensiva de todo o processo.

Mas a comunidade sobrevivia social e politicamente, sem perceber com clareza a profundidade da crise.

Logo após a Revolução de Outubro, o antigo ressentimento dos tenentes contra Artur Bernardes foi reavivado por campanha de imprensa. Em 22 de fevereiro de 1931, três meses após a vitória, Getúlio Vargas viajava para Belo Horizonte a fim de agradecer a Olegário Maciel a participação mineira no movimento. Bernardes estaria presente a todas as solenidades oficiais.

Porém cinco dias após, Francisco Campos, Amaro Lanari e Gustavo Capanema firmavam um Manifesto da Legião de Outubro sem consultar o chefe do Partido Republicano Mineiro. Houve o contra-ataque de Bernardes. Convocou os próceres para uma reunião em 1º de maio. Olegário Maciel definiu-se numa declaração peremptória: "O PRM fundiu-se, dissolveu-se na Legião de Outubro. O PRM foi absorvido pela Legião". A teimosia do homem de Viçosa era proverbial. Repeliu a entrevista do Governador e realizou-se em Belo Horizonte a reunião convocada.

A comunidade também se dividia. De um lado ficaram o prefeito, Waldemar Soares, Sebastião José de Souza e Edgard Guimarães, bem como outros partidários da situação estadual. Pedro Baptista Martins, então residente no Rio, coordenara o grupo, ligando-o a Francisco Campos, um dos fundadores da Legião de Outubro. No Partido Republicano Mineiro ficaram Duque de Mesquita, Xenofonte Mercadante e Amilcar Alves de Souza[1].

Tratava-se de uma cisão no plano federal, repercutida em Minas. Vargas ainda tentou contornar a divergência, oferecendo a Bernardes a Embaixada do Brasil em Paris. Ao velho carvalho da Mata não seduzia o prêmio. A polarização era irreversível com a aliança do autoritarismo dos tenentes com as camisas pardas de Francisco Campos. Em Minas, a perseguição política começou intensa contra os bernardistas. A comunidade acompanhava os acontecimentos. Pela leitura dos semanários vê-se que tensas andavam as facções. Todavia, dois fatores contribuíam para que a luta local não se convertesse em choques e represálias. As qualidades pessoais de Waldemar Soares, contrário às perseguições mesquinhas; em seguida, a presença do delegado Aníbal Ramos, homem duro, porém incapaz de violência.

Quando se inicia o ano de 1932, a situação já se achava definida em termos políticos. Vemo-la nos artigos dos jornais que então circulavam: *O Correio Carangolense*, órgão oficial da Prefeitura e *O Carangola*, da oposição bernardista.

Nos primeiros meses do ano, acentua-se a cisão definitiva. Um tópico do órgão oficial procurava atingir Bernardes com uma frase dúbia: "quem vive à sombra do poder é planta que não viceja ao sol livre da opinião, onde se estiola e morre". O desafio é aceito e o articulista adversário rebate: "Bernardes foi combatido ardorosamente, e fora dos postos de mando, a sua personalidade de político de escol vicejou prestigiada como tem sido pelos mineiros". No mês seguinte, em fevereiro, a notícia da retirada do delegado especial no Município, Major Aníbal Ramos, provoca do mesmo jornal um protesto elevado[2].

Mas em Carangola, como em toda a Mata, o conflito transparece em face da oposição de Ribeiro Junqueira, chefe político de Leopoldina, que se põe ao lado de Olegário Maciel, aspirando a liderança estadual. As hostes bernardistas desafiam-no em artigo agressivo. "Junqueira ou Bernardes?" O editorialista faz o confronto entre os dois, finalizando de forma polêmica: "Quem ousaria, neste País, comparar seu maior

---

1. Em 1931 Waldemar Soares retornara à Chefia do Governo Municipal, deixando-a em 1935. Três prefeitos o seguiram: Edgard Guimarães, Antônio Rodrigues Valente e Francisco Luis da Silva, dois fazendeiros de prestígio. Em 1937 retornava Waldemar Soares ao executivo, onde permaneceria até 1945. Ao segundo citado, Antônio Valente, deve-se a sugestão para a construção do ramal rodoviário que liga Carangola a Fervedouro, cujo projeto inicial era o marcado por Divino do Carangola.

2. *O Carangola* - 06/02/1932.

estadista, o homem a quem se deve a integridade da Pátria e o triunfo da Revolução, o homem de espírito superior que é Bernardes, quem ousaria compará-lo ao esperto comerciante de Leopoldina"[3]. A luta se travava no campo municipal com as vistas voltadas para o choque na província. No mesmo dia em que o jornal oposicionista publicava o manifesto de apoio da Comissão Diretora da Política Mineira a Vargas, também censurava a visita de carangolenses à manifestação de solidariedade a Ribeiro Junqueira em Leopoldina. E no meado do ano, Waldemar Soares já recebia os ataques do grupo opositor.

Aproximavam-se os dias dramáticos da Revolução de 1932. Cindido o grupo vencedor, os republicanos mineiros articulavam-se com os paulistas. Bernardes procurava adeptos na Mata que pudessem contribuir para o bom êxito da sublevação. Convocou os partidários a reuniões, a que não faltavam os seus amigos de Carangola. Hélio Silva transcreve um depoimento de Alcântara Machado a respeito, dando conta "de que com armamento e recursos fornecidos por São Paulo, Artur Bernardes acabava de sublevar a zona de que era chefe político"[4].

No entanto, não chegaram os perremistas a organizar qualquer força para ajuda revolucionária a São Paulo. Procurado em sua fazenda pelo próprio Bernardes, o Cel. Agostinho Brandão, chefe político do São Francisco do Glória, ponderou que seria uma imprudência a participação de correligionários numa aventura[5].

A 9 de Julho de 1932, São Paulo levantava-se em armas. De Viçosa saía o manifesto mineiro de apoio.

As represálias que se seguiram no plano estadual não alcançaram a comunidade. Já em julho e agosto, os ataques a Waldemar Soares prosseguem[6]. Habilmente, os oposicionistas evitavam o ataque a Olegário Maciel, pois as eleições para a Constituinte não foram adiadas. Bernardes partia para o exílio em Portugal, mas deixava a mensagem encarecendo o pleito.

Os bernardistas atiram-se à campanha pela Constituinte com vigor redobrado. Repontava o desencanto com a revolução[7].

A campanha pelo alistamento atraiu gregos e troianos à liça. O combate deslocou-se dos jornais para as ruas e campo e a oposição ironizava a elegância do Prefeito: "Hoje, S. Exa. amarrota o seu bem talhado terno S. 120 em duras cadeiras do posto eleitoral pepista numa luta insana, suando por todos os poros, procurando fazer eleitores, coisa enfadonha essa e que nunca foi de seu apurado paladar"[8].

Feriu-se o pleito e o Partido Republicano Mineiro apenas elegeu 6 representantes à Constituinte. Em 5 de setembro de 1933, falecia Olegário Maciel. Benedito Valadares recebe a interventoria de Minas Gerais[9].

3. *O Carangola* - 20/03/1932.
4. Silva, Hélio. 1932. *A Guerra Paulista*, Civilização Brasileira, Rio, 1967, p. 221.
5. Tradição local. Depoimentos de morador, filho de Brandão.
6. *O Carangola*. 17/07/32, 31/07/32 e 07/08/32.
7. Os gaúchos de outubro eram chamados de "salvadores", em alusão aos duros anos do governo Hermes. *O Carangola*, 31/03/1933.
8. *O Carangola*, 08/04/1933.
9. *O Carangola*, 2/10/1933.

Em julho do ano seguinte, a missão constitucional estava cumprida. Os atos revolucionários foram homologados pela Assembléia, que também por eleições indiretas elegeu Getúlio Vargas. A revolução de 1930, desencadeada para mudar velhas práticas condenáveis, concluía sua tarefa de modo idêntico, repetindo as manipulações dos chamados carcomidos da República Velha. Todavia, não prorrogou a Assembléia o seu próprio mandato. Determinou a eleição do Legislativo no prazo de noventa dias.

Em 18 de agosto de 1931, Bernardes tentou depor Olegário, falhando num episódio que até hoje não ficou elucidado devidamente. Em Belo Horizonte, foram detidos os partidários do PRM inclusive Duque de Mesquita e Xenofonte Mercadante. Carlos Drumond escreveu crônica interessante a respeito da tentativa frustrada[10].

Bernardes regressava do exílio. A comunidade outra vez preparava-se para a disputa. Elegia-se deputado estadual Waldemar Soares. No plano federal, não contaria com outro representante. Contudo o nome de Bernardes ainda repercutia, o que justificava a visita que Benedito Valadares faria à sede do município[11].

Acontecimentos sérios prenunciavam o conflito mundial. Hitler armava a Alemanha e ocupava o Sarre, descumprindo o Tratado de Versalhes. Na Espanha, eclodia a revolução. No Brasil, há reflexos da crise. Sublevam-se os comunistas e avolumam-se as hostes da direita integralista. Aproxima-se o término do mandato de Vargas.

Antônio Carlos iniciou a manobra a fim de sucedê-lo. Benedito Valadares o golpeia porém, retirando da Presidência da Câmara Estadual Abílio Machado.

Vargas obteve a prorrogação do estado de guerra. Quando se inicia 1937, a campanha sucessória começava. Em Carangola, com Armando Sales de Oliveira ficaria a oposição bernardista. Valadares, de acordo com Vargas, lançava a candidatura de José Américo. Waldemar Soares mantinha-se ao lado de Valadares.

Mas tudo cessaria com o golpe de Estado de 10 de novembro.

De 1937 a 1945 a comunidade viveu sob o regime autoritário do Estado Novo. Benedito Valadares, governador de Minas, apoiara Getulio Vargas, porém mantivera a repressão suportável. Em Carangola, a chefia política e a Prefeitura continuaram com Waldemar Soares. Duque de Mesquita, Amilcar Alves de Souza e Mercadante permaneciam opositores. Apenas dois jornais — *O Correio Carangolense* e *O Carangola* — hebdomadários, defendiam o poder e a oposição respectivamente.

Mas a militância política cessara. Limitavam-se todos ao papel de espectadores, cujo palco era o Rio de Janeiro. A sublevação comunista de 1935 levara o Congresso a conceder ao Executivo as leis de exceção. A transigência parlamentar selaria o seu destino a 10 de novembro.

Vivendo a depressão econômica, a comunidade adotara, como todo o País, o conformismo político. O expresso ferroviário trazia diariamente os matutinos cariocas, cujas folhas *Correio da Manhã, Diário de Notícias* e *O Jornal* circulavam na cidade à noite do dia da publicação. Os acontecimentos políticos repercutiam pois, de

---

10. Drumond de Andrade, Carlos. *Cinqüentenário do que não houve*, Jornal do Brasil, 18/08/1981.
11. *Gazeta do Carangola* — Visita do Interventor Benedito Valadares, 07/09/1979.

modo constante. Vez por outra, um fato mais sério ocorria, sacudindo os hábitos rotineiros da população.

Permanecia o velho costume de aguardar o trem da Leopoldina, cuja chegada fixava a hora de dormir. O "footing" na Rua 15 de Novembro, atual Pedro de Oliveira, tinha inicio às 6:30 aproximadamente e durava por duas horas e meia, ficando nos cafés outros interessados em compra de jornais cariocas[12].

Em 1938 tentaram os integralistas um golpe de Estado, sendo vencidos. Não havia em Carangola número expressivo de adeptos. Poucos moradores que se deixaram encantar pelo movimento de Plínio Salgado. Talvez uma dezena[13].

A depressão e a calmaria política desceram impiedosamente sobre a cidade. Foram anos que se repetiram no curso pachorrento dos dias.

Também a geração que cursou Humanidades nos dois educandários — Ginásio Municipal Carangolense e Instituto Municipal Carangolense — não mais regressaria à cidade. Victor Nunes Leal fixou-se, após a formatura, na capital da República. Colaborou com Pedro Baptista Martins na redação do Código de Processo Civil e, mais tarde, também se dedicando à ciência política, escreveu um livro clássico sobre o coronelismo. Exerceu as funções de Chefe da Casa Civil da Presidência da República no governo de Kubitschek e Ministro do Supremo Tribunal Federal. Quanto aos irmãos Miranda, nenhum retornou[14]. Décio Meireles de Miranda, o primogênito, ingressou, após a formatura, na banca de advocacia do Professor Haroldo Valadão, e, anos mais tarde, foi Consultor Geral da República e Ministro do Supremo Tribunal Federal. José Hosken Novais, advogado notável em Londrina, no Paraná, fez carreira política, alcançando a chefia do governo do Estado. Rui Ferraz de Carvalho, também jurista, desempenhou o cargo de Procurador Geral do Estado. Leda Boechat Rodrigues, dedicando-se à jurisprudência, escreveu a história admirável da Corte Suprema brasileira. Augusto Zamith, diplomado em Engenharia, conquistou a cátedra de Físico-Química na Universidade do Brasil. Roberto Meireles de Miranda também se dedicou ao magistério superior de Agronomia na Universidade Rural do Rio de Janeiro.

Em Belo Horizonte permaneceram muitos carangolenses ilustres. Vivaldi Moreira destaca-se, entre tantos, por jamais ter esquecido a sua pátria pequena, como ele denominou a sua terra. Escritor, jurista e homem público — Ministro do Tribunal de Contas do Estado — dedica a Carangola assistência permanente. Edgard Guimarães, jornalista e tribuno já falecido, Clóvis Ludolf Gomes, professor da Faculdade de Medicina, Luis Carlos Portilho, advogado e escritor, Ari Lauret, magistrado ilustre, Jací Ramalho Novais, jornalista e professor. Edison Moreira e Anderson Horta sobres-

12. A Leiteria Paiva, de Manoel Paiva, português empreendedor e ativo, constituía o ponto de encontro da sociedade local.

13. Mercadante, Paulo *in Perfis Parlamentares — Batista Miranda* — Câmara dos Deputados, Brasília, 1986, Introdução, pag. 20.

14. Os Mirandas, Paulo, Fernando, Roberto, Olinto, Flávio, acadêmicos de Engenharia, e Aluizio, de Medicina, são notáveis profissionais.

saíram na poesia, tendo as suas obras alcançado todo o País. Também os irmãos Goitacás, Sílvio e Célio, dedicaram-se às musas.

No campo das lideranças empresariais, Rui Gomes de Almeida tornou-se conhecido no Rio, conduzindo a classe comercial durante muitos anos na Associação Comercial. Em Belo Horizonte permaneceu José Branco Júnior em atividades idênticas, inclusive desempenhando funções de vice-consul de Portugal.

Outros carangolenses distinguiram-se no campo das iniciativas pioneiras. Em diferentes setores os encontramos, ora dedicados à cultura e à comunicação, como o editor Pedro Paulo Moreira, em Belo Horizonte ou como Antônio Marques e Djalma Boechat Filho, entregues ao comércio exterior.

CAPÍTULO XVIII

A Abertura de 1945

Com o término do segundo conflito mundial, o Brasil seria sacudido por um movimento de redemocratização. Dos centros maiores procedia a aragem renovadora, dando alento às práticas políticas. As liberdades manifestaram-se na imprensa, livre outra vez, no direito de reunião, na manifestação do pensamento e na opinião pública voltaram a refletir as notícias antes proibidas pela censura.

Durante o Estado Novo, mantivera-se Benedito Valadares na chefia do executivo mineiro. Na prefeitura do Carangola, permanecera Waldemar Soares. O longo período de ditadura o havia desprestigiado. Em primeiro lugar, a depressão econômica, que vinha da crise de 1929, no Brasil sentida com rigor nas regiões do café. Depois, a rotina da gestão, comprometida pela escassez de recursos.

A oposição, em contrapartida, se fortalecera, reunindo os seguidores de Artur Bernardes.

Após a democratização, o Governador Valadares avaliou o quadro político em todo o Estado e ao ter início o período de organização dos partidos, percebeu que os seus correligionários, há muito no poder, estavam irremediavelmente desgastados. Certo de que nas eleições diretas ganhariam os chefes da oposição, envolveu-os habilmente, oferecendo-lhes a liderança local do Partido Social Democrático, em troca de recursos a serem aplicados em imediatas melhorias para o município.

O pessedismo obtinha, pois, um contingente valioso de políticos de prestígio em todo o Estado, sustentando-se o próprio Valadares no novo partido, que em Minas Gerais seria a base do Marechal Dutra e, posteriormente, de Juscelino Kubitschek.

Em Carangola os velhos bernardistas Duque de Mesquita, Xenofonte Mercadante e Amilcar Alves de Souza convocaram os seus amigos e seguidores, apresentando-lhes a proposta de Valadares e nova alternativa de aderirem a agremiação de cunho nacional, com um programa conservador esclarecido[1].

Desse modo foi organizado o Partido Social Democrático na comunidade[2].

1. Depoimentos de Duque de Mesquita e Xenofonte Mercadante.
2. A iniciativa de Valadares remonta ao Manifesto dos Mineiros, quando percebeu a proximidade da democratização. Segundo revelou ao jornalista Antônio Olinto, muitos anos depois, previu que o processo democrático seria inevitável no pós-guerra. A partir desse dado, que lhe foi primeiramente referido por Getúlio Vargas, deu início ao recolhimento de informações sobre os chefes políticos do interior, visando a mobilizá-los oportunamente para um partido de cunho liberal.

Mesmo após a queda de Vargas, em outubro de 1945, e conseqüente deposição de Valadares, tão solidamente estava estruturado o pessedismo que a situação política permaneceu inalterada. Na prefeitura de Carangola, estava Duque de Mesquita, substituído pelo Juiz de Direito, em consonância com a transferência do poder para o Judiciário desde a base municipal até o vértice da presidência da República. As eleições presidenciais foram realizadas em seguida, sendo Eurico Dutra o preferido, apoiado por Vargas.

Também foram eleitos os constituintes e a comunidade escolhia Francisco Duque de Mesquita para representá-la no âmbito federal. No ano seguinte, feria-se outro pleito para a Constituinte do Estado. Xenofonte Mercadante, sufragado, seguiu para Belo Horizonte.

Em Minas um fato imprevisto ocorrera, demonstrando a lisura do pleito. O Partido Social Democrático conseguira maioria para a Assembléia, perdendo, porém, o governo do Estado. Milton Campos vencera o opositor, Francisco Bias Fortes. A Constituição mineira seria elaborada e votada em clima de sérias expectativas. À tarefa principal, à elaboração da Carta, a comunidade daria, no plano estadual, um contributo singular. Em Belo Horizonte, Mercadante seria escolhido para a subcomissão incumbida de redigir o capítulo sobre as atribuições do Poder Legislativo[3].

Em abril de 1947 ele apresentaria duas emendas, introduzindo o parlamentarismo na esfera estadual. Entre as atribuições do Legislativo incluía a aprovação, por maioria absoluta de seus membros, dos Secretários de Estado e a faculdade de provocar, também por maioria absoluta, a demissão do Secretariado do governo, votando moção de desconfiança.

A subcomissão era integrada pelos deputados Mercadante, Armando Ziller e Cesar Soragi. A reunião foi presidida por Tancredo Neves, que três lustros depois, seria o Primeiro Ministro do Governo Parlamentarista de João Goulart e trinta e oito anos após, Presidente da República. Absteve-se de um pronunciamento por não ter opinião ainda formada sobre o assunto. Mercadante foi vencido, mas levou a plenário o seu projeto de renovação[4].

A tradição liberal da comunidade declarava-se no plenário da Assembléia. Muitos anos após, a imprensa ainda recordava o duelo oratório entre o pessedismo e o udenismo. Referia-se no Diário da Tarde, de Belo Horizonte, o jornalista Nelson Cunha: "Suspense na reunião. De um lado, na tribuna, cabelos grisalhos, óculos de aro de metal, paletó e laço de gravata estilo clássico, gestos moderados e voz pausada, o carangolense Xenofonte Mercadante prosseguia defendendo a tese parlamentarista. De outro, em plenário, com reflexos físicos completamente distintos daquele orador o Sr. Oscar Correia"[5]. Mercadante explicara a redação das emendas, concluindo que o seu intuito era de estabelecer a colaboração do Legislativo com o Executivo na escolha do Secretariado. Porém os udenistas repeliram a idéia.

3. Anais da Assembléia Constituinte — Belo Horizonte. Volume I.
4. Mercadante, Paulo, Tancredo Neves, Presidencialista, Folha de São Paulo. 24.9.1987.
5. Cunha, Nelson. Diário da Tarde, Belo Horizonte. Ver Apêndice.

Outra manifestação liberal da comunidade fazia-se no pronunciamento do deputado por ocasião do primeiro aniversário da Constituição Federal. Por delegação do Partido Social Democrático, Mercadante proferiu um discurso fixando a posição pessedista mineira em face da Carta Magna. Uma inspiração evolucionista levou o autor a procurar na história da província as razões de seu apego ao constitucionalismo[6].

O período presidencial do Marechal Dutra caracterizou-se por esforço de concórdia. Com o seu governo cooperaram os partidos de oposição, inclusive a União Democrática Nacional. Aprovada a nova Carta, formou-se um ministério de conciliação, dele participando Raul Fernandes, membro destacado das velhas forças políticas fluminenses. Do ponto de vista da economia, tentou-se até 1947, a volta do liberalismo do *laissez-faire*, que cessou com o esgotamento das reservas das divisas. Em junho do ano citado, o governo deu início aos controles cambiais, vindo a fase chamada de "industrialização espontânea". No final do governo, o País apresentava índice expressivo de crescimento econômico[7].

Em Minas, a pacificação foi advogada pelo pessedismo liberal. A idéia de colaboração, por via do parlamentarismo, derrotada na Câmara, seria retomada, em abril de 1948, quando se constituiu a Ala Liberal do PSD, sob a chefia de Luiz Martins Soares[8]. Foi na mesma, então, escolhido vice-líder o representante de Carangola[9].

Após as eleições federais, governaram a cidade antigos e novos políticos. Amilcar Alves de Souza, partidário de Bernardes, já militante no decênio de dez; Jonas Esteves Marques, cujo papel na vida da comuna remontava aos anos trinta, quando passou a liderar um segmento de empresários que se salvaram da crise. Autodidata e versátil, seu desempenho era próprio do pessedismo mineiro. Moderado e cordial, sabia estimular costumes e hábitos saudáveis à sociedade. Ignácio da Silva Tomé, fazendeiro da terceira geração, formado em Farmácia, genro e colaborador de Jonas Faria Castro em sua iniciativas progressistas.

Com as eleições municipais de 1947 elegeu-se prefeito Pedro de Oliveira, fazendeiro ainda moço, administrador e um dos esteios do pessedismo local. Falecido em acidente, durante o exercício de seu mandato, foi substituído por Jonas Esteves Marques.

Alcançou-se a primeira metade do século XX, quando ao poder central retornava Getúlio Vargas pela vontade popular. Tinha início relevante surto de crescimento industrial do País com os incentivos que a legislação propiciava, graças aos mecanismos de câmbio.

Em virtude de suas riquezas minerais, o desenvolvimento deu-se também em Minas, em locais próprios à mineração e à implantação de novas usinas siderúrgicas. A

6. Anais da Assembléia Legislativa de 1947.
7. Skidmore, Tomas. *Politics in Brazil*, 1930-1964, *An Experiment in Democracy*, Oxford University Press, N. Y.
8. Uniram-se as duas alas dissidentes *in* Estado de Minas, 18/4/48 — *Constituída em Minas a Ala Liberal do PSD in* Folha de Minas, 18/04/1948. p. 3. Andrade, Hilo. Diário da Assembléia. Belo Horizonte, 06/07/1961.
9. Filho de emigrante italiano, nasceu em Campos, E. do Rio, em 1897, transferindo-se para o Rio, onde cursou Humanidades no Colégio Paula Freitas. Formou-se em Direito, advogando e lecionando em Carangola desde os finais da segunda década do século.

Zona da Mata, posto favorecida pela Estrada Rio-Bahia, seria relegada a plano secundário. A depressão dos anos trinta, caracterizada pela queda dos preços do café, conduzira os fazendeiros de Carangola à única alternativa: criação de rebanhos bovinos. Acrescida a circunstância de estarem também as terras cansadas e ser de custo elevado a recuperação pela adubagem. O êxodo iniciado nos primeiros anos da crise acentuou-se no decênio seguinte.

    A comunidade teve a sua estagnação decretada, mas de pé ficou a estrutura cultural com a fisionomia arquitetônica e urbanística, que retrata o apogeu do café.

CAPÍTULO XIX

DOS ANOS CINQUENTA A 1964

Ao voltarem a suas casas, em dezembro de 1939, logo que findara a solenidade de diplomação, sentiram o autor e alguns colegas o início de nova fase de vida a só definir-se no decênio seguinte. Diferentes situações punham-se no tabuleiro, como em jogo de xadrez contra adversário distraído. Só havia certezas naquela caminhada, enquanto variáveis escondidas se divertiam com nossas inocências.

Distante o trajeto até a Praça, e passando ao longo da Escola Normal, vendo palidamente traçadas as janelas do dormitório, despertamos nossas fantasias para imaginar as musas adormecidas. Transpostas as hipóteses daquela madrugada de indefinida duração, voltamos às esperanças de projetos delineados.

Apenas há dois meses e meio deflagrara o conflito europeu, éramos adolescentes, intrometera-se também na algaravia o sentimento do medo. Mas as hipóteses nascidas apagavam-se nos passos do trajeto, incumbido o futuro de resolver as equações existenciais.

Como vencidos da vida, nossas esperanças estilharam-se no tempo, outras realidades subiram do solo e jamais entendemos se possíveis outras alternativas.

Carangola era para mim o pequeno cosmo, silencioso entre colinas próximas a minhas expectativas de descobertas, de sinais indígenas ou de mensagens gravadas nas rochas das cavernas. Em vão procurava traços pretéritos. Sentia-me atraído às histórias que meu pai contava, de sua infância no *Vallo de la Lucania*, de onde avistava as águas do *Tirreno*, mar de aventuras fenícias e de piratas que raptavam as mulheres de *Sapri* e de *Torraca,* onde existira na Meia Idade o castelo que abrigava os intimidados moradores dos povoados.

Bem me lembro, já na puberdade, o dia em que conhecido boêmio, que exímio dedilhava cordas de guitarra, produzindo o trêmulo de músicas provençais, entrou por bosques proibidos e fugiu com a mais encantadora das freiras deixando a comunidade estarrecida e nós, estudantes, com a mais suspeita das reprovações.

Como núpcias sicilianas, no panorama da comuna havia delitos de barras, fosse de saias, fosse de terra, murmúrios que identificavam mandantes e jagunços, silêncios e *vendettas*. O Código de fato, rígido em suas normas, não permitia que as difamações se fizessem, que a honra se manchasse, o crime transitava antes no plano da ética do que propriamente da lei. A perseverança dos bacharéis lentamente poliu a rigidez dos senhores, impôs pela convivência a transição entre os hábitos sertanejos e os novos costumes da burguesia urbana. Um século de duração que corresponderia no trajeto histórico pelo menos um milênio.

Se alguma coisa me foi sonegada, coube ao destino a responsabilidade por não sentir a sua importância no tempo, ocultando-a por displicência. Considerou-se apenas a circunstância de ter sido certo bairro testemunho solitário, segredo que muito durou, sabendo-se apenas que o fruto de amor proibido nasceria em outro sítio. Ledo engano. Meio século depois os indícios ocultos elevaram-se por gratidão manifestada. Apenas a circunstância cresceria do ponto de vista pessoal no conturbado painel da história.

Minha terra jamais me acenaria com vestígios de algum mistério, a que aspirava descobrir. Diga-se que me pegou pela gola e exprimiu-se em termos duros, convocando-me a descartar a condição mediterrânea, arrancando-me as raízes de mil anos de exílio, de prejuízos pré-cristãos, convencendo-me afinal de minha nova identidade, a de filho do sertão domado.

Em 1942 o Brasil definira-se pela participação bélica no confronto que chegara às suas costas durante o fastígio do poder naval alemão. As convocações iniciaram-se. Da Força Expedicionária Brasileira, participariam trinta e três convocados do município, cujos nomes estão inscritos em Coluna erguida no bairro de Santa Emília. (Anexo)

Entre outros, não mais residente na terra, figurava o oficial da arma de Engenharia, Paulo Nunes Leal que em 1º de julho de 1944 embarcara no Primeiro Escalão da FEB, registrando em seu Diário os fatos memoráveis nos quais tomou parte como combatente heróico de nosso Exército, segundo expressão do Comandante em Chefe das Tropas Brasileiras, Marechal Mascarenhas de Morais.

Regressaria à Pátria com as medalhas da *Cruz de Combate de 1ª Classe,* a mais alta distinção nacional de guerra, e a de *Bronze Star* do Exército norte-americano. Jarbas Passarinho, referindo-se ao nosso herói, depôs que o oficial se destacava pela bravura e pelo ousado projeto de varredura de áreas, quando prendia ao corpo, antes de iniciar as temerárias tarefas, um cinto com tabletes de explosivos que o matariam se algum erro cometesse na missão solitária de desativação das minas plantadas pelo inimigo. Estaria seguro de que jamais se tornaria inválido.

Anos após o regresso da campanha, já oficial superior, exerceu diferentes cargos públicos, inclusivamente Governador do Território de Rondônia e de deputado federal por Rio Grande do Sul.[1]

De nossos colegas, poucos pensavam em retornar, constatando as difíceis condições de trabalho. Excetuaram-se os filhos de médicos e fazendeiros, como Emílio Gouvêa, Carlos, Fernando e Juarez. Os demais, oriundos da classe média, dirigiam-se a outras regiões como Rio e São Paulo, bem como ao oeste do Paraná.

Milhares de pessoas prosseguiam na retirada para as grandes cidades. Havia não só os moços, assim como famílias inteiras que partiam, cientificando apenas do

---

1. Passarinho, Jarbas, Prefácio, *in* Nunes Leal, Paulo, *A Guerra que eu vivi,* Editora JS. Comunicação Ltda. 1ª edição, 2000, p.13.

destino os amigos próximos. Naturalmente os vínculos mantinham-se, as notícias eram comunicadas aos conterrâneos. O autor, no decênio de setenta, deparou-se com listas de aproximadamente quinhentos nomes de carangolenses no Rio de Janeiro.

Alguns colegas deixariam o registro na história política do País como Ramon de Oliveira Neto e João Batista Miranda, que cursaram humanidades em Carangola nos anos quarenta.

O primeiro nascido no Espírito Santo, formou-se em Medicina no Rio, tornando-se cirurgião. Mudando-se, ingressou na política, elegendo-se deputado federal. Integrou o grupo da Frente Parlamentar Nacionalista, onde figuravam Sérgio Magalhães, Barbosa Lima Sobrinho, Almino Afonso e outros, que marcaram seus desempenhos na defesa do nacionalismo de centro-esquerda. Tornaram-se ainda partidários das chamadas reformas de base.

Batista Miranda, nascido em Lajinha, M.G., fez humanidades no Instituto Propedêutico e no Ginásio Carangolense, bacharelando-se em Belo Horizonte. Ingressou na política em 1947, militando nas hostes udenistas. Deputado estadual e federal pusera-se, do ponto de vista político, no centro-direita, mas a sua motivação fixava-se na defesa dos minérios, revelando-se, ao lado de Aureliano Chaves e Murilo Badaró, combatente do nacionalismo, desempenhando até a morte prematura intensa atividade parlamentar.

Duas mulheres de formação carangolense, destacaram-se na segunda metade do Novecentos.

Rosa Miranda, irmã de Batista Miranda, concluindo no final dos anos trinta o curso de Professora na Escola Normal de Carangola, pintora de delicada inspiração, presente na cúpula do Senado Federal e na Presidência da República, em todas as crises de 1950 a 1955 como principal Assessora do Presidente da República.

Sua serenidade durante as deposições de Café Filho e Carlos Luz, em novembro de 1955, chamou a atenção do próprio grupo de oficiais que desencadeou os acontecimentos revolucionários. Nela havia, em sua personalidade, o pragmatismo e a sensatez de juízos políticos. Revelava, em meio aos protagonistas, a voz única que se manifestava como profetisa.

Nos decênios de oitenta e noventa, Denise Frossard notabilizou-se como juíza, deixando na história forense, desempenho exemplar de coragem e competência. A avalanche de lama, ainda que nesse tempo corresse apenas pelas sarjetas, já era advertência à sociedade fluminense do que estava por vir; Denise Frossard enfrentou os problemas sem a emoção que poderia ocasionar fendas nos preceitos de direito.

De ambas ainda me recordo como dois quadros impressionistas surgidos ao acaso em circunstâncias freqüentes. Denise criança e Maria de Lourdes, sua mãe, de mãos dadas no trajeto do Jardim próximo a minha casa. De Rosa, adolescente, em manhã de domingo, dirigindo-se, de cabeça baixa, na longa fila das internas da Escola Normal, para a missa na Matriz. Meio século interposto naqueles instantes, que para sempre guardei na memória como telas pintadas por Renoir.

Outros filhos da cidade ou dos arredores, que cursaram humanidades no Ginásio, tornaram-se conhecidos em suas atividades profissionais, a saber, João de Deus

Rodrigues, Rubem Franco, Evaldo Garcia, Aluízio Miranda, Aluísio Gouvêa, Virgílio Novais Filho, clínicos, cirurgião e neurocirurgião respectivamente.

De advogados, maior a relação. Suetônio Maciel Pereira, Lauro Salles, Ruy Valente, Rodrigo Batista Martins, que deixou a cidade na infância. Em outras paragens, os irmãos Antônio e Camilo Filho, autor do hino da comunidade.

Filhos de José Ribeiro de Miranda, advogado da primeira metade do século XX, tornaram-se engenheiros de prestígio no Rio de Janeiro os irmãos Paulo, Fernando, Roberto, Olinto e Flávio, constituindo o quadro impressionante de dedicação ao estudo e vida honrada, além de exemplo de excelência no aproveitamento de seus desempenhos profissionais.

Outros profissionais, de diversas áreas, já da segunda metade do século, destacaram-se sobremodo: Moacir Novais, delegado de notória dignidade, Herculano Campos, residindo em Belo Horizonte, como pintor, José Costa, atuando como empresário, em Minas Gerais, Ortogantino Dias, jornalista e poeta, Wander Batalha Lima, economista, participante de missões diversas no exterior, Marcos Lugão, militar e industrial, José Maurício Nolasco, com permanente e generoso vínculo à comunidade, Maurício Dias, no Rio, jornalista e comentarista político.

Das senhoras que partiram durante o êxodo dos anos trinta muitas mantiveram os laços com a comunidade, sendo uma delas o símbolo da perseverança no afeto que atravessou o século XX. Até o último dia de vida, sentiu-se ligada à preocupação com a assistência aos internados do Asilo, remetendo ainda ajuda material a todos os infortunados que lhe escreviam carinhosamente. Iracema Soares Rodrigues, filha de José Martins Pacheco, fazendeiro que militou na política carangolense, casou-se com Inocêncio Rodrigues, transmitindo aos filhos criados no Rio, o orgulho de ser mineiros da Mata, inclusivamente passando ao falecer recentemente com 108 anos de idade, o bastão sentimental às filhas Carmem e Heliette no empenho de prosseguir cultuando as suas raízes.

Quando ao tempo derradeiro do autor na cidade, ainda se ouviam as queixas da crise que se abatera sobre a Mata dez anos antes. A recuperação parecia distante, apesar de reflexos positivos da exportação em virtude da corrida armamentista nos Estados Unidos, mas a economia de subsistência ainda desempenhava o papel decisivo, não ensejando que na comunidade a miséria exibisse o quadro escabroso das metrópoles de hoje.

O período de setembro de 1939 a dezembro de 1945 não se mostrava tão dramático como de início parecia, apesar do desconforto do racionamento de algumas mercadorias e gasolina. Caímos, porém, nas malhas da guerra, perdendo marujos e soldados que lutaram na frente européia.

Certa madrugada a guerra findou, a esperança desenhou-se nas expectativas de todo o mundo.

A indústria siderúrgica instalada em Volta Redonda, graças ao tratado de cooperação com os Estados Unidos, inspirou confiança quanto à superação do estágio apenas agrícola de nossa economia.

Afinal, na chegada a 1950, a comunidade carangolense teve conhecimento dos dados que lhe dava o balanço dos últimos dez anos. Eles apresentavam a radiografia do Município, reduzido então à sede e a três vilas, Alvorada, Faria Lemos e São Francisco do Glória.

O Município tivera a sua área descida para 1.007 (k 2) com a população de 42.122 habitantes assim distribuídos: o quadro rural com 30.134 habitantes, a população urbana com 9.048, sendo que as três vilas respectivamente com 283, 682 e 975 moradores.[2]

A autonomia do Divino do Carangola, com seu fácil acesso à auto-estrada Rio-Bahia, logo seguida por Faria Lemos e por São Francisco do Glória, debilitara ainda mais o município pioneiro.

Houvera substancial perda tanto nas culturas permanentes quanto nas temporárias, bem como no efetivo pecuário. Destacava-se entre as primeiras o café beneficiado que atingia 156.400 arrobas em área cultivada de 6.256 (ha).

A produção agrícola temporária, também apurada em toneladas, com exceção de cana-de-açúcar, milho, arroz em casca e feijão, só atendia ao consumo local. As maiores áreas ou sejam 4.280 hectares, produzindo 81.000 sacas, ou seja, Cr$ 81.000,00, eram destinadas ao milho, acompanhado pelo feijão, em área de 1.877, em quantidade de 19.770 sacas de 60 kg, gerando Cr$ 5.536.00.

A diversidade das culturas, em números bem menores, revelava que o consumo local era plenamente atendido, circunstância a explicar-se pela quantidade de hortas e pomares existentes nas quintas e quintais urbanos. Nesse ponto, a nossa lembrança confirma a facilidade para a aquisição, por preços acessíveis, de batata, arroz, cebola, mandioca, tomate, além de frutas como bananas, laranjas, mangas e tangerinas, ainda por preços suportáveis. Durante a crise que antecedera e perduraria por alguns anos, a situação dos pobres e remediados foi amenizada pela economia natural, ou seja, de subsistência.

No efetivo pecuário o Censo revelara que o número de bovinos alcançava, em 1952, 30.000 cabeças, de suínos 13.100. Os demais, isto é, eqüinos, muares, e caprinos, eram de pouca monta[2].

Quanto a produtos de origem animal, a produção de leite de vaca, quantidade expressa em 1.000 litros, alcançava 6.570 toneladas, além da produção de suíno e bovino com valor de produção respectivo de 398 e 403 na mesma medida.[3]

No plano do ensino, o quadro revelava-se desolador. Em 384 matrículas apenas 270 alunos eram aprovados e só 78 desenvolviam o curso. Desse modo abria-se o cenário para a derradeira metade do século.

Em política internacional as divergências entre as potências persistiam. Os efeitos do Plano Marshall erguiam a Europa dos escombros da guerra, mas ausente da ajuda americana estavam a União Soviética e seus satélites balcânicos, ponto de partida para a guerra fria ulterior tornar os céus carregados.

2. Conselho Nacional de Geografia e Serviço Nacional de Recenseamento. Dados Oficiais.
3. Serviço de Estatística de Produção. Dados Oficiais.

Entre nós, o sistema democrático estabilizou-se por quase dez anos, retornando a crise a partir do suicídio de Vargas e dos governos seguintes de transição com Café Filho, Carlos Luz, bem como dos seguintes, Kubitschek e Jânio Quadros.

A comunidade carangolense reagia às vezes com certo temor àquelas turbulências de vôo.

As mudanças políticas fizeram-se naturalmente, pois do seio pessedista adveio troca de liderança municipal, quando nos anos cinqüenta assumiu João Bello de Oliveira Filho as rédeas do poder municipal. Como prefeito ficaria de 1951 a 1954, data em que se elegeria deputado estadual.

Os velhos líderes de origem perremistas, Duque de Mesquita e Xenofonte Mercadante, não se reelegendo para deputados, deixaram com o correligionário as rédeas da política municipal e decidiram no Rio e Belo Horizonte respectivamente colaborar junto aos poderes para o que fosse politicamente necessário.

A geração de Duque de Mesquita e Mercadante e a anterior de Amílcar Alves de Sousa expressavam, na verdade, a transição da sociedade hegemonicamente rural à da classe média urbana.

A primeira ou a era dos coronéis, procedente dos tempos do sertão, adotara costumes e hábitos patriarcais; a segunda, vinda da gestão de Jonas de Faria Castro, posto que atravessada por forte influência do passado, advogava reformas graduais e costumes menos rígidos e substancialmente liberais.

A influência dos doutores fora positiva e combatia de certo modo os exageros dos fazendeiros, sobretudo quanto aos costumes tradicionalistas com relação à noção de honra, à situação jurídica da mulher e à própria educação em demasia rígida.

O novo prefeito, João Bello de Oliveira Filho, era da região, suas raízes, tanto paternas quanto maternas, também locais, faziam-no, pois, conhecer os problemas da estagnação econômica, bem como as suas causas.

Seu pai era comerciante honrado, e tendo vivido o período de recessão não perdeu a generosidade com os fregueses, abrindo-lhes crédito indispensável à travessia da crise. Havia na conjuntura, apesar do baixo custo de gêneros alimentícios, necessidade de produtos industriais, de medicamentos, artigos escolares, tecidos etc. que requeriam despesas complementares.

A mãe de João Bello, D. Maria Helena, figura de energia pessoal, era de autoridade permanente, mas dominada por calor humano e ternura. D. Lelena era o manto protetor que dava aos filhos Alvino, João, Belinho, Ari e Edmir, os tons de seu estilo moderado de matriarca do velho sertão, sabendo dirigir a casa, os rebentos e ajudar os pobres.

Por tê-los conhecido e com todos convivido na infância, está certo o autor de que o Coronel João Bello, como era chamado pelo eleitorado, herdou da personalidade materna o dom de liderança, os dotes de energia e vontade não só para dirigir o Município quanto lutar pelos interesses comunitários na Assembléia Legislativa, uma vez eleito deputado por seis mandatos até 1978. Talvez no que tange aos dotes conciliadores, para a acomodação das situações, tenha puxado a ambos.

Como prefeito cuidou, construiu estradas municipais, calçamento de ruas em bairros periféricos, como o Triângulo, ampliou o número de escolas públicas, reformou as existentes e programou a Faculdade de Filosofia, Ciências e Letras, mais tarde implantada. De importância expressiva foi converter Carangola em estância hidromineral, realizando a aspiração da comuna ciente do passado, quando Jonas de Faria Castro percebeu a qualidade da água do Fervedouro.[4]

Seguiram-no na Chefia do Governo Municipal Antônio Ferreira da Silva e Luíz Pessoa Moreira, orientando-se ambos pelo pessedismo até as eleições de 1959, quando se elegeu pelo Partido Trabalhista Brasileiro José Carlos de Souza, advogado e antigo funcionário municipal.

O Partido Trabalhista Brasileiro, braço esquerdo de Vargas e que congregava as alas sindicais, não tivera até então apoio em Minas para vencer em municípios que mantinham o compromisso histórico das duas burguesias, rural e urbana.

O novo Prefeito, todavia, geriu com moderação. Sua aplicação aos estudos e leitura dera-lhe base para melhor entendimento dos problemas sociais. Também, do ponto de vista da honestidade e compostura, seu desempenho marcou junto à comunidade papel destacado na administração pública.

O P. S .D. dispunha de representação permanente no Estado, cujas rédeas do Governo estavam em mãos do hábil udenista Magalhães Pinto.

Nas eleições seguintes voltava ao Executivo Nilo Alves Monteiro.

Nos anos sessenta, por informações posteriores ao Censo, publicaram-se dados comparativos aos dez anos anteriores, exibindo-se reduzido crescimento econômico.

A população rural caíra de 30.134 para 21.922, a urbana subira de 11.988 para 13.021. O total demográfico atingia 34.943, explicado o acréscimo da última pela retirada do campo. Os domicílios urbano e rural subiram a 6.639, sendo que os servidos pela rede de água eram de 1.601 e pela rede de esgotos 1.410.

No que tange à agricultura, os números relativos aos estabelecimentos pouco cresceram: de 925 a 1.174, porém a área, em hectares, sofria uma queda de 88.029 para 57.225. Do mesmo modo caíam as áreas de lavoura de 19.529 para 11.126, refletindo-se nos números de pessoal ocupado, de 10.542 em 1950 para 6.515 em 1960.

Revelava-se com o êxodo também um decréscimo na criação de bovinos, visto que caíram de 28.462 para 19.752 cabeças até 1962

Resta verificar a situação industrial no mesmo período. Os estabelecimentos em 1961 alcançavam o número de 95, sendo que a 200 chegavam os comerciais, 180 os varejistas. Os principais eram os antigos, constituídos nos anos vinte, como as fábricas de macarrão, de sabão, de manteiga Paiva, de bebidas Menicucci e de algumas outras menores, em número total de dez.

As informações posteriores ao Censo, em 1961, relativas às condições de vida da comunidade, retratam situação quase idêntica à anterior. O ensino dispunha de 72 estabelecimentos primários e 4 particulares, quanto à saúde 1 hospital com 172 leitos, os serviços médicos contavam com 17 profissionais, 12 dentistas, 9 farmácias.[5]

4. Folha da Mata, M. G. 29.9.1991, p.3.
5. Conselho Nacional de Geografia e Serviço Nacional de Recenseamento. Dados Oficiais.

Em 1967 a comunidade reiterava o apoio ao pessedismo. Juarez Quintão Hosken, sobrinho de João Bello pelo lado materno, pertencia a outra família tradicional de Tombos, os Hoskens, de origem inglesa, radicados, desde os começos do século, na vizinha cidade. Sua gestão visou prioritariamente ao problema do abastecimento da água e tratamento de esgoto na cidade. Construiu a estação em convênio com o Departamento de Endemias Rurais, criando a autarquia municipal a fim de gerir o sistema. Até então a água era captada do rio e distribuída sem qualquer providência quanto ao tratamento.

Juarez Hosken tivera formação acadêmica no Rio de Janeiro, formando-se em Direito em 1954, exercendo durante alguns anos a profissão de advogado, pecuarista e empresário. Em 1963 elegeu-se vereador e quatro anos após assumiu a Prefeitura, de onde partiu para Assembléia Legislativa do Estado. Por duas legislaturas desempenhou funções em várias Comissões, além da Vice-liderança do Governo. Desempenhava com notável propriedade sua atividade legislativa graças à sua fina educação e à versatilidade de experiência empresarial. Marcou-lhe a personalidade o cunho pragmático de suas decisões de executivo, circunstância que explica o brilho de sua carreira tanto no setor público quanto no privado.

Seguiram-no nas eleições de 1971 e 1973, João Ubaldo da Silva e Adinar Monteiro de Paula, que manteve a chefia do Executivo até 1981. A gestão equilibrada por oito anos significou para a comunidade o indispensável equilíbrio a fim de que a travessia do regime forte para fase preparatória do retorno a sistema mais aberto se desse sem sobressaltos.

A comunidade fazia opção costumeira pela tradição que vinha de 1945. Em verdade, a situação não alterara o percurso procedente das lideranças anteriores a trinta.

O que ocorreu, após a queda de Vargas em 1945, significou a ascensão da ala que estivera na oposição durante o Estado Novo contra adeptos de Olegário Maciel, que se tornara getulista.

Na verdade, os adeptos de Duque de Mesquita e Mercadante, assim como os de Waldemar Soares, isto é, oposição e situação, não sentiam as vacilações das lideranças federais, pondo sempre nas atitudes a lealdade dispensada aos seus respectivos líderes.

Convivendo em Carangola com meu pai e Duque de Mesquita, hoje compreendo, sessenta e cinco anos decorridos, que ambos perceberam a profunda influência que o craque de 1929 iria exercer no quadro futuro de nossa história econômica e política e marcar, de modo decisivo, os traços da estagnação da Mata Mineira.

Ao chegar em 1980 a publicação oficial quanto à demografia do Estado de Minas omitia a cidade de Carangola no Relatório relativo ao Incremento Populacional de municípios de 10.001 a 20.000 habitantes.

Porque embora o êxodo não se estancasse do campo, a sede do município não recebia o estímulo de qualquer nova indústria. Em vão dirigiam-se os esforços da liderança situacionista aos setores ligados à produção fabril, buscando a forma de fixar os jovens no local. Aqueles que se matriculavam nos cursos tradicionais dos Ginásios também descartavam as alternativas de permanecer.

É preciso considerar a feição relativa dos números e, portanto, de sua queda nos gráficos e relatórios dos órgãos oficiais. No apogeu da comarca, o número de distritos superava uma vintena. A redução da área, em razão da autonomia dos distritos, significava a queda da produção agrícola e da pecuária, em termos relativos, bem como da população municipal, só restando invariável a população citadina.

O quadro econômico de 1927 impressiona pelos números, se esquecermos a extensão territorial do Município. Recordemo-los segundo os dados de Roberto Capri. Cumpre reportar-se ao capítulo XIII deste volume.

Na liderança do Município desde 1951 o deputado João Bello de Oliveira Filho jamais esmoreceu em sacudir as bases da velha comunidade cafeeira e arrancar Carangola da estagnação.

Em qualquer dos misteres em que se lançou até 1978, durante o exercício da atividade política e administrativa, o seu empenho, tanto como Diretor do Banco Mineiro da Produção, quanto da Frimisa ou Conselheiro da Usiminas, e até de Secretário de Estado do Trabalho e Ação Social, era o esforço posto em tornar possível a criação de oportunidades para a cidade, fato de imediato conhecimento de todos que o cercavam ou o acompanhavam no exercício do mandato.

Todavia, os impactos da tecnologia do após-guerra não se deixavam deter por qualquer obstáculo social ou geográfico, econômico ou político. Mesmo durante a guerra, as conquistas científicas e técnicas atravessavam o Atlântico, chegando pelos portos do Rio e de São Paulo, avançando ao interior com aquela força de sacudir o interesse da população.

Primeiramente o rádio, vindo a Carangola, nos primeiros anos de trinta, após os automóveis. Em 1939, quando da eclosão da guerra, a classe média urbana e a maioria dos fazendeiros já possuíam os melhores aparelhos americanos a fim de ouvirem as transmissões radiofônicas do Repórter Esso e a BBC de Londres. Pelos princípios do decênio seguinte, os rádios de pilha invadiram as regiões rurais, circunstância que fechava o ciclo dos votos de cabresto no sistema eleitoral, dando aos partidários de Vargas a oportunidade de eleger o velho ditador, propagado em condição grande democrata.

Os eletrodomésticos surgiram a partir de 1945 com a liberação pelo Governo do Marechal Dutra de livre importação de geladeiras, liquidificadores, refrigeradores, aparelhos de toda a natureza, destinados a facilitar os trabalhos domésticos.

No meado dos anos cinqüenta aparece a telefonia, que dominou a cidade, instalada em centenas e centenas de residências. Sob as lideranças de Jonas Esteves Marques e Jorge Kamil, criou-se sociedade anônima para a implantação da telefonia automática domiciliar, até então inexistente. Em 1961 o Censo registrava na cidade o número de 489 aparelhos.

A televisão foi a grande conquista da comunidade, difundida com expressiva rapidez nos primórdios do decênio de sessenta. Também caberia a Jonas Marques a mobilização dos empresários e comerciantes locais para a iniciativa.

É preciso considerar que todo esse conjunto de aparelhos eletrônicos chegou à cidade e ao campo, não obstante o fraco desempenho da economia na região de estagnação quase desanimadora. Necessário ilustrar a situação relativa à mecanização da agricultura. Em número de 10.542 trabalhadores do campo, cultivando 11.126 hectares, utilizavam-se, em 1960, apenas 135 arados e dois tratores. A circunstância retrata a não-correspondência entre os fatores degradados da economia rural e o espírito de modernização presente no seio da comunidade.

Dir-se-ía a repetição das vicissitudes do Oitocentismo, quando o trem de ferro rompeu pelos caminhos, trazendo, de imediato, as trupes teatrais, a máquina fotográfica, o comércio fino das lojas da capital, e vinte e cinco anos depois, a cinematografia. Desta vez, a televisão abateu de vez os restos do sertão, já ferido de morte pelo telefone e rádio de pilha.

Os anos corriam, os métodos de cultivo permaneciam quase coloniais, mantendo-se técnicas seculares no amanho da terra. O próprio autor, em tempo da puberdade, percebia a resistência oposta pelos posseiros, meeiros e mesmo até a maioria de fazendeiros, ao ingresso de agrônomos e de veterinários nos domínios e fazendas menores a fim de socorrerem as plantações e os animais em caso de pragas e doenças como a aftosa.

Talvez à rotina se possam atribuir obstáculos a métodos avançados tanto na pecuária quanto na agricultura, porém a chegada do progresso aos poucos avançava, principalmente com os meios modernos de comunicação.

Não seria justo atribuir responsabilidade às lideranças estaduais pela força histórica de nosso sertão, mas é preciso considerar a circunstância do tradicionalismo que atravessava a lavoura, dificultando-lhe o avanço do progresso. Talvez seja receio de nossa parte não levar em conta a resistência das montanhas que se interpõem entre o interior e o litoral.

Entretanto, nada detém o avanço global dos meios de comunicação, elevando o homem aos satélites, às cidades de todo o planeta, permitindo que as gerações novas utilizem os progressos que o sistema econômico do livre mercado lhes proporciona na universalidade de todos os valores. Para completar, apesar da estagnação, os computadores, nos anos noventa, também chegaram à velha Santa Luzia do Carangola, dando ensejo ao nivelamento a todos os centros desenvolvidos.

Por certo, os costumes mudaram, os hábitos ajustaram-se à nova realidade eletrônica. O *footing* findou nas sobretardes, os giros pelos jardins, os flertes românticos que amenizavam a disciplina patriarcal. A virtualidade impôs-se entre as árvores seculares, no agreste do campo. Os namoros derruíram barreiras tradicionalistas, facilitando as escapadas de carro para os locais ermos, os motéis proliferaram, a Igreja afrouxou as rédeas de seu código antigo.

É preciso considerar a resposta da comunidade aos fatores que interrompiam o desenvolver do sentimento gregário tradicional. Sem a repulsa aos progressos que prendiam as pessoas ao lar, coladas às novelas televisivas, o hábito de convivência social deslocou-se para os clubes, que proporcionavam aos adolescentes a prática de vários esportes, bem como de outros entretenimentos como os bailes, sessões musicais, comemorações e homenagens aos filhos ausentes. Ao esforço juntavam-se os jogos de futebol, renovados de prática antiga, dos anos vinte e trinta, quando os clubes locais se nivelavam aos da capital do País.

O fato é que a velha estrutura do café estava disposta para receber os avanços introduzidos e a classe média, tendo-os em casa e podendo percorrer distâncias de solo já asfaltado e assistir pela televisão a todos os acontecimentos mundiais, não se sentindo reduzida à condição inferior, como no passado, quando só dispunha de acesso às informações pela imprensa.

Por fim, nada havia que pudesse suplantar a tranqüilidade bucólica dos sítios próximos ou dos próprios quintais, a segurança do sono noturno sem o risco da violência, a solidariedade social em caso de calamidades como incêndio e enchentes.

CAPÍTULO XX

O Final do Milênio

Em maio de 1999 a Associação Comercial e Industrial de Carangola mobilizou as classes produtoras a fim de estimular as lideranças e a comunidade para os debates, estudos e projetos que visassem a arrancar o município da estagnação econômica.

Corria o último ano do século, marco final do milênio, as propostas viriam com o peso da responsabilidade manifestada no pronunciamento do Prefeito Roberto Alves Vieira. "Basicamente porque acreditamos ser necessário o resgate da nossa auto-estima, a compreensão de que as soluções dos nossos problemas estão aqui mesmo em Carangola e que parcerias entre o Poder Público e os empreendedores são a oportunidade de construirmos um novo conceito de progresso".[1]

A aspiração da comunidade depende, no entanto, de justas opções em leque de alternativas cabíveis, que devem nascer de avaliações não só de ordem econômica, porém de motivações sociais e culturais. Por certo os resultados, que não se revelam mágicos, devem sair das relações que decorrem de um conjunto de fatores.

Quando da primeira edição, o autor expôs o que constituía a conclusão. Houve até 1930 o curso econômico e social que se mostrava promissor e, quando o salto devia ocorrer, excluíram-se as condições necessárias e predominaram as razões adversas, porém reais.

Necessário, em verdade, tomar em consideração o processo histórico pelo qual passou a Mata Mineira, sujeita às vicissitudes da estratégia do Governo Federal após a Revolução de 1930.

Devemos partir da mais polêmica das questões de nossa economia a de fim encontrar a relação entre os fatos e as causas que produziram a crise. Pois a nossa evolução tudo deveu ao ciclo cafeeiro.

No rumo das vicissitudes que vinham de longe, seria conveniente começar pela intervenção do Governo Federal no problema conhecido como política de defesa do café.

Não foi expediente apenas de natureza econômica, antes político como aspiração, tendo-se entrelaçado as causas, quando os paulistas em suas inquietações decidiram abrir mão de seu lugar na sucessão presidencial, ou seja, da candidatura de Bernardino de Campos, pela prioridade da matéria cafeeira no programa do novo Governo. Aceitaram a barganha os líderes mineiros, elegendo-se Presidente e Vice Presidente Afonso Pena e Nilo Peçanha. Mineiro o primeiro, fluminense o segundo.

1. Fórum para o Desenvolvimento de Carangola.

José Maria dos Santos, expondo a querela, resume o enredo da sucessão dos paulistas na Presidência da República bem como a posição delicada de Rodrigues Alves na oportunidade. Sua decisão é paradoxal e nostálgica. Paradoxal porque sabia ser de resultado duvidoso e nostálgico, porque era um paulista e também sentia a angústia dos produtores.

No critério comum do comércio, o ato de afrouxar voluntariamente no mercado a concorrência de um produto, de que era o Brasil o maior fornecedor, significava apenas salvar da ruína os competidores estrangeiros.[2]

Resolviam-se os entraves da ocasião, porém se cometia o erro de estimular a competição de adversários, convencidos os especialistas atuais de que os preços por nós mantidos dariam aos concorrentes as condições para a luta à sombra de nosso guarda-chuva. Em conseqüência, os produtores estrangeiros animaram-se e fizeram-nos perder parcelas do mercado.

A questão vinha do começo do século. Em 1906 as nossas safras já ultrapassavam a demanda mundial, adotando o Brasil no Convênio de Taubaté a retenção de estoque, o que significava valorização artificial. Os produtores paulistas, mineiros e fluminenses agregavam na aliança política a argamassa do artifício econômico. Dir-se-ía a solução possível no quadro de nossa monocultura, recorrendo-se ao uso de analgésico.

A conseqüência da valorização deu margem também ao incremento da plantação, explicável pelas expectativas que se criavam com a intervenção estatal. Era a inconveniência dupla, externa e interna. Delfim Netto, definindo o estímulo que criamos, encontrou a adequada denominação para o Brasil, o de fornecedor residual do produto.

Do ponto de vista político, o *Convênio de Taubaté* proporcionou o rodízio no processo sucessório, cessando a prioridade que facultara a São Paulo eleger três presidentes seguidamente. Traria tal espécie de troca a vantagem duradoura?

Os problemas não deixavam de existir no plano econômico, apesar do chamado *café com leite* ou a aliança de Minas e São Paulo.

A Primeira Guerra Mundial provocaria a segunda intervenção, obtendo-se êxito não por sua eficácia, mas pelas geadas que reduziram as safras paulistas e pelo aumento do consumo nos Estados Unidos em razão da Lei Seca destinada ao combate às bebidas alcoólicas.

Porém se acumulava nos portos nacionais o excedente da assustadora produção no País. Apenas em Santos passara de menos de um milhão de sacas em 1916 para quase seis milhões em julho do ano seguinte.[3]

Em seguida, durante o Governo de Epitácio Pessoa, advém outra intervenção, que passa a qualificar de permanente a ação de defesa da rubiácea no quadriênio de 1918-1822. O honrado paraibano, em verdade, participaria a contragosto da reivindicação do *café com leite*. Outra vez a lavoura livrou-se de crise, rolando-se o problema, ficando os produtores uma vez mais aliviados.

2. Teixeira de Oliveira, José, *História do Café no Brasil e no Mundo*, Livraria Kosmos Editora Ltda, Rio de Janeiro, 1984, p.344.

3. Delfim Netto, *Ensaios sobre Café e desenvolvimento econômico*, Instituto Brasileiro do Café, Rio, 1973, os. 101-102.

O revezamento prosseguia, mas o sossego dos próceres, que refletiam os interesses dos produtores, revela-se em clima de receio de seriíssima crise.

A prosperidade americana e a recuperação da Europa dos efeitos da guerra criaram nos anos vinte a euforia financeira, cujo nome, *golden-age,* bem a define. Talvez se tratasse da conhecida melhora clínica de moribundos, fulminados pelo liberalismo exagerado e o sistema democrático.

As exceções presidenciais de Hermes da Fonseca e Epitácio Pessoa ocorreram em razão das circunstâncias que não invalidavam a aliança paulista, fluminense e mineira. Prudente de Morais, Campos Salles, Rodrigues Alves, (duas vezes) foram eleitos. Também Washington Luis, fluminense de nascimento e paulista por atividade e escolha; Afonso Pena, Wenceslau Braz, Artur Bernardes eram mineiros, Epitácio Pessoa, confiável a Bernardes e a Washington Luís, ou seja, ao *café com leite*.

Em 1930 devia suceder ao paulista, por rotina, Antonio Carlos Ribeiro de Andrada, mas Washington Luís errou as contas, admitindo que havia um mineiro a mais na sucessão, e escolheu o paulista Júlio Prestes para sucedê-lo.

Em outubro de 1929, quando se reunia a Tarasca, nome que se dera à Comissão Executiva do Partido Republicano Mineiro, constava na ordem dos trabalhos a escolha para a sucessão de Antonio Carlos no governo estadual. Seis dias antes, 12 de outubro, ocorrera a primeira baixa perigosa no mercado futuro em Nova Iorque, atingindo significativamente o nosso café.(Tarasca. Do francês *tarasque*, representação de um dragão monstruoso que se levava em procissão de *Corpus Christi* em *Tarascon* e outras cidades do Sul da França).[4]

A liderança do Partido, com Artur Bernardes, Antonio Carlos, Presidente do Estado de Minas, Melo Viana, vice Presidente da República, Ribeiro Junqueira e Olegário Maciel, não se entendia, em termos políticos. Estava perplexa com o quadro econômico do País. Dividiam-se os próceres no tocante à sucessão presidencial. Melo Viana apoiava Júlio Prestes. Bernardes já se entendia com a Frente Liberal, Antonio Carlos, sentindo as dificuldades com relação à sua candidatura presidencial, também se omitia. Olegário Maciel e outros seguiam Bernardes.

Na comunidade carangolense os perremistas históricos acompanhavam o chefe, ainda que alguns quadros novos se aproximassem de Ribeiro Junqueira, político de Leopoldina, que esperava a oportunidade de deslocar Bernardes da Executiva do Partido, aliando-se a Melo Viana que fazia o jogo de sua conveniência.

Em verdade, o Presidente Washington escorregara e arrastava consigo a lavoura paulista. Ainda me lembro das eleições fraudadas na comunidade de Carangola e as notícias que chegavam a meu pai, das violências da *Concentração Conservadora,* organização que lançou o terror nas cidades mineiras, a fim de que o candidato oficial Júlio Prestes obtivesse a vitória contra o candidato da Aliança Liberal Getúlio Vargas.

A Revolução de 1930 quebraria o compromisso do *café com leite*, mas em razão de fatores novos, imprevisíveis. Em primeiro lugar, Bernardes, que se juntara aos gaúchos e ao tenentismo, confirmando o apoio à Aliança Liberal que não reconhecia a legitimidade das eleições. Definiu-se favorável à Revolução de 1930, levando consigo todo o Estado de Minas.

4. Nascentes, Antenor, *Dicionário Etimológico da Língua Portuguesa*, 1ª edição, Rio 1955, p. 486.

O segundo fator, a crise da Bolsa de Nova Iorque em dezembro de 1929. O craque deu começo à Grande Depressão, que durou dez anos. Por conseqüência, a repercussão atingiu todos os países ocidentais, inclusive os subdesenvolvidos como o Brasil.

A rachadura alcançou-nos em cheio. Minas e São Paulo uniram-se aos liberais de Getúlio Vargas e saíram vencedores.

Mas o estadista gaúcho, vitorioso com o apoio dos tenentes históricos de 1922 e 1924, voltaria as costas às lideranças rurais do café, juntando-se com a nova geração de políticos e tecnocratas positivistas, justificada a atitude por erros táticos dos paulistas e mineiros que tentaram destituí-lo no movimento constitucionalista de 1932.

Bernardes foi exilado e tão súbitas foram as mudanças sociais que o seu republicanismo liberal e nacionalista foi ultrapassado pela nova geração getulista.

Eram criaturas maleáveis como os gaúchos Osvaldo Aranha, João Neves da Fontoura, Batista Luzardo; técnicos competentes como Simões Lopes, Fausto Alvim, Sousa Costa, Marcondes Filho; pensadores cultos e criativos como Oliveira Viana, Francisco Campos, Agamenon Magalhães; militares tenentistas com experiência política: João Alberto, Juarez Távora, Eduardo Gomes e ainda mineiros liberais, *ma non troppo*, Gustavo Capanema, Virgílio de Melo Franco, Benedito Valadares e até certo ponto, o malabarista Antônio Carlos.

Por certo a República Velha desgastara-se ano a ano à medida que a classe média ia avaliando, por suas elites, as bases frágeis da decantada democracia brasileira. No decênio de vinte a *Semana da Arte Moderna* de São Paulo e os *movimentos tenentistas* de Copacabana e da *Coluna Miguel Costa-Prestes* sacudiram o compromisso tradicional firmado por meio de eleições fraudulentas e artifícios parlamentares na chamada verificação de poderes.

O quadro internacional da crise exibira o liberalismo com suas vestes rotas, provocando a ascensão dos *salvadores*, que lançavam a plataforma de combate à liberdade e à democracia. Mussolini, Salazar, e posteriormente Hitler igualmente proclamavam a dicotomia maquiavélica do *amigo-inimigo*, identificada com a tese leninista do *burguês-proletário*.

No Brasil Vargas aproximara-se do social-fascismo, só se livrando quando sentiu definir-se o conflito mundial a favor da democracia aliada. Mas sabia fazê-lo, governando com *entourage* inteligente, incumbindo à direita com Filinto Müller de cuidar da ordem política, ao liberal Capanema de arregimentar comunistas para o seu Gabinete ministerial.

Que circunstâncias se deram de modo a envolver a comunidade mineira do café no contexto político do mundo e do País?

A Mata recebeu o golpe, e no ano seguinte à Revolução de 1930, dirigiram-se os vencedores a rumos bem diversos do que esperavam os líderes do ruralismo. A derrota paulista de 1932, deflagrando a Revolução Constitucionalista, apoiada pelos conservadores mineiros, derruiria, por sua vez, a estrutura do edifício do *café com leite*.

Alguns perremistas abandonaram Bernardes por considerá-lo superado e engajaram-se na corrente de Vargas e de Olegário Maciel. Sofria naturalmente o Partido Republicano Mineiro as perseguições e violências do Poder Federal, apoiado pelo *Club 3 de Outubro*, dirigido por Pedro Ernesto, *os Camisas Pardas*, seguidos de fascistas e comunistas bem como de nova geração que participara da Revolução de 1930, não se comprometendo com o movimento de constitucionalização.

A depressão que sucedera com o baque da lavoura cafeeira, atingida em cheio pela queda das exportações, agravava-se ainda mais pelo clima político gerado durante o Governo Provisório, uma vez que o movimento constitucionalista não se restringia a São Paulo e a Minas, mas a todo o País.

Bernardes, preso e exilado, em dezembro de 1932, manteve o prestígio até o seu retorno após a promulgação da Constituição de 1934. Elegeu-se deputado, em seguida, e um ano após era a figura apenas respeitada na Câmara dos Deputados em razão de seu passado de honradez. Com o falecimento de Olegário Maciel, Vargas escolheria para Interventor o deputado Benedito Valadares.

Afinal, já às vésperas da Segunda Grande Guerra, Vargas dissolveu o Congresso, instalou a ditadura do Estado Novo, que perdurou até o final do conflito, em 1945.

Necessário perceber o processo então desencadeado pelos tecnocratas que apenas deram atenção ao desenvolvimento econômico, que o planejaram sem o menor escopo humanístico, alheios a outros problemas básicos como o planejamento familiar, a educação profissionalizante, a proteção trabalhista e previdenciária apenas para os trabalhadores rurais, só protegendo o assalariado das cidades. A medida parcial desencadeou o êxodo para os grandes centros urbanos com resultados que só favoreciam os industriais em razão de terem-se convertido os retirantes só em reserva barata de mão-de-obra

Fixaram-se os tecnocratas no desenvolvimento sustentado com vistas voltadas à industrialização em regiões determinadas por razões estratégicas e econômicas, onde abundavam os recursos de minério de ferro. Pois na siderúrgica é que residiam os propósitos de desenvolvimento, por conseguinte, produzir o aço a fim de não só gerar exportações como permitir o surgimento de novas indústrias.

A exceção de Volta Redonda estava na circunstância política de desejar Vargas tornar o genro o seu futuro sucessor, permitindo que se instalasse em seus domínios fluminenses a alavanca para o êxito do remoto propósito.

Já a Zona da Mata foi excluída, marginalizada, em razão de lhe faltar a matéria-prima. Fator geológico, irremovível, cruel, porém real. De forma que a eletrificação também lhe foi reduzida, considerando que não haveria demanda necessária.

Vargas juntara-se à nova classe, ou seja, à *nomenclatura* para levar o País ao rumo que enfim deu no que vemos meio século depois: o País superpovoado, com expressivo contingente favelado e miserável de sessenta milhões de pessoas, analfabetismo absoluto, a economia estatizada, enfim, posta a população ao lado das nações mais pobres e infelizes do planeta.

Ao dar o balanço do século, fixamo-nos necessariamente em certa transcendentalidade do tempo. Compreenda o leitor que, considerando Carangola como referência, é apontada como símbolo de estratégia improvisada e cruel.

Carangola nascera no começo do Oitocentos e vivera plenamente no Novecentos. A rigor é criança, porém as vicissitudes não permitiram que se mantivesse em ritmo desejável. Gerações ainda prosseguem na amarga retirada, à procura no mercado dos empregos desejados.

Há, sim, circunstância animadora no presente. O ensino superior já ministrado abre perspectivas para os estudantes que chegam de outros pontos, adaptando-se ao velho centro cafeeiro com tradição e senhor de recursos intelectuais.

Seja como for, a alternativa proporcionou patamar diferente para diversos vôos. Necessário dar ênfase ao fato de que centenas e centenas de jovens que se bacharelaram em cursos variados da Faculdade de Filosofia, Ciências e Letras, hoje desempenham em cidades mineiras e de outros estados suas missões no magistério. Na próxima edição deste livro, já tendo partido o autor, o conterrâneo que fizer o *aggiornamento* do volume, irá debruçar-se sobre este último capítulo a fim de apontar as omissões de registros merecidos, falhas que tomará como imperdoáveis.

Cabe-me assim o direito de defesa a fim de contestar o futuro libelo. Direi da impossibilidade de ser exato, quando se levantam dados sobre personagens, as quais guardam a discrição exagerada sobre o que fazem, ocultando-se na modéstia, no recolhimento, em misterioso silêncio a fim de se esconderem da posteridade.

No capítulo anterior descrevi o destemor de um herói de guerra: Paulo Nunes Leal.

Outro exemplo, em esfera diversa, é o de Pedro Paulo Moreira, que jamais avaliou a importância de seu empreendimento cultural. Edificou em silêncio a coleção *Reconquista do Brasil*, cujos volumes distribuídos em todo o mundo, representam, pelo número de exemplares e qualidade de edição, valioso acervo, indispensável ao conhecimento do Brasil. Seu processo de distribuição pelas bibliotecas de todo o planeta, mediante convênios no exterior, divulgam sobre o nosso País, escritos dos viajantes e cientistas que por aqui passaram, deixando o patrimônio do tempo estampado na história.

Não escondo a emoção de quando encontro este volume presente em bibliotecas européias, registrando as fichas de controle o número expressivo de consulentes.

Apesar de suas atividades editoriais, da mesma forma que seus irmãos Vivaldi e Edson, Pedro Paulo decidiu tecer sua vida no vale do Carangola, adquirindo propriedade em local de rara beleza, como sítio de repouso e reflexão. Do local me recordo, ainda na infância e adolescência, inserindo em minhas lembranças, indelével, permitindo pelo panorama definir toda as vicissitudes do desbravamento do vale.

Prosseguindo, a comunidade jamais deixaria apagar o interesse pela arte, literatura e pela cultura geral.

Na poética continuou por anos a fio a atividade de Britânio Salerno, publicando nos jornais suas poesias parnasianas, revelando a nostalgia do passado irrecuperável. Nos finais dos anos setenta, editava-se o volume de contos, cabendo a João Ubaldo Silva, Lauricy Belletti Rodrigues e Silvio Azevedo os três primeiros lugares no concurso. Rogério Carelli, o pesquisador incansável, lançou no ano 2002 seu meticuloso levantamento das *Efemérides Carangolenses*.

Três prefeitos sucederam-se no decênio de oitenta. Alceu Moyzes Mattos, de julho de 1981 a junho de 1983, Paulo Cezar de Carvalho Pettersen, de junho de 1883 a dezembro de 1885 e José de Oliveira, de janeiro de 1986 a dezembro de 1988. Em segundo mandato o ano de 1989 inaugurou-se com Adinar Monteiro de Paula na chefia do Executivo. Repetiria com a experiência do primeiro mandato e com a longa prática em engenharia, o competente exercício do cargo.

Nos anos noventa, último decênio do século, a pluralidade dos partidos políticos não perturbou a escolha de prefeitos. Roberto Alves Moreira, empossado em 1º de janeiro de 1997, concluindo seu mandato em 31 de dezembro de 1999, fora precedido por Sebastião Carrara da Rocha, de janeiro de 1993 a dezembro de 1996. As gestões assemelhavam-se pela regularidade. Os políticos mantiveram a compostura habitual que a História registra desde os tempos heróicos do Barão de São Francisco. O equilíbrio administrativo, a lição de respeito aos adversários sem recurso ao arbítrio.

O extenso município dos anos vinte reduzira-se à sede e aos três distritos de Alvorada, Lacerdina e Ponte Alta de Minas com uma área de unidade territorial de 356 km^2. Sua população urbana, segundo os números preliminares do Censo de 2.000, é de 31914 residentes, sendo 15628 homens e 16286 mulheres. Na área rural a população é de 7182 moradores, sendo que 3862 homens e 3320 mulheres.[5]

Se tomarmos os dados de 1960, houve um decréscimo do total de habitantes aproximadamente de 3.000 almas (34.923-31914). Quanto à povoação rural, desceu de 22.000 em 1960 para 7182 em 1999.

Por certo já vimos que as autonomias dos vizinhos – e o êxodo rural – revelam a relatividade do ocorrido. Em verdade, toda a região sofreu os efeitos da estratégia iniciada nos anos quarenta e acelerada nos decênios de sessenta a noventa. Um simples elemento retrata a circunstância. Em 1980 a Zona da Mata tinha a participação no PIB de Minas de US$ 34 bilhões, na ordem de 10%, nos finais do decênio caíra para 8,3%. Como se vê, a estagnação ocorreu em toda a Mata Mineira, da mesma forma que o êxodo varreu o interior de Juiz de Fora até Governador Valadares.

Nas informações oficiais sobre o incremento populacional havido de 1970 a 1980 constata-se que os percentuais de crescimento são enormes nos municípios ricos de minério de ferro, atingindo índices elevadíssimos em Ipatinga (213,5%), Contagem (152,1%), Betim (122,5%), Santa Luzia (136,3%), Ibirité (105,0), ao passo que, tratando-se de municípios da Mata, os percentuais são desprezíveis, como em Caratinga (0,24), Além Paraíba (1,4%) e Leopoldina,(1,9%)

Convenhamos em que soou a hora de mudar o perfil do Estado de Minas, voltado de modo prioritário para a produção do ferro e do aço, que irão produzir os bens de consumo, tanto para fins internos como destinados à exportação, a gerar melhores resultados financeiros. Há dez anos, em 1990, os líderes das entidades patronais lançaram o Manifesto que abordava os aspectos da estratégia ultrapassada, reivindicando maior equilíbrio fixado na redução do peso dos produtos primários em seu Pib.[6]

A Zona da Mata seria lembrada para o novo projeto, considerando-se as infraestruturas de educação e saúde existentes em todo o curso do século, a criatividade do mineiro da região, provada nas cidades maiores, como Juiz de Fora, Cataguases e Ubá, por exemplo.

A mudança da capital do País nos anos sessenta, em verdade, esvaziara o Rio de Janeiro dos recursos que a Corte sempre manipulou com os critérios sórdidos, conhecidos por todos. Urgia, pois, emancipar-se, afastar-se do pólo de violência em

---

5. IBGE - http://www1.ibge.gov.br/cidadesat/default.php
6. Durval Campos, *Zona da Mata* in Gazeta Mercantil, Relatório, 25.9.1980.

que se convertera a então metrópole de demagogos e corruptos. Para isso, sem romper de súbito com as bases estabelecidas na região mineradora, urge lançar-se em busca de recursos a fim de que as indústrias de transformação proliferem nas cidades abandonadas, aptas a fornecer toda a infraestrutura que o café deixara consolidada.

Na década de oitenta deu-se sucessão tranqüila na política municipal da mesma forma que a anterior. Não se pode atribuir à condição reflexo qualquer do plano federal ou estadual. A comunidade acatara a aragem de paz pela habitual comunicação da imprensa. Ocorria a transição saudável para a democracia. Lenta e gradual traçada pelos militares no Governo. À medida que os meses passavam, a abertura tornava-se o compromisso em movimento. Quando o governo civil adveio com José Sarney, não ocorreram abalos ou contestações, apesar da morte do Presidente eleito antes da posse.

A população carangolense seguiu a passagem de um sistema a outro, engajada nos hábitos normais de trabalho e lazer, porque em seu microcosmo, exorciza tudo aquilo que a desagrada.

Oliveira Martins definiu Microcosmo: é vida e morte, religião e trabalho e, para além, no recinto doméstico, a esposa, o fogo e o amor, microcosmo é um mundo minúsculo.

No decênio de noventa desabou o gigante soviético de pés de barro, democratizando-se o País com as reformas implantadas por Gorbachov e consolidadas por Ieltsin, demoliu-se o muro de Berlim Oriental e os países satélites livraram-se da tirania, libertando-se do terror militar e policial de Moscou. As estátuas dos ditadores foram arrancadas de seus pedestais de lama e sangue.

No Brasil as forças políticas retornaram outra vez ao curso democrático, os governos civis inaugurando a experiência do sistema presidencialista pelo voto livre desde a base municipal ao vértice federal.

A comunidade participou e participa do processo histórico do País, respeitando as regras do jogo democrático, decepcionando-se com os erros, com a corrupção desvairada que assola o País, mas aplaudindo os acertos quando ocorrem e não deixando a esperança morrer quanto ao nosso destino. De modo que no último decênio do milênio duas gestões na Prefeitura caracterizaram o exercício democrático que a tradição mineira sempre adotou. Roberto Alves Vieira assumiu o posto de Prefeito em l de janeiro de 1997, passando-o a seu sucessor Clério Knupp em 1.1.2001. Despedia-se do século e o ano transcorreu com a habitual tranqüilidade.

Desde 1951 a comunidade não mais contou com representação na Câmara Federal, tendo deputados na Assembléia Legislativa Paulo César de Carvalho Pettersen e Sebastião Costa durante várias legislaturas.

Não recebemos a estagnação de nossa comuna do café como benção divina, mas não nos impressionam as circunstâncias adversas, pois sabemos não ser previsíveis os acontecimentos, nem definitivamente errôneos os desacertos dos governos.

A fatalidade geográfica e não outras razões, inclusivamente econômicas, é que teria decretado a estagnação ou crescimento apenas vegetativo do município outrora progressista, isolando-o na inércia em razão de suas limitações minerais.

Porque, do ponto de vista do futuro, conservando com o zelo o conjunto cultural do apogeu cafeeiro que atravessa os componentes espirituais da simplicidade de seu

PRAÇA 10 DE NOVEMBRO E LARGO DO ROSÁRIO - Nesta foto de 1935, pode-se observar a arborização do antigo jardim do Largo do Rosário.

MANIFESTAÇÃO DAS CATADEIRAS DE CAFÉ CONTRA A COMPANHIA DE FORÇA E LUZ - Incitadas pelos proprietários dos grandes armazéns de café, as catadeiras fizeram esta manifestação pacífica contra o sr. Marone Galoppa, gerente italiano da Companhia Brasileira Industrial de Eletricidade (BRASINDEL) devido os frequentes cortes no fornecimento de eletricidade.

A PRAÇA GETÚLIO VARGAS EM 1938 - Vista da praça, pouco antes de receber a pavimentação. Ao fundo o antigo Cine Teatro Brasil e a estação ferroviária recém-construída.

O INSTITUTO RÁDIO-BIOLÓGICO MINEIRO - O primeiro aparelho de Raio X desta cidade pertencia à Casa de Saúde "Dr. Jonas de Faria Castro" cujos prédios se vêem ao fundo no lado esquerdo. Em primeiro plano à esquerda a casa onde estava instalada a aparelhagem. Junto ao poste, está o Sr. Gabriel Nassar, comerciante estabelecido na vizinhança.

PRAÇA GETÚLIO VARGAS - A praça foi construída em 1938, devido a construção da nova estação ferroviária, inaugurada em 1º de maio daquele ano.

DESCARREGAMENTO DE SACAS DE CAFÉ DESTINADAS À INCINERAÇÃO. CARANGOLA, 25 DE JULHO DE 1941.

PÁTEO FERROVIÁRIO DA ESTAÇÃO NOVA - Nesta foto tirada em 1943, era imenso o movimento de carga e de passageiros, com a chegada e saída de 6 trens diários.

ORQUESTRA SANTA CECÍLIA DA IGREJA MATRIZ - Este admirável conjunto musical se compunha de 11 músicos, 3 harmonistas e 8 cantoras. De pé à esquerda o maestro Virgílio Domingos Ferreira e na extrema direita o Sr. Sebastião Mineiro.

O BRIGADEIRO EDUARDO GOMES NUM COMÍCIO EM CARANGOLA - Momento em que o candidato da UDN proferia o seu discurso na Praça Getúlio Vargas.

A CHEGADA DO GOVERNADOR JUSCELINO KUBITSCHEK - Momento em que o Governador ladeado pelo Prefeito João Bello de Oliveira Filho e o Dr. Francisco Duque de Mesquita era saudado pelos estudantes presentes. Um pouco atrás os membros da comitiva e os Srs. Jonas Esteves Marques e Armando Imbelloni.

JANTAR COMEMORATIVO DO ANIVERSÁRIO DE GETÚLIO VARGAS - Pela passagem do natalício do Presidente, a alta sociedade carangolense se reuniu no Clube Carangola.

GRUPO DE CONVOCADOS PARA A GUERRA - Dos 35 primeiros convocados para a guerra, residentes nesta cidade, 17 fizeram questão de posar para esta foto, como lembrança para um futuro, na época bem incerto. Deste grupo, dois iriam lutar na Itália integrando a Força Expedicionária Brasileira, Alfredo da Silva Pinho (Fervedouro) e Wellington Lacerda (Carangola).

MISSA CAMPAL DE REQUIEM PELAS VÍTIMAS DOS AFUNDAMENTOS - Os ataques desfechados contra navios mercantes, causaram a morte de 900 brasileiros, entre tripulantes e passageiros. Esta missa foi celebrada no dia seguinte ao da declaração de guerra, por iniciativa do Prefeito Municipal Dr. Waldemar Soares.

BANQUETE EM HOMENAGEM AO GOVERNADOR BENEDITO VALADARES - Vista do interior do Cine Teatro Brasil durante a realização do banquete em homenagem ao governador e sua comitiva.

O RETORNO DOS VOLUNTÁRIOS - A foto mostra a chegada do trem que trouxe de volta os voluntários carangolenses que estavam ocupando Cachoeiro de Itapemirim. Junto aos vagões necessários foram acrescentados dezenas de vagões vazios.

A GUARDA CIVIL DE CARANGOLA - A foto mostra parte do efetivo da Guarda Civil, pouco antes de embarcar junto a um contingente destinado a ocupar Porciúncula, Natividade e Itaperuna. Ajoelhados o Delegado tenente Orozimbo Corsino e o Comandante da Guarda Izaltino de Jesus Martins.

povo, de sua arquitetura, de seu traçado urbanístico, jamais se perderá a história do intento malogrado, quando todos os seus filhos, os presentes e os que partiram, imaginavam a comuna encantada.

A compostura jamais manteve a comunidade ao arrepio do modo de vida, a cortesia encontrou o seu pouso na condição da mineiridade, simples em tudo, no passeio pela praça, no silêncio da noite, no cumprimento ao vizinho, no simples aceno ao cidadão conhecido. Tudo natural e sem afetação. Em cada pessoa, há sempre o elo com o passado, a lembrança, o vínculo que persiste.

Quando na minha vida distante defronto-me com um jovem conterrâneo, naturalmente não o conheço, mas ao saber de seu sobrenome, digo-lhe sempre os nomes de seus avós, muitas vezes os pais, ou tios e até bisavós, formando-se a cadeia da estima desde raízes que ele de quando em vez ignora.

Exprimindo-me filosoficamente não poderia esquecer o conceito de Vico, no passado, e Voegelin, no presente, ao definir a sociedade humana a partir de um pequeno *cosmo*, tornado transparente pelo significado que, de dentro lhe conferem os seres humanos, os quais continuamente a criam e a perpetuam como modo e condição de suas auto-realizações.

APÊNDICE

A Pré-História

Localizada no S. E. de Minas Gerais está a Zona da Mata, compreendendo uma área terrestre da ordem de 34.899 Km² ou 5,95% da superfície total do Estado. Corresponde-lhe o trecho mais rebaixado dos planaltos formados pela Mantiqueira, entre os maciços do Itatiaia e do Caparaó. O relevo apresenta-se ondulado, alcançando alguns níveis 900 metros de altitude. Apoiada em Preston James, Amélia Moreira observa que a transição entre esses diversos planaltos não se fez de maneira violenta, porém, tomando às vezes, o aspecto de uma flexão para os níveis de 500-800, 1000-1100 metros, na região de Santos Dumont[1].

Pouco se sabe da evolução do modelado desses planaltos. Nos cristalinos, salienta-se a rede hidrográfica. Extensos alvéolos alternam-se com estreitamento nos vales, formando-se quedas d'água no fundo das encostas íngremes, onde aflora o leito rochoso. Erguem-se nas fronteiras da Mata com o Estado do Espírito Santo, próximas a Carangola, as elevações da Serra do Caparaó, compreendendo o pontão da Bandeira, com 2.890 metros de altitude.

Durante o século dezoito, era a Mata denominada Áreas Proibidas. A administração metropolitana vedava o povoamento, por motivo de política fiscal, a fim de proteger o erário. Procurava-se manter a ligação da zona mineradora ao Rio de Janeiro apenas por uma rota com o fito de resguardar a Coroa do descaminho e do contrabando. Havia a consciência do papel protetor das florestas, haja vista a referência do Governador Luís da Cunha Meneses a tais sítios: sertão para parte do leste, denominada Áreas Proibidas, para servir esta capitania de barreira natural contra a fraude.

Da circunstância resultaria conservar-se convizinha ao litoral fluminense, durante século e meio, a floresta virgem apenas habitada por índios e animais. A tira de selva, muito estreita nas imediações de Mar de Espanha, ia se alargando para o norte até juntar-se à imensa floresta capixaba. Matas impenetráveis por vales e montanhas, cobrindo os flancos e cumes das serras e formando um obstáculo ao povoamento dos sertões orientais de Minas.

O território era habitado por índios. Após a fundação do Rio de Janeiro, seguida de seu desenvolvimento, eles começaram a afastar-se, sobretudo os numerosos e aguer-

---

1. *Geografia do Brasil, Região Sudeste* — volume 3 — IBGE, Rio, 1977 — Amélia Nogueira Moreira e Celestina Camelier — p. 14/17.

ridos tamoios. A colonização, desimpedida a área de perigo, marchou com relativa rapidez até o Baixo Paraíba. Aí estancava o avanço branco.

De diversas nações eram os selvagens habitantes da região. Eles foram descritos por Von Martius e Ehrenreich como afins aos antigos goitacás, habitantes das planícies ao sul do rio Paraíba. A tendência atual é localizá-los no grupo jê. Acordes neste juízo vários antropólogos[2].

Incluídos os goitacás nessa categoria, teriam marchado do Oeste, isto é, das proximidades do leito do São Francisco para o leste do litoral. Do trato costeiro foram mais tarde expulsos pelos tupis-guaranis. Em período remoto teria havido secessão na comunidade tribal, em face da diferença de linguagem observada por Karl von den Stein. Vicissitudes das lutas intestinas acabariam criando diferenças de caracteres físicos.

Não se pode admitir como ponto pacífico a origem desses silvícolas. O vocabulário comum a que recorriam evidenciava a influência tupi. Já os coropós possuíam linguagem diversa. Nelson Coelho de Sena supunha que os croatas e os puris tivessem vindo de Goiás, passando pelo Triângulo Mineiro e territórios paulistas e fluminenses, tendo ascendência tupi. Também Maximiliano observara a afinidade entre os dois. Tal opinião foi perfilhada por Ferreira de Resende, que conheceu no século passado os núcleos indígenas em Leopoldina. O memorialista referia-se às observações de Varnhagen a respeito da semelhança de aimorés de Porto Seguro com os puris. Aqueles também não construíam tabas nem tujupares; não conheciam a rede e dormiam no chão sobre folhas; não agriculturavam, andavam em pequenos magotes; não sabiam nadar, mas corriam muito, falando uma língua inteiramente desconhecida e eram antropófagos. As informações de Varnhagen coincidiam com os costumes dos puris, exceto na parte relativa ao horror à água e ferocidade antropofágica. Os da Mata eram ótimos nadadores[3].

Posto que todos se assemelhassem, eram os puris, de modo geral, baixotes, entroncados e, não raro, musculosos. Maximiliano descreveu-os de cabeça grande, rosto largo, maçãs quase sempre salientes. É, pois, quase certo de que faziam parte das antigas populações da costa brasileira. Expulsos pelos portugueses, internaram-se nas florestas próximas. Temendo, depois, os tamoios dispersos, empreenderam a marcha de embrenhamento, servindo-se dos afluentes do Paraíba do Sul. Pelo Pomba alcançaram as fraldas da Mantiqueira. Pelo Muriaé atingiram o vale do Carangola, espalhando-se por suas planícies e serras[4].

Diogo de Vasconcelos exara o roteiro selvático em direção ao Pomba, Miragaia, Serra da Onça e Piranga, a partir do vale interior do Paraíba. Os relatos do Padre Manoel de Jesus Maria e Guido Marliére confirmam a hipótese.

Na direção ocidental rumam os selvagens. No século XVIII mantinham-se nas cercanias de Leopoldina. Por todo o sertão do Pomba estavam os coroados e coropós.

---

2. Pinto, Estevão. *Os Indígenas do Nordeste*, Companhia Editora Nacional, São Paulo, 1935, p. 129. Ramos, Artur. *Introdução à Antropologia Brasileira*, v. 1°, Casa do Estudante do Brasil, Rio. 1951, p. 112.

3. Ferreira de Resende, F. P. *Minhas Recordações*, Liv. José Olympio, Editora, Rio, p. 387.

4. Mercadante, Paulo. *Os Sertões do Leste, Estudo de uma Região: A Mata Mineira*, Zahar Editores, Rio, 1973, p. 27/36.

Porém os indígenas se degradavam. A descrição que deles fez Saint-Hilaire, em 1816, já demonstra que eram meros rebutalhos dos antigos guerreiros. Desagradáveis, preguiçosos e indiferentes, perambulando a esmo nas florestas, sem conservarem habitações fixas.

À margem esquerda do rio Pomba encontravam-se então, em estado primitivo, índios coropós em porfia com os puris. O Príncipe Maximiliano visitou os últimos na cidade fluminense de São Fidelis. Eram baixos. Em geral, homens, como mulheres, robustos e de membros musculosos. Viajando para o norte, teve também notícias deles pelas vertentes do Muriaé.

Os puris, habitantes do vale do Carangola, distinguiam-se dos coropós. Ferreira de Resende deixou-nos algumas páginas sugestivas. Descreveu-os pacíficos, vivendo em estado de completa nudez. Desconheciam a rede, fazendo leito da própria terra. Não possuíam tabas, limitando-se as suas habitações a pequenos ranchos de beiradas ao chão e que não passavam de duas simples forquilhas fincadas à terra. Sobre elas atravessavam um pau em forma de cumeeira e sobre esta depois se encostavam alguns outros paus, "que fazendo às vezes de caibros, e sendo afinal cobertos com qualquer coisa sobre o qual a água pudesse correr, vinham por este modo a ficar servindo ao mesmo tempo de teto e parede. Tais ranchos eram fracos e grosseiros, cobertos de folhas de palmitos.

As mesmas condições de vida em Leopoldina observavam-se no Carangola, na Cachoeira do Boi e em Faria Lemos. Segundo relatos de velhos moradores, viviam da caça e da pescas[5]. Para lambaris e peixes pequenos, faziam uso de uma linha sem anzol com isca de algumas minhocas amarradas. Quando tentavam peixes maiores, em águas mais volumosas, recorriam à rede, feita com fio de tucum ou embira que se extrai da embaúba branca. Nada plantavam. Ignoravam a agricultura. Procuravam, porém, o mel de abelha, frutos de árvores, raízes. Usavam muito os carás, principalmente da caratinga, espécie mais dura que a comum. Arrancavam-nas da terra com qualquer instrumento que aparecesse e muitas vezes com as próprias mãos.

Não dispunham para atividades senão da pedra de raio, que engastavam num pau, como instrumento primitivo. Facas, foices e arcos de barril só posteriormente lhes foram dados pelos adventícios e rapidamente aprenderam a manejá-las.

Eram grandes corredores. Entregavam-se à caça com rara agilidade, pela mataria, com arco e flecha, feitos de pontas de taquaras, quicê e ubá, e agachados, caçavam veados, antas, porcos-do-mato, pacas, cutias, jacus etc.

Do ponto de vista da cultura, encontravam-se na fase paleolítica. Furavam grande parte deles a orelha e os lábios, pintavam o corpo com tinta azul. Também não tinham qualquer idéia de propriedade.

Quando os primeiros sertanistas e aventureiros alcançaram o Carangola, milhares espalharam-se pelo vale. Por volta do terceiro decênio do século passado, com as entradas e roçados, o recrutamento para o trabalho modificou o quadro primitivo. Tanto o agricultor, o catador de poaia e o caçador necessitavam da ajuda do selvagem.

---

5. Depoimentos de anciãos na década de quarenta e cinqüenta. José Funchal, Estevão da Silva, Severino Fraga.

Entretanto não se submetiam à disciplina do eito. Muitos fugiam em direção à floresta capixaba, já que no Oeste estavam os botocudos, velhos inimigos. Os que ficavam, sofriam as conseqüências de outra terrível desgraça: o desmatamento. À medida que a lavoura se desenvolvia, as queimadas alargavam-se e as florestas reduziam-se. O indígena tinha, pois, diminuída sua reserva de caça, o que lhe aumentava a dependência do aventureiro e do agricultor. A miséria fazia com que se aproximassem dos núcleos civilizados para receberem por pequenos trabalhos a fatídica recompensa da cachaça. Incapazes de fixação ao solo, outra vez escapavam e partiam à procura da vida agreste.

Quando Alexandre Bréthel residia em Tombos, por volta de 1863, o número de selvagens diminuíra para algumas centenas, espalhados em pontos diversos do vale[6]. No final do século contavam-se já poucos aldeamentos. Segundo os depoimentos tomados pelo autor nos anos quarenta, havia grupos perambulando ainda nas matas que circundavam São Francisco e Divino. Também nas imediações da Cachoeira do Boi existia um núcleo primitivo. Apresentavam-se em lamentável decadência, já degradados pela bebida. Era o final melancólico dos antigos guerreiros e caçadores, assim condenados pelo branco civilizado.

6. Massa, Françoise, op. cit. p. 175.

COLUNA SOCIAL

(Século XIX)

Grande Baile

Realizou-se no dia 13 do corrente o baile offerecido ao Dr. Manoel José da Cruz e sua Exm.ª consorte, no grande salão da Intendencia, o qual foi caprichosamente preparado com finas e custosas ornamentações: as janellas revestidas de alvas cortinas entrelaçadas com fitas de côr carmesin; magestosos reposteiros de velludo escarlate com franjados de seda branca ornamentavam as portas; grandes espelhos *bisauté* e riquíssimos quadros a óleo guarneciam as paredes; sobre o portico da entrada do salão estava magnificamente assentado um magestoso emblema, em forma de escudo, onde lia-se os nomes de Esculápio Hypocratis e Dr. Manoel José da Cruz cercando o symbolo da medicina. Bem preparado coreto para a orchestra que foi habilmente regida pelo maestro Raymundo Lucas.

As 7 horas da noite achava-se, então, o salão illuminado por innumeros lampeões de alto preço; parecia um palacio de fadas, ou uma destas habitações do oriente de que nos falla Dumas no seu Monte Christo. A frente do edificio toda illuminada; a entrada, em todo corredor formava uma espécie de gruta enfolhada e illuminada à *flambeaus* davam-nos a ideia da entrada da caverna dos inimitaveis foliões Tenentes do Diabo. A elegancia do *toilet* tinha um *chic ravissant*; preparado especialmente para o bello sexo que ali juntava-se para endireitar uma flôr, tocar as madeixas que mais ou menos desprendia-se pela evolução do torbilhão da walsa.

As 8 horas da noite o maestro deu aviso pela batuta a seus companheiros para a execução de uma overture; empunharão os instrumentos e executaram magistralmente uma fantasia sob motivos da grande opera *Beatrice de Tenda* do immortal sentimentalista Bellini, cujo arranjo é devido á pena do maestro Raymundo. Foi auxiliada a orchestra pelo maestro Guilherme Damaceno. Ao terminar da execussão repercutio em todo salão uma salva de palmas.

Começou o baile às 9 horas com a maior animação possível.

O belo sexo estava muito bem representado pelas mais elegantes e bellas moças do Carangola, que com invejável capricho e bom gosto estavam trajadas.

Os cavalheiros, garbosos, e elegantes nos seus *aplombs* mostravam o talhe de seus aprimorados vestuários.

O serviço do *bufet* foi esplendoroso, copiosamente servia-se em ricas taças o champanhe, e ali na mais sympatica convivencia trocaram-se muitos brindes e saudações por entre inspirados improvisos.

Terminou a grande festa em homenagem ao Dr. Manoel da Cruz as 4 horas da manhã, quando os convivas cheios de satisfação e saudades retiraram-se para suas casas levando em seus corações o prazer de ter concorrido para tão meritória ovação.

Esta redacção envia ao preclaro medico os parabens pela influencia real que gosa no Carangola, influencia obtida pelo talento e pela grandesa d'alma de tão util cidadão.

A LAVOURA / Carangola, 14 de setembro de 1890.

ARTIGO DE 1ª PÁGINA

S. Excia. A Carabina

> "A vida do cidadão constantemente exposta a riscos; a honra das famílias sujeita aos mais impiedosos ultrages; a propriedade individual entregue à cubiça de uma horda de salteadores insuspeitos à policia; ninguem se arriscava já á alevantar a voz, no meio da apathia geral, e o vicio e o crime, numa orgia louca, afastavam, dia a dia, as fronteiras do seu domínio, pela fatalidade cega de sua expansão incoercivel."
> J.B.M.

Poucos, bem poucos poderão avaliar o papel saliente que, na vida accidentada da politica de certos Maioraes do interior, desempenha S. Ex. a carabina. Para se ter uma idéa nitida do quanto póde este auxiliar poderosissimo basta, tam só, que volvamos as nossas vistas para o tão fallado e nunca assaz decantado Goyaz — Tenho comigo que não será um paradoxo avançar que, a força unica que ascendeo certos homens, em Catalão, ás culminancias do poder, foi unica e exclusivamente, a força que dimana da carabina.

Vá aqui, entre parenthesis, uma ligeira observação: não é intento meu enquadrar no grupo dos que sobem por meio da força bruta, todos os políticos de Catalão. Felizmente é copioso o numero daquelles que, graças a uma politica de paz e trabalho, são, hoje, rememorados com saudades. Não eram todos animados desta curiosa sêde de mando que fazia e faz, terem alguns delles, engajados nas suas propriedades, para cegamente correrem as suas ordens, os typos expurgados do convivio social, pela justiça.

Isso posto, está fechado o parenthesis. Vencerá, numa polemica, o dissidente de argumentação architectada de accordo com as velhas regras escolásticas do syllogismo. S. Ex. a Carabina que nunca estudou Logica, vence e convence.

Ante um adversário desta especie ninguem vae de encontro. As idéas, os conceitos que elle defende são acatados por todos, pois, assim o ordenam os preceitos rudimentarissimos da prudencia e do amor à vida.

Dahi a necessidade de a magistratura, em Goyaz, pautar a sua acção consoante o capricho dos Maioraes; de os homens de trabalho e responsabilidade moral tornarem-se cúmplices destes Vampas que, acommettidos da nevrose do mando, procuram attinjir os seus fins sem olhar os meios. Obstáculos legaes que, acaso, se lhes deparem, são removidos com o coice das armas assassinas. Assim, vão por agua abaixo, num desmoronamento humilhante as regalias constitucionaes e o homem vê cerceada a sua ampla liberdade de acção.

Si algum espírito audaz levantar-se contra estes attentados, responderá, a vida, pela audácia do imprudente.

Felizmente, taes successos não mais se desenrolam em todos os municipios do vasto Estado; innúmeros são os que escapam a sanha destes chefes políticos que apenas sabem desenhar o nome. Mercê de Deus, não será longe a epoca em que, por sempre supplantado êste regime de incompetencia, não mais veremos, ligados á vida politica de Goyaz homens que não sabem por que casualidade physiologica andam de dois pés.

GAZETA DO CARANGOLA / Carangola, Minas, 26 de maio de 1918.

EDITORIAL

Corrupção politica

"A politica, entre nós, em vez de ennobrecer-se com a liberdade, em vez de identificar-se com a opinião, tem sido sempre uma violação acintosa às nossas instituições representativas, uma traição systematica á consciencia publica, um desafio constante levado á face da soberania nacional."

Estas palavras, com que o grande mestre e inconfundivel modelo da nossa linguagem, fustigava na segunda metade do seculo passado os desmandos da corrupção politica, reflectem em toda a extensão, nos dias que atravessamos, a *facies* do regime. Os juizos que ahi se enquadram denotam tamanha copia de actualidade que, no espirito do leitor desprevenido, se gera a convicção de haverem defluido da penna de um panfletista de nossos dias.

As gerações brasileiras assistem, desesperadas, num caracteristico estado de septicismo, tão próprio das sociedades decadentes, a essas antinomias entre a liberdade e a autoridade, geradas, por sem duvida, da impossibilidade deste curso progressista a que tendem os aggregados humanos. Os a quem o povo, com uma inconsciencia automatica, guinda ás cumiadas da magistratura, se limitam á inercia de uma improficuidade criminosa. A maioria, por força da capacidade mental, não visualiza as medidas que merecem postas em pratica para oppôr uma barreira á dissolução que tudo avassalla; os poucos, mentalmente aptos a propugnar pela reivindicação dos principios que constituem a essencia do nosso regime, não tem a coragem cívica de desagradar meia duzia de mandões que se arrogam o direito de impellir o paiz para o abysmo. E, por força dessa apathia criminosa, cuja causa se synthetisa na ignorancia e na covardia, se explica o abastardamento do regime e o servilismo das consciencias. Triste caracteristica da *facies* de uma nacionalidade: assistir em vida às varias phases de uma decomposição que se iniciou ao nascedouro.

Não exaggeramos: os factos concretos ahi estão, ferindo até as próprias retinas apagadas.

Negal-os, só por uma contradição infantil.

No respeitante, por exemplo, á liberdade de pensamento retrocedemos ás epocas primévas do Brasil colonial.

Acabou-se a critica aos actos dos homens publicos. Restringem a liberdade de pensamento com a sancção de leis dignas de figurar nos velhos codigos chineses.

Retrogradamos, numa contrariedade formal ás leis reguladoras da evolução dos institutos que caracterizam certas modalidades da humana civilização.

Philippe Dupin, em seus "Plaidoyers", escrevia, no seculo passado: "há uma classe de pessoas que mais que outra qualquer está obrigada a resignar-se á critica de seus actos: é a dos homens que se acham encarregados da direcção dos negocios publicos".

"A vida publica, dizia J. Favre, pertence ao julgamento de todos, que poderão critical-a, sem mansuetude, mas com franqueza de palavra, com liberdade de pensamento e com os ardores da paixão."

Apulchro de Castro, nos derradeiros annos do seculo passado, arrogava-se o direito de bolçar as suas contumelias por sobre os degráos do Throno; em nossos dias, é temeridade discriminar os pellos brancos da barba que ornamenta a face da figura intangível de Cesar Washington Luis...

Faz-se mister uma reacção séria e efficaz que venha de molde que sacuda o paiz desse lethargo. Novos horizontes precisam ser desvendados á nacionalidade brasileira. E somente a pratica dos são principios politicos, finalidade do Partido Democratico, descortinará dias felizes a essa pobre terra. Congreguemos nossos esforços numa só aspiração. É preciso despertar, despertar para luctar, luctar para subir, para progredir, "*Á de certaines heures, en de certains lieux, à de certaines ombres, dormir, c'est mourir*".

Esta vasta feitoria que, para os effeitos geographicos, tem o nome de Minas Geraes, mercê da sua extensão territorial, encerra pontos e regiões que parecem deslocados do seu seio. De facto, o habitante de Carangola está tão alheio ao que se desenrola em Caratinga, ou noutro qualquer municipio da Zona da Matta, como indifferente ao acontecimento que tenha por theatro qualquer ponto longinquo do interior de uma das ilhas da Micronesia. Dir-se-ia até que, por força de uma lei ainda não determinada, os municipios se repellem. É que a incuria dos governantes attinge as proporções inauditas da fabula.

Ao envez de tratarem da factura de estradas ligando as ferteis regiões dessa infeliz matta de Minas, despendem o tempo na discussão de leis estereis attinentes ao augmento dos impostos. Tenha-se vista, *verbi-gratia*, a rectificação do lançamento territorial, ha pouco levado a effeito. Commetteram essa incumbencia a um velho que, certo dia, aqui aportou.

O famigerado representante do fisco abancou-se a uma das toscas mezas que atravancam o infecto cubiculo onde funcciona essa entidade que se acoima Collectoria Estadoal, e, daquelle retiro nauseabundo, em poucos dias, desobrigou-se do encargo criminoso. Ora, em taes condições, a acção do Cerbero fiscal só podería redundar nesse descalabro que estamos a ver.

Tractos de terras localizadas em pontos distantes de districtos afastados da séde, que vendidos em hasta publica são arrematadas por quantias irrisorias, foram avaliados por um preço simplesmente phantastico. E, por isso, vemos esse espectaculo comico e doloroso: o contribuinte que em virtude de lançamentos anteriores, estava adstricto a pagar, por exemplo, 30$000, hoje, vê o mesmo tributo augmentado para 180$ ou 200$. Decididamente, o ilustre rebento dos Andradas, de quem tudo se esperava, tanto que ascendeu ao pinaculo governamental, finalizara o seu mandato confiscando, em proveito do Estado, as mesmas propriedades dos infelizes lavradores.

GAZETA DEMOCRÁTICA/Carangola, 9 de outubro de 1927.

EDITORIAL

Um democrata de sobremesa...

Este nome, que deveria ser o de pantomima de mambembe, em villegiatura num fundo de província estagnada e sensaborona, é, na realidade, o epitheto que nos sugere um lânguido presidente de estado, que se aventura, mêses e mêses, em viagens movimentadas, para se exhibir, devorando banquetes e arengando romanticamente sobre logares comuns de democracia.

Engulir bons pitéos e desafiar liberalismos balofos não é, de resto, o que se pode chamar uma originalidade. Desde os tempos do falecido Mello Vianna, as viagens e os banquetes têm sido sempre temperados com um delicioso molho democrático. Nas excursões presidenciais pelos quatro cantos de Minas, muitas vezes tem surgido, entre mastigações de peru com farofa, admiráveis chavões, já usados nas sólidas épocas em que o emphatico Mirabeau assombrava as Assembléas com o seu vozeirão de Quasimodo meetingueiro. Mesmo o severo João Pinheiro, com a sua dyspepsia sectária, não conseguiu furtar-se á influencia dos brodios sobre as exhibições democráticas; assim é que o "senso grave da ordem", "Minas é um povo que se alevanta' e phrases outras, como essas, de uma vulgaridade dos fins de banquete, em que a gente, de alma leve e estomago feliz, é capaz de afirmar, com a maior convicção deste mundo, que "os governos democráticos são os mais liberaes" e que "a democracia é o governo do povo pelo povo". De facto, ha uma consonancia admiravel entre os estomagos cheios e os pensadores liberais.

Eça de Queiroz, que era um sybarita amante das boas comidas, costumava dizer que Horacio, filho delicado de Epicuro, não cessou de cantar honestamente a garrafa e o prato. E se não fôra o receio de alardear erudição massuda, nós lembrariamos que Marcial dedicou um de seus livros mais desconcertantes ao que se come e ao que se bebe, e que Catão, com toda a sua dignidade ranzinza, muito escreveu sobre as delicias da couve e sobre a sua influencia nos costumes de Roma. Todo faminto é um despota incubado. O individuo superiormente alimentado fica ao contrario propenso ás loquelas da liberdade. Um banquete á brasileira, com leitão assado e arroz de forno, infiltra mais democracia em nossos governantes do que duzentos annos de Revolução Francêsa. As grandes sonoridades democraticas, com que os presidentes enganam o povo, nasceram sempre entre dois arrotos. Os modernos chavões liberaes, gastos e regastos em politica, são inspirados menos nos Encyclopedistas do que nos Cosinheiros. Hoje, como fonte de democracia, uma pagina de Rousseau não vale nada ao pé de um jantar preparado por Alvino Guarnição. Qualquer presidente de Estado, quando engole a sopa, póde ter os instinctos de Carlos IX. Mas, sorvida a sopa inicial, depois de metter para as goelas, em garfadas lentas, toda essa confusa e solida argamassa da cosinha internacional, o seu coração começa a derreter-se em molezas liberaes e, de envolta com os vinhos generosos, sobem-lhe do estomago para a cabeça, numa eruptação incoercivel, os primeiros gazes da democratice engurgitada. E, ao chegar á sobremesa, quando mastiga, com vagar burguez, o queijo austero e a ingenua goiabada, o tyranno é um Bonhomme Richard, que repete frases ensebadas de Lamartine com a gravidade de Mr. Homais.

Ora, o sr. Antonio Carlos, mercê dos seus luxos de attitude, dos seus habitos decorativos e majestaticos, da sua intelligencia solerte e machiavelica, dos seus pudores de fim de raça, desde que trepou ao Palacio da Liberdade, não deixou de attrahir sobre si as sympathias do povo, sympathias vagas e enternecidas de um povo que espera, ingenuamente, a verdade democrática, — como se este neto de preceptores de principes soubesse o que é democracia.

O povo está, como se vê, malbaratando as suas sympathias, pois que, desde que entrou para o governo, o fino sr. Antonio Carlos, pela sua faina viajeira e gastronomica, só tem revelado que existem em si os germens de um turista e de um glutão. Quando se pensa encontrar um democrata, — encontra-se um passeiado. Quando se procura um liberal, — acha-se um comilão. Realmente, neste governante, quantas viagens e quantos banquetes.

Só nesta melancholica metade de anno, temol-o visto, sorridente e terno, passeiar a sua pose de Apollo encanecido pelos campos fartos do Triangulo Mineiro, devorando perús em Uberaba, mastigando leitôas em Araguary, comendo croquettes em Monte Alegre, engulindo empadas em Uberabinha, empanturrando-se de tutú de feijão e lombo de porco nesses feudos longínquos onde o sr. Alaor Prata e o sr. Leopoldino de Oliveira jogam as cristas. Temo-lo visto, languido e risonho, nas terras pingues do Sul, degustando, em Itajubá, os bagres do sr. Wenceslau Braz, triturando, em Ouro Fino, os mocotós do sr. Bueno Brandão, amassando em Aguas Virtuosas, os pirões do sr. João Lisbôa, deglutindo, esmoendo e arrotando em Christina, Varginha, Machado, Campanha, etc. os pesados jantares com que diverte o seu presidencial pandulho. Tudo isto, sem falar nos opiparos banquetes que S. Ex., com razoavel apetite, tem comido em Juiz de Fora, Barbacena e Rio de Janeiro.

Este illustre presidente é, assim, um democrata de sobremeza.

As suas phrases plasticas e liberaes, essas phrases impregnadas de tolerancia e de democracia, não são um produto do pensamento elaborado no microcosmo do cerebro: são emanações gazosas, que sobem dos intestinos. S. Ex. não imita Marco Aurélio. Mas parodia Vitellio. Não lê Montesquieu. Mas decora Brillat Savarin. Não conhece a Encyclopedia. Mas tem relações com Pantagruel. Entre o ideal e um prato de torresmos, opina sempre pelo torresmo. Não teme as revoluções, mas se apavora com as dyspepsias. Tem melhorado os guardas civis e os guardas nocturnos. Mas prefere os guarda-comidas. Não conjuga o verbo *rapio*. Mas flexiona o verbo *manduco*.

Ora, por todas essas ponderaveis razões de ordem culinaria e gastronomica, o illustre presidente de Minas, usando um liberalismo de sobremesa, não corresponde, de todo em todo, ás sympathias com que o povo o acolhe.

E como poderá S. Ex. fazer democracia, se está sempre occupado em fazer digestões?

GAZETA DEMOCRATICA / Carangola, 19 de Maio de 1928.

CONCURSO DE BELLEZA

A sociedade carangolense continúa a mover se no sentido de aclamar sua Rainha da belleza.

O nosso concurso, que será encerrado no domingo anterior ao do carnaval, tem despertado grande interesse.

A votação parcial até hontem recebida é a seguinte:

Eloah Godoy	131	votos
Julia Ferreira	124	votos
Lourdes Villela	72	votos
Cacilda Imbelloni	62	votos
Conceição Cazuza	56	votos
Luzia Rastelli	27	votos
Sylvia Azevedo	26	votos
Penha Guimarães	25	votos
Olga Haddad	25	votos
Enedina Imbelloni	23	votos
Dinita Sabido	22	votos
Glorinha Guedes	19	votos
Maria P. Martins	14	votos

Yolanda Pagano, Aurea Carvalho e Maria Lina de Paiva, 10; Emilia Morando, 8; Nina Carvalho, 5; Ruth Sabido, Iracema Pereira e Eneida Gomes, 4; Lourdes Machado e Hilda Pinto, 3; Luzia Farage e Cecilia M. Frossard, 2; Elvira Barros, Adaily Ferreira, Ida Pistono, Maria Nassar, Palmyra Salermo, Maria das Dores Portilho, Nilsa Maria, Maria Morra, Líca Ramalho, Sylvia Ferreira, Nair Hosken, Djanira Frossard e Aurea de Mattos, 1.

NOTÍCIA POLICIAL

Um Conflito no Barracão

Na noite de sabbado para domingo ultimo, estando os guardas civis, José Rosa de Freitas, n.º 505, e José Chagas Reis, n.º 528, rondando nas proximidades de um baile da ralé, no bairro "Barracão", desta cidade, viram o desordeiro Antonio Sapicunga espancar brutalmente uma mulher. Indo admoesta-lo, foram aggredidos por Sapicunga que, puxando de um revolver, alvejou os dois guardas, os quaes só por milagre não morreram. Com o panico estabelecido, varios populares, indignados com o procedimento do desordeiro, puzeram-se ao lado dos guardas, e, numa verdadeira fuzilaria, reagiram contra Sapicunga, prostando-o sem vida.

Os dois guardas que agiram com toda a prudencia, têm a seu favor toda a opinião publica, pois sobre ser Sapicunga um desordeiro perigosissimo, elles tiveram toda urbanidade e agiram com calma.

É preciso, de uma vez por todas, que o delegado de policia, afim de evitar scenas como essa, cohiba, por todos os modos, esses bailes da ralé, onde se reunem os peiores desordeiros de Carangola.

Gazeta Democratica / 16 de junho de 1928.

EPISÓDIO POLÍTICO DA CONSTITUINTE MINEIRA

Novo regime tem história mineira
Assembléia de Minas já quis Parlamentarismo (sem êxito) há 14 anos.
Primeira de uma série de reportagens de Nelson Cunha

Se a oposição parlamentar mineira levar a cabo seu propósito de importar para o nosso Estado o regime parlamentarista, apresentando uma emenda nesse sentido, nada mais fará do que plagiar uma tentativa feita, 14 anos atrás, na mesma Assembléia Legislativa de Minas Gerais.

Na vida política do Estado não é novidade o esforço de se implantar aqui o regime parlamentarista. Ao contrário, a idéia remonta a 1947, quando a Assembléia Constituinte elaborou a atual Carta Magna. Com mais precisão, foi exatamente no dia 2 de abril de 1947, quando se discutia na Comissão Constitucional o capítulo "Do Legislativo", que o deputado (já falecido) Xenofonte Mercadante apresentou o dispositivo parlamentarista.

Detalhes gravados

Os artigos caíram, mas de sua discussão na Constituinte ficaram gravados detalhes interessantes. O sr. Tancredo Neves — hoje o homem mais forte dentro do novo regime — naquela reunião histórica "não tinha ainda opinião formada sobre o assunto". Já o udenista Oscar Corrêa (atual Secretário da Educação) nessa ocasião favorável à tese da aplicação do parlamentarismo nas unidades da Federação (embora com algumas restrições) hoje certamente será contra a emenda que a oposição elabora e pretende apresentar na Assembléia, justamente com tal objetivo.

O objetivo desta reportagem retrospectiva é mostrar o que foi a primeira tentativa de se colocar Minas Gerais sob o parlamentarismo.

Tentativa frustrada, naquela época, mas que hoje tem possibilidades concretas de êxito, tendo em vista o Ato Adicional recentemente aprovado pelo Congresso e que retira o país da órbita do presidencialismo.

Os artigos

Por inspiração do sr. Xenofonte Mercadante, a chamada 2ª Sub-Comissão da Grande Comissão Constitucional apresentou naquela reunião de abril de 47, presidida pelo Sr. Tancredo Neves, os dois artigos a serem incluídos entre as atribuições do

Legislativo e que representam, em última analise, a essência do mecanismo parlamentarista. São eles:

1 — "Aprovar, por maioria absoluta de seus membros, a nomeação dos secretários de Estado" e

2 — "Provocar, por maioria absoluta, a demissão do secretariado do governo, votando a moção de desconfiança."

Em síntese, estes dois dispositivos (que não prevaleceram) são os mesmos que seriam apresentados agora pelo sr. Manuel Costa, deputado pessedista com o objetivo de introduzir em Minas o regime que prevalece na esfera federal.

Além do carangolense Xenofonte Mercadante, integravam a Sub-Comissão — encarregada de elaborar a parte atinente ao Poder Legislativo — os deputados Armando Ziller, do PCB e Cesar Soraggi, integralista que concluiu seu mandato na bancada da UDN. Os antigos parlamentaristas colocados em discussão naquela reunião acabaram por ser derrotados em consonância com uma proposição do deputado Júlio de Carvalho, no sentido de serem os dispositivos suprimidos da nossa Carta Magna.

A reunião foi presidida pelo sr. Tancredo Neves que se absteve de um pronunciamento sobre o assunto justamente sob o pretexto de que "não tinha opinião formada no momento, reservando-se o direito de se pronunciar sobre o problema, oportunamente." Contou ainda com as presenças dos deputados Júlio de Carvalho, Xenofonte Mercadante, Cesar Soraggi, André de Almeida e Juarez de Sousa Carmo.

O sr. Xenofonte Mercadante não se deu por vencido. Levou a sua idéia para a tribuna da Assembléia, onde promoveu brilhante defesa de sua tese e travou memoráveis debates com o Sr. Oscar Corrêa.

DIÁRIO DA TARDE / Belo Horizonte, 25 de setembro de 1961.

Novo regime tem história mineira
Debates finais ficaram por conta de Xenofonte Mercadante e Oscar Corrêa
Segunda de uma série de reportagens de Nelson Cunha

Derrotados os seus dois dispositivos constitucionais na Comissão encarregada de elaborar a Carta Magna do Estado, o deputado Xenofonte Mercadante promoveu da tribuna a defesa de sua tese parlamentarista. E fê-lo de forma brilhante, invocando Walker, Rui, Pontes de Miranda e o próprio Raul Pilla, para mostrar a conveniência do regime, embora frisando que não pretendia "ressuscitá-lo" em plenário, depois da derrota na Comissão Constitucional.

Nessa reunião memorável — 13 de maio de 1947 — o deputado Xenofonte Mercadante travou acirrado debate com o udenista Oscar Corrêa que aceitava não haver conflito entre a forma republicana representativa e o Parlamentarismo nos Estados. Ressalvava, porém, que o esquema defendido pelo sr. Xenofonte Mercadante vinha comprometer a independência e a harmonia entre os Poderes.

Durante os debates houve ainda um outro aparteante — o sr. André de Almeida — que ao pedir ao orador um aparte recebeu do sr. Xenofonte Mercadante a resposta que retrata bem a sua tranqüilidade e segurança numa tribuna.

— V. Excia. vai me desculpar. Hoje, eu só quero me haver com os deputados da UDN. V. Excia. ficará para outro dia...

Os artigos parlamentaristas foram tachados na Comissão de inconstitucionais e o sr. Xenofonte Mercadante inicia seu discurso, o único pronunciado até hoje no Legislativo mineiro em defesa da adoção de um novo regime de governo em Minas Gerais:

— Vencido, mas não convencido, eu me julgo no dever de expor a meus ilustres colegas as considerações que me levaram a convicção de que a tacha de inconstitucionalidade com que as emendas foram incriminadas absolutamente não têm razão de ser. Estou plenamente convencido da legitimidade do direito que cabe ao Legislativo de colaborar com o Executivo na escolha de seu secretariado.

— Apoio-me em princípios constitucionais irrefutáveis que não poderão absolutamente ser removidos por qualquer eiva de inconstitucional. A verdade é simples e os meus colegas me darão razão dentro de poucos instantes. A nossa Constituição de 46 estatui no seu artigo 18 que o Estado tem o direito de elaborar a sua Constituição e as suas leis, respeitados os princípios básicos contidos nela. Ora, esses princípios básicos nós os vamos encontrar enfileirados no inciso n.º 7 do art. 7º da Constituição Federal: — manutenção da forma republicana representativa, independência e harmonia dos Poderes, temporariedade das funções eletivas, proibição de eleição de governadores e de prefeitos, respeito à autonomia municipal, garantias ao Judiciário.

Quieto em sua cadeira, à espreita da hora do bote, entra finalmente em cena o sr. Oscar Corrêa:

— Falta um...

Não fere nada

Surpreendido, não se perturba o deputado:

— Falta de fato um, mas não tem importância. No que diz respeito à autonomia municipal, à temporariedade das funções eletivas e as garantias da magistratura, nada vem ao caso.

— As emendas que apresentei não se chocavam contra estes princípios. O que nós tínhamos que discutir era apenas o seguinte:

— se a emenda fere, em primeiro lugar, este dogma enquadrado no artigo 7º — a manutenção da forma republicana representativa. Pergunto eu ao nobre colega: o fato de o Legislativo colaborar com o Executivo na Constituição do Secretariado do Estado é ferir o regime republicano? Eu ainda guardo meu caro colega a definição de regime republicano, definição que eu reputo de um valor inestimável, porque ela vem enquadrada nos livros de grandes americanos, a Patria modelo do regime presidencial, citada por Maximiliano.

— A forma republicana é aquela em que as leis são feitas pelos representantes do povo e o Executivo é eleito, direta ou indiretamente, também pelo povo.

No plenário ainda continua mudo o deputado Oscar Corrêa. Mede toda palavra do orador e espera o momento oportuno para o aparte. Todo mundo já havia percebido: — o debate ficaria mesmo restrito aos dois.

DIÁRIO DA TARDE / Belo Horizonte, 26 de setembro de 1961.

Novo regime tem história em Minas.

Xenofonte e Oscar (em termos altos) entusiasmaram AC
Terceira e última de uma série de reportagens de Nelson Cunha

Naquela mesma reunião do dia 13 de maio de 1947, o deputado Xenofonte Mercadante continuava a defesa de suas emendas — o primeiro (e único) esforço concreto até agora, para a adoção de um novo regime de governo em Minas Gerais.

"Suspense" na reunião. De um lado, da tribuna, cabelos grisalhos, óculos de aro de metal, paletó e laço de gravata estilo clássico, gestos moderados e voz pausada, o carangolense Xenofonte Mercadante prosseguia defendendo a sua tese Parlamentarista. De outro, em plenário, com reflexos físicos completamente distintos daqueles do orador e "ressuscitando a graça e o chiste de Tolentino e de Gregório de Matos", conforme palavras de seu próprio opositor, estava o sr. Oscar Corrêa.

Lição de Walker

Brilhante e com argumentos jurídicos incisivos e de profundidade, prosseguia o sr. Xenofonte Mercadante:

— A lição de Walker, outro mestre admirável, a lição de Walker que foi esposada por Rui Barbosa, que foi acolhida pelo nosso grande Maximiliano, a lição de Walker é também lapidar. O mestre deixou bem claro e estabelecido que, enquanto os Estados não atentarem contra o regime republicano, nada se poderá arguir contra eles, porque o que se exige é que não se estabeleça uma forma de república autocrática, uma forma de governo monárquico. E o grande mestre estabelecia numa frase, condensava num período este conceito admirável: — o termo republicano comporta uma variedade muito grande de significados para deixar aos Estados um mais vasto campo de escolha que se pode imaginar e para terminar com a matéria, que é de fato muito cansativa...

O sr. Oscar Dias Corrêa — Pelo contrário. V. Excia está nos deliciando com a sua exposição e estou esperando que V. Excia. entre noutra parte para o apartear.

O sr. Xenofonte Mercadante — Mas acresce que o cansaço já me invade e V. Excia. vê que eu, se não comecei a arquejar nos primeiros arrancos, já arquejo agora, quando começa a me apartear o caro colega, que nesta Casa ressuscita a graça e o chiste de Tolentino e de Gregório de Matos. Termino com as palavras de Pontes de Miranda. Ele sustenta em sua obra lapidar que não há antagonismo na colaboração do Legislativo quanto à escolha de secretários com o Executivo, no regime presidencial.

Oscar deliciado

O sr. Oscar Corrêa levanta-se de sua cadeira, chega ao microfone lateral e interrompe a pausa momentânea:
— Deliciado, até o momento, com a lição que V. Excia. nos vem ministrando, que o ouço estupefato, ante a série de conhecimentos que V. Excia demonstrou possuir, desejaria uma explicação: — concordo com V. Excia. como parlamentarista que sou em que não há conflito entre a forma republicana representativa e o parlamentarismo nos Estados. Estou de acordo também com a opinião sustentada (com grande brilho) pelo insigne deputado federal Raul Pilla.
— Discordo, porém, de V. Excia., também baseado na opinião do sr. Raul Pilla, uma das maiores autoridades no assunto, em que as medidas propostas por V. Excia, quebram iniludivelmente a independência e a harmonia entre os Poderes, concedendo à Câmara o direito de demitir livremente o Secretariado do Governo, sem dar ao Poder Executivo o direito de dissolução contra medida essencial. V. Excia. quebra, com isso, a independência e harmonia dos Poderes. Este argumento queria frisar ao ilustre colega.

Colaboração apenas

A resposta vem pronta:
— Não quebra, porque, como quebrar a harmonia dos Poderes nesta atuação que poderia ser conferida ao Legislativo de apenas colaborar com o governo. Colaborar é auxiliar, colaborar é coadjuvar, é sugerir alvitres e medidas.
Oscar Corrêa: — Não com o PSD...
Xenofonte Mercadante: — E eu não sei como é que uma colaboração importe no desprestígio...
Oscar Dias Corrêa: — Não se trata de colaboração. Trata-se de intromissão, porque a Câmara demite o Secretariado do governo e ele não tem nenhuma contramedida.
Xenofonte Mercadante: — V. Excia. encara o problema sob um prisma todo especial. Verá que absolutamente isto não importa em quebra de harmonia.
Oscar Corrêa: — "De boas intenções está calçado o caminho do inferno".
Xenofonte Mercadante: — E de espinhos os do Céu. Como eu dizia, não quebra a harmonia geral. O Senado Federal não é ouvido sobre a nomeação do prefeito do Distrito Federal, feita pelo chefe da União? Como não podemos, então, ser ouvidos sobre a nomeação do secretariado e a independência pois somos o Senado e a Câmara Federal, ao mesmo tempo.

Oscar Corrêa: — O Senado e a Câmara não demitem ministros.

Xenofonte Mercadante: — Então, é apenas questão de ponto de vista. V. Excia fica com o seu ponto de vista e eu fico com o meu.

Oscar Corrêa: — Muito obrigado... Sou Parlamentarista mas não adoto o Parlamentarismo que V. Excia deseja.

Sempre em termos altos, os apartes foram se sucedendo até o fim da memorável reunião.

Quando nada, mesmo que não tenha vingado a tese parlamentarista do deputado de Carangola para os que assistiram ao seu discurso e ao debate deve ter ficado uma lição de educação democrática de Direito Constitucional. Hoje fala-se em ressuscitar o problema na Assembléia — 61. Não se sabe se os frutos serão os mesmos...

DIÁRIO DA TARDE / Belo Horizonte, 27 de setembro de 1961.

DISCURSO PRONUNCIADO NO RECINTO DA CÂMARA MUNICIPAL DE CARANGOLA, A 7 DE JANEIRO DE 1980, NO TRANSCURSO DO 98.º ANIVERSÁRIO DE EMANCIPAÇÃO POLÍTICA DO MUNICÍPIO

Rogério Carelli

— "A formação do Município de Carangola tem similaridade histórica com as demais cidades, que ora compõem a Zona da Mata. Todas se originaram de transição ocorrida no início do século passado, quando, exauridas as reservas auríferas que constituíram base para a prosperidade do surto setecentista, o povo mineiro sentiu a necessidade de trocar a mineração pela agricultura.

Daquelas cidades do centro de Minas Gerais, onde o ouro fácil de extrair, havia edificado igrejas barrocas, suntuosas, verdadeiros tesouros arquitetônicos admirados até hoje, casarões imensos de interiores requintados, bens e escravos de uma atmosfera opulenta, tudo isso foi deixado de lado, pois o móvel dessa riqueza havia deixado de existir.

Num momento como aquele, em cidades onde não havia a menor atividade agrícola ou pastoril, em que o ouro tudo importava, faltou a iniciativa necessária para promover a própria subsistência. Várias décadas se sucederam, numa estagnação que chegava à própria miséria.

Então a Mata, bravia e habitada por silvícolas, passou a constituir a meta daquele povo outrora opulento. Tinham chegado ali como bandeirantes e da mesma forma partiam, em busca de dias melhores, com outra atividade.

Um Administrador de Registro das Areias, Comarca de Pitangui, o CAPITÃO JOÃO FERNANDES DE LANES, empreendeu três expedições militares contra a tribo dos índios Arrepiados, que entre 1802 e 1805, sitiaram por três vezes a Vila de São Miguel de Arrepiados, atual cidade de Araponga.

Numa dessas expedições, empreendeu uma profunda penetração através da selva existente, vindo acampar à beira de um córrego, no local atual de nossa Praça Coronel Maximiano.

Mas os silvícolas que aqui habitavam, além de pouco numerosos, eram de índole mansa. Compreendendo prontamente as vantagens da nossa situação, o bandeirante cuidou de explorar as facilidades oriundas desse acaso. Iniciou prontamente um comércio de objetos, a troco de poaia, abundante na região.

Essa facilidade de fixação, aliada às condições climáticas, topográficas, e um solo ubérrimo, atraiu novos aventureiros, que se estabeleceram formando grandes fazendas em torno do local atual desta cidade.

Ninguém veio até aqui, com a finalidade primordial de fundar uma nova localidade. Ela surgiu da evolução natural, que advém de uma casa ser construída perto da outra. Muitas casas, construídas a partir de 1832, formaram o Arraial, que os refugiados políticos acossados da antiga Queluz, deram o nome de Santa Luzia, em memória à Revolução de Santa Luzia, de 1842.

A fixação de elementos daquelas paragens, atraiu a atenção de outros indivíduos das regiões de economia estagnada. Levas de pessoas, famílias inteiras, de Alvinópolis, Ouro Preto, Rio Piracicaba, Conceição do Mato Dentro, Catas Altas da Noruega, Queluz e outras cidades do centro mineiro, para aqui se dirigiram, para não mais retornar.

Naquela época ocorriam as devassas das várias bacias hidrográficas que fluem para o Atlântico. A princípio os grandes rios como o Paraíba, depois os afluentes, mais tarde os caudatários menores. Como essa forma de exploração, ocorria da foz para a nascente, em Carangola ocorreu o contrário. A união terrestre com a Metrópole, se fez descendo os cursos d'água que partiam dessa região, hipótese esta que contraria as existentes.

Surgiram na verdade dois arraiais de mesmo tamanho próximos um do outro. O Arraial de Santa Luzia tornou-se a nossa atual sede do Município, e o outro, o atual Distrito de Lacerdinha. Uma concentração maior de população foi o fator que preponderou naquela fase de desenvolvimento.

Motivos de várias naturezas fizeram com que uma evolução constante e permanente ocorresse num prazo mínimo de menos de 80 anos. O pequeno arraial se destacava entre os demais da região. Já era encarado como pólo econômico em ascensão. Em 1878, o Comendador José Moreira Cardoso obteve uma concessão do Governo Imperial, para construir a Estrada de Ferro do Carangola, que partindo de Campos deveria atingir a nossa cidade.

Dentro da legislação do Império do Brasil, estivemos desde 1860 como Distrito da cidade de Ubá; em 1866 passamos a pertencer a São Paulo do Muriaé. Em 1878 passamos a Vila e Município, porém, sem governo próprio. Em outubro de 1881 recebeu, finalmente, a sede do Município Foros de Cidade. E a 7 de janeiro de 1882, precisamente há 98 anos atrás, o sr. JOÃO RIBEIRO DE ALMEIDA TOSTES, Vereador pela Câmara Municipal de Muriaé, Município do qual éramos desmembrados, deu posse aos primeiros edis desta cidade.

Esta cidade era tão jovem, que nenhum dos primitivos vereadores era carangolense nato. Com exceção do 1º Presidente da Câmara, Dr. MANUEL AFONSO CARDOSO, que era médico, todos os demais eram fazendeiros, destacando-se entre eles, a figura do Capitão José Luciano de Souza Guimarães, mais tarde, Barão de São Francisco do Glória.

Antes de tudo isso, a evolução religiosa do lugar já havia antecipado ao aspecto político. O Curato de Santa Luzia, criado pelo virtuoso Bispo Dom Antonio Ferreira Viçoso, Bispo de Mariana, e Conde da Conceição, há muito influía no desenvolvimento, já que a cidade estabeleceu-se no Patrimônio da Paróquia de Santa Luzia do Carangola.

Durante o período de nossa emancipação, a Estrada de Ferro Alto-Muriaé, rapidamente avançava em território mineiro. Finalmente, a 10 de julho de 1887, aqui chegou o primeiro trem de ferro. Essa ligação direta e permanente com a Metrópole, fez da cidade, a líder das circunvizinhas.

Durante 50 anos, por ser ponto final daquela ferrovia, Carangola deveu-lhe o seu progresso. Mesmo depois da mesma atingir Manhuaçu em 1914, a infra-estrutura já existente manteve aquela supremacia até findar a Segunda Guerra Mundial. Disso surgiu municipal da época, não percebeu que o progresso que vínhamos usufruindo, seria estagnado pela passagem da Rodovia Rio-Bahia, longe de nossa área urbana.

Em face a isto, a vida econômica sofreu alterações em seus pontos de fixação. O transporte rodoviário passou a granjear preferência, por sua velocidade e maleabilidade de itinerário. Todas as cidades outrora progressistas, que ficaram marginalizadas, permaneceram economicamente estanques.

O fato da construção do ramal para Fervedouro foi mero paliativo. Uma rodovia como aquela, evitou deliberadamente não se sabe por que razões, todos os centros progressistas e avançou através de espaços vazios até mesmo nos dias atuais.

Por isso tivemos que criar uma vida própria para suportarmos a contingência. Se não tínhamos o transporte, do momento, nem entre nós circulava a riqueza, o plantel leiteiro era dos melhores da Zona da Mata, e o café atingia 100.000 sacas anuais. Se durante os últimos 30 anos, não tivemos crescimento vertiginoso, conforme o registrado em Muriaé, Caratinga e Governador Valadares, pelo menos, também pudemos manter nossa própria identidade, sem o afluxo de elementos estranhos, desvinculados de nossa realidade, e com a gama de problemas sociais que normalmente trazem em sua esteira.

Atualmente estamos em condições de arrancadas progressistas, iguais às do passado, mas sofremos como todo o país, as conseqüências da recessão econômica que assola o mundo atual. Mesmo um pouco menor que as cidades vizinhas, podemos nos orgulhar de que, tudo de nossa cidade, é bonito, maior, ou melhor que das outras. Os índices estatísticos falam mais que todos os bairrismos de que nos possam acusar. Nossa cidade é diferente: nasceu para ser líder.

Os Pracinhas Carangolenses e Divinenses Que Participaram da II Grande Guerra Mundial (1939-1945).

Emílio Gadioli
Job de Souza Portes
João do Prado Mendes
Aníbal Crispim de Souza
José Lacerda Guimarães
Joaquim Gomes Cardoso
Wellington Lacerda
Waldeck Martins de Carvalho
Clério Carneiro
Paulo Nunes Leal
Adroaldo Lopes da Fonseca
Adenir Bernardino Alves
João Amaro Franco Ferreira
Paulo Machado de Lacerda
Antonio Rosa Almeida
Jaime Flores Pereira
José Batalha
Celso Pena Fernandes
José Monteiro de Oliveira
Aloísio de Souza Tomé
Júlio Muniz Queiroz
Álvaro Lima
Joaquim de Assis Braga
Rui Barbosa Torres
Edson Vieira
Armando Nunes da Rocha
Aloísio Esteves
Dario Alves Milagres
Pedro Belan
Geraldo Siqueira
Isolino Luiz de Medeiros
Alfredo Pinho
Pedro Galvambra

BIBLIOGRAFIA

Almanaque Republicano, pág. 340, Rio, 1889.

Almanaque Laemmert, pág. 166, Rio, 1856.

Almanaque Laemmert, págs. 99-100 Rio, 1877.

Anais, Câmara Municipal de Carangola, Carangola, volume I, 1981.

*Almeida Barbosa, Waldemar, Dicionário Histórico Geográfico de Minas Gerais, Belo Horizonte, 1971.

*Andrade, Hilo, *Xenofonte Mercadante*, Diário da Assembléia Legislativa, Belo Horizonte, 6-07-1961

Anuário de Minas Gerais, os. 315-19, Belo Horizonte, 1909.

Anuário de Minas Gerais.Vol.V, Imp. Oficial.Belo Horizonte.

*Antônio, *Dicionário Corográfico-Comercial de Angola*, 3ª edição. Verbetes Carangolo e Cangola, Luanda, Angola, 1955

Boletim de Informação Corográfica e dados estatísticos referentes ao ano de 1921, Estado de Minas Gerais, Comissão Estadual da Exposição do Centenário.

Arquivo da Sociedade Beneficente 21 de Abril, Carangola.

*Assis, Martins e Marques de Oliveira, *Almamak Administrativo, Civil e Industrial da Província de Minas Gerais*,

*Barbosa, Francisco de Assis, *JK, Uma Revisão na Política Brasileira*. Liv. José Olympio Ed., Rio, 1960.

*Boehrer George, C. A. *Da Monarquia à República*, Ministério da Educação, Rio, 1889.

*Braga, Belmiro, *Dias Idos e Vividos*, Ariel Editora, Rio, 1936.

*Brandão, Atila, Brandão, *História do Campo Largo*, José Álvaro, Editor, Rio, 1965.

*Campos Barros, M. Dario, *Biografia de Joaquim Lannes apud* Massa, François, op.cit.

*Capri, Roberto, *Almanaque dos Municípios da Zona da Mata*, Weiss & Comp. São Paulo, 1916.

Carangola Ilustrada, Carangola,1952.

*Carvalho, Afrânio de, *Um líder da República Velha*, Forense, Rio, 1978

*Carelli, Rogério, *Figuras Históricas de Carangola*, Gazeta do Carangola, 7-06-1980.

*Carelli, Rogério, *Discurso*, Câmara Municipal do Carangola, volume I,1981.

*Carelli, Rogério, *O Primeiro Júri da Comarca de Carangola*, 7-01-81.

Gazeta do Carangola, 16-02-1980.

*Carelli, Rogério, *Efemérides Carangolenses*, 1827-1959, Editora Folha de Viçosa, Viçosa, 2002.

*Carvalho, Daniel, *Raul Soares, Noivado e Rompimento*, Jornal do Commercio, Rio, 14-06-1964.

*Maria Sílvia de Carvalho, *O Código do Sertão, um estudo sobre violência no Meio Rural*, Dados, n.5, Rio, 1968, pág. 26.

*Couto Reys, Manuel Martins, *Descrição Geográfica, Política e Corográfica do Distrito de Campos dos Goitacases*, 2 volumes, 1785.

*Corrêa, Merolino, O "affair" José Lins do Rego, O Estado de Minas, 11-8-1981.
*Cunha, Nelson, Diário da Tarde, Belo Horizonte, 25, 26 e 27-09-1961.
*Derby, Orville, *O Itinerário da expedição Espinosa em 1533*, Revista do Instituto Histórico e Geográfico Brasileiro, LXXII.
*Dornas Filho, João, *Tropas, in Primeiro Seminário de Estudos Mineiros*, Revista da Universidade de Minas Gerais, 1957.
**Revista do Instituto Histórico e Geográfico Brasileiro*, volume LXXII.
**Enciclopédia dos Municípios Brasileiros*, verbete Porciúncula, Rio, 1961
*Ferreira de Resende, F. P. *Minhas Recordações*, Liv.José Olympio Editora, Rio.
*Fonseca, Caetano, *Manual do Agricultor de Gêneros Alimentícios*, Rio, 1864.
*Garcia, Funchal, *Memórias de Ivam Trigal*, Rio, 1937,
*Garcia, Funchal, *Do Litoral ao Sertão*, Biblioteca do Exército Editora, Rio, 1965.
*Gardner, *Travel in the Interior of Brazil,* Londres, 1846.
**Gazeta Democrática*, Carangola, 25-12-1927.30-10-1927, 16-06-1927, 30-6-1927.9-10.1927.
**Gazeta do Carangola*, 26-05-1918, n.26, 16-06-1918 n.29 – Matéria Editorial.
**Gazeta do Carangola*, Matéria de Redação, 16-02-1980, 10-01-1981 24-01.1981.
*Gomes, Clóvis Ludolf, Um Episódio da Revolução de 30 nas Minas Gerais, Estado de Minas, 29-09-1987, p.6.
*IBGE, Carangola Coleção de Monografias, n.337,1966.
*Campos Barros, M. Dario de, *Biografia de Joaquim Lannes*, *in* Massa, Françoise, op.cit.
*Magalhães, Basílio de, *Expansão Geográfica do Brasil até fins do século XVII*. Imprensa Nacional, 1973.
*Martins, João Batista, *A Masorca*, Cataguases, 1899.
*Martins, João Batista, *A Masorca*, 2ª. edição, Belo Horizonte, 1977.
*Martins, Rodrigo Batista, *Prólogo e Comentários à Masorca*, 2ª. edição, Belo Horizonte.
*Massa, Françoise, *Alexandre Bréthel, Pharmacien et Planteur Français au Carangola*, Université de Haute Bretagne, 1977.
Mauro, Frédéric, *La Vie Quotidiene au Brésil au temps de Pedro Segundo* (1831-1889), Hachette, 1980.
*Morais, Evaristo de, *A Campanha Abolicionista*, pág. 247, Rio, 1924.
*Sena, Ernesto de, *Geografia do Brasil*, págs 153-157. Rio de Janeiro, 1922
Maximiliano, (Príncipe de Wied-Neuwied), *Viagem ao Brasil nos anos de 2815 a 1817*, Cia Editora Nacional, São Paulo, 1958.
*Mercadante, Paulo, *João Baptista Martins*, Correio da Manhã, Rio, 29-08-1968.
*Mercadante, Paulo, *Introdução in Perfis Parlamentares – Batista Miranda*, Câmara dos Deputados, Brasília, 1986, p.20.
Mercadante, Paulo, *Os Sertões do Leste*, Zahar Editores, Rio, 1973.

*Mercadante, Paulo, *Tancredo Neves, Presidencialista*, Folha de São Paulo, 24-09-1987.

*Mercadante, Paulo, *Crônica de uma Comunidade Cafeeira, Carangola, o vale e o rio*, 1990, Itatiaia, Belo Horizonte, 1990.

*Mercadante, Xenofonte, *Anais da Assembléia Constituinte de 1947*, volumes I e II, Imprensa Oficial, Belo Horizonte, 1946.

*Mercadante Xenofonte, *Anais da Assembléia Legislativa de 1947*, Minas Gerais, volumes I e II, Imprensa Oficial, Belo Horizonte, 1947.

*Moreira, Vivaldi, *A Arcádia Carangolense*, Estado de Minas, 8-08.1981.

*Moreira, Vivaldi, *A Pátria Pequena*,

*Moreira, Vivaldi, *O Menino da Mata e seu Cão Piloto*, Belo Horizonte, 1981.

*Novaes, Maria Stella de, *A Estrada para Minas Gerais*, Jornal do Commercio, Rio, 1-5-1970.

*Nunes Leal, Paulo, *A Guerra que eu vivi*, J.S. Comunicação Ltda. Rio, 2000.

*Nunes Leal, Victor, *Coronelismo, Enxada e Voto*, Rio, 1948.

*Oíliam, José, *Marlière, o Civilizador*, Itatiaia, Belo Horizonte, 1958.

*Oíliam José, *A Propaganda Republicana em Minas Gerais*, Edição da Revista Brasileira de Estudos Políticos, Belo Horizonte, 1960.

*Conrad, Robert, *The Destruction of Brazil Slavery* – 1850-1888, University of California,

*Pimenta, Dermeval J., *A Mata do Peçanha*, Belo Horizonte, 1966. *Pimenta, Dermeval J. *Caminhos de Minas Gerais*, Belo Horizonte,

*Pinheiro Mota, Mário, *Município de Itaperuna*, Anais do IX Congresso Brasileiro de Geografia, Rio, CNC, 1944.

*Portilho, Luís Carlos, *Engolido pela Baleia*, Estado de Minas, 21-07-1970.

*Prefeitura de Tombos, Dados históricos, geográficos, demográficos, administrativos, políticos, econômicos e sociais, Tombos, 1938.

*Prado Junior, Caio, *Formação do Brasil Contemporâneo*, Brasiliense, 4ª. edição, São Paulo, 1953.

**Revista do Arquivo Público Mineiro*, ano VI, abril-junho de 1901, ps. 500 a 504, Belo Horizonte.

*Ribeiro Costa, *Toponímia de Minas Gerais*, Belo Horizonte, 1970.

*Schnetzer, Paulo, *Carangola*, Coleção de Monografias, IBGE – Conselho Nacional de Estatística, n.º 337, 1966.

*Sena, Ernesto de, *Geografia do Brasil*, pág. 206, Rop, 1922.

*Silva Jardim, *Memórias e Viagens*, Typ. Compl. Nacional Editora, Lisboa, 1891.

*Soares de Sousa, Gabriel, *Tratado Descritivo do Brasil em 1587*, *Laemmert, Rio, 1851.

**Tanneau, Une grande figure d'emigré Breton au Brésil*, Alexandre Bréthel (1834-1901), Rennes, 1973,

*Taunay, Afonso, *História do Café*, 10 volumes, (tomo III, vol V) Rio, *Tolentino, Nicolau, *Carta Corográfica da Província do Rio de Janeiro*, 1858-1861. Biblioteca Nacional, Rio.

*Valverde, Orlando, *Estudo Regional da Zona da Mata de Minas Gerais*, in Revista Brasileira de Geografia, Rio, janeiro-março, 1958.

*Vandelde Laerne, C. F., *Brazil and Java – Report on Coffee Culture in América, Ásia and África*, Londres, 1885.

*Vasconcelos, Diogo de, *História Média de Minas Gerais*, Imprensa Oficial, 1918.Belo Horizonte 1918.

*Vasconcelos, Diogo de, *História Antiga das Minas Gerais*, 2 volumes, 4ª edição, Itatiaia, Belo Horizonte, 1974.

A presente edição de DA AVENTURA PIONEI-
RA AO DESTEMOR À TRAVESSIA de Paulo
Mercadante, é o volume nº 235 da Coleção Reconquista do Brasil (2ª série). Capa Cláudio
Martins. Impresso na Líthera Maciel Editora e
Gráfica Ltda., à rua Simão Antônio 1.070 - Contagem - para a Editora Itatiaia, à Rua São Geraldo,
67 - Belo Horizonte - MG. No catálogo geral leva
o número 0108/8B. ISBN. 85-319-0576-1.